身份

贺 奕★著

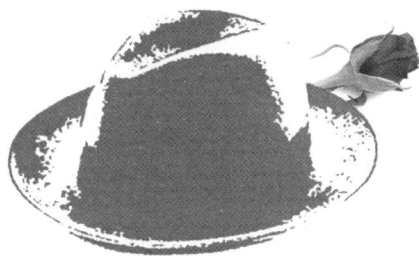

IDENTITY

台海出版社

图书在版编目（CIP）数据

身份 / 贺奕著 . -- 北京：台海出版社，2017.2

ISBN 978-7-5168-1295-2

Ⅰ.①身… Ⅱ.①贺… Ⅲ.①中篇小说—小说集—中

国—当代 Ⅳ.① I247.5

中国版本图书馆 CIP 数据核字 (2017) 第 033371 号

身　份

著　　者：贺　奕

责任编辑：王　艳　　　　　　装帧设计：张合涛

版式设计：苏洪涛　　　　　　责任印制：李广顺　　王丽君

出版发行：台海出版社

地　　址：北京市东城区景山东街 20 号，邮政编码：100009

电　　话：010 – 64041652（发行，邮购）

传　　真：010 – 84045799（总编室）

网　　址：www.taimeng.org.cn/thcbs/default.htm

E - m a i l：thcbs@126.com

经　　销：全国各地新华书店

印　　刷：北京艺堂印刷有限公司

本书如有破损、缺页、装订错误，请与本社联系调换

开　　本：880mm×1230mm　　1/32

字　　数：195 千字　　　　　　　印　　张：9

版　　次：2017 年 3 月第 1 版　　　印　　次：2017 年 3 月第 1 次印刷

书　　号：ISBN 978-7-5168-1295-2

定　　价：39.80 元

自　序

　　将这三篇小说放在一本书里，不是偶然的。它们都关涉到身份的概念。

　　虽然都是早先发表过的作品，但部分枝干尤其结尾，都在成书前做过颠覆性的修改，融入了对人心世态的新认知。因此一定程度上，它们也可视为三篇新作。

　　身份一词并不新鲜。身份无非是社会施于人的规定性，它为每个人的存在提供了必不可少的方位和坐标。失去身份，意味着人的面目将完全失焦。

　　然而，身份一词的意蕴又无穷丰富。试问，有多少人不满意自己的生活，其实就是厌倦和嫌弃固有的身份？又有多少人渴望在另一种身份里冒险和猎奇，甚至获得重生？

　　实际上，直到将这三篇完成于不同时期的作品汇编到一起时，我才发现我对身份的概念如此着迷。原来我是如此热衷于探究身份的错位、隐匿、更迭、变化，以及环绕着它的所有亮彩和阴影。

　　愿每位读者，都能从故事里看到或想到自己的人生。

贺　奕

2016 年 11 月 3 日于北京

目　录

身　份

一

那块怀表比一般的稍厚，分量也略沉，银质手工雕花外壳，白珐琅表盘，后盖带一层赛璐珞防尘罩。上火车前，方溪文特地把它从上衣内袋里掏出来，跟站台上的挂钟对了对快慢。三根长短不一的蓝钢指针一如既往，优雅地合奏出时间的韵律，让方溪文紧绷的神经得以稍稍松弛。

1939 年的料峭春寒，随着车轮启动的轰鸣，从四面八方汹涌地灌入车内。方溪文在座位上不由得双臂合抱，表情变得跟他此次上海之行肩负的使命一样冷峻。

沿途停靠的站点，随处可见太阳旗和日本军人的身影，车厢内的气氛始终令人压抑。乘客们无不失神地沉浸在各自的心事里，相互间偶有交谈，也只掰扯些无关痛痒的闲话。

不知过了多久，窗外天色已暗，车内灯光昏黄。方溪文起身去上厕所。车身的晃动让他脚下打着趔趄。没走几步，一个穿淡青粗布上衣、留平头的小混混跟他迎面而过，两人撞了个

3

满怀。还没等他看清对方的模样，那家伙已经骂骂咧咧地蹲下身，去捡掉落在地的香烟和火柴了。方溪文进入臭气刺鼻的厕所，隐隐觉得哪里不大对头，猛然一摸胸前——怀表丢了！

方溪文顿时面色铁青，顾不上解手，冲回车厢，小混混已经不见人影。他先是沿着过道一路追到列车顶头，又折回来再找，终于在最末尾的一节车厢里，发现小混混跟几个乘客凑成一堆，正在吆三喝四地赌牌。方溪文镇定心神，过去一把揪住小混混的衣领，叫他还表。输到面红脖子粗的小混混不为所动，扭动身子挣脱方溪文，嘴里嚷嚷着要一把回本，一对贼溜溜的眼珠只顾斜睨手里的牌，刺在腕上的一条绿身红信蜥蜴赫然可见。就在这时，一个像锈铁一样粗粝的嗓门在方溪文耳畔响起：

"我当谁呢，原来是方大少爷！"

4

方溪文扭过头，一眼认出嘴里歪叼着烟说话的这条壮汉，竟是多年不见的同乡袁午。那块带银链的怀表，此刻正明晃晃地垂挂在他一只小臂上，显然是刚从小混混手里赢来的战利品。方溪文微蹙眉头，不由得暗暗叫苦。想当年，在湘西北小县城的老家，方溪文的父亲是中药铺老板，袁午的父亲是采药工，袁父有年冬天受方父指派进山采药，不幸坠下悬崖摔死。袁母带着儿子索要赔偿，却一次次被方家拒之门外，方溪文和袁午也因此一次次隔着一道铁栅门冷目相对。立志复仇的袁午没有就此罢休，多年后领着一队暴民以打土豪为名洗劫了方家，方父受了惊吓，不久便积郁而死。

仇家当道，方溪文只好放开小混混，摆出一副有话好商量的姿态，那块表其实值不了多少钱，只是受之家传不可遗失，请求袁午物归原主。袁午狠狠吸了口烟，夹在焦黄手指间的哈德门香烟顿时短了半截。他冷笑说此表已归自己所有，不会白白给人，想要就也来赌一把。

方溪文向来对赌博深恶痛绝，连连摆手，说与其这样，倒不如他直接出笔现金，就当是从袁午手里把表买回去。

"看来方大少爷出息了，比你那个挨千刀的老子大方多了嘛！"袁午放声嘲笑。

走到这步田地，方溪文明白讨回怀表已绝无可能。眼看列车驶入灯火渐亮的上海近郊，他打定主意先跟对方假意敷衍，再另想计策。于是，他在袁午对面坐下，推说自己对赌牌一窍不通，让对方先把门道解说一遍。袁午倒是耐心十足，显然非常享受这一尽情折磨仇家的过程，从他嘴里喷出的浓浓烟雾，就像即将套上猎物的绳索一样，一圈圈在方溪文头顶上方缠绕着。

"这样吧，方大少爷，你觉得你这块表值多少钱，你就可以押多大的注。"

方溪文默不作声，用细腻得如同女人的手笨拙而吃力地打开车窗透气，任低啸的风吹乱头发。他若有所思地将目光从头顶的行李架滑过，落到由小混混发到桌面的两沓牌上。

"算了，不赌了。"他突然蹦出这样的话，让袁午完全没有料到。

"怎么？表不要了？"

"就送给你好了。"

方溪文淡然一笑，站起身来，作势欲回原来的车厢。

"你这是何必呢？"一旁的小混混大为扫兴，"既然你对输赢都无所谓了，为何不干脆开牌看下结果？说不定赢的还是你呢！"

方溪文瞪他一眼，小混混不再吱声。

"说得没错。"袁午似乎决意让方溪文后悔，手法娴熟地将两沓牌撮起、铺开。果然，袁午这边有对七，方溪文那边却是三张花色不同的连牌。小混混和参赌加围观的几名乘客，立即连声为方溪文唏嘘惋叹。

"看出来方大少爷你是个怎样的人了。"袁午的口气半是轻蔑，半是得意。

"哦，是么？"方溪文停步侧身，做出愿闻其详的样子。

"你绝对不做没有把握的事。你不是不敢做，也不是不能做，只是一旦主动权不在你手，就算做成了也不会有成就感。"袁午说着，摊开手掌指着桌上的牌，"可是，世上很多事都是你没有把握的，有时候不赌一把，你根本不知道结果是什么。"

这时火车拉响了进站前的汽笛，突然减速造成的剧烈晃动，让一车乘客的身体都失去平衡。方溪文早就等着这一刻。他趁势抄起行李架上早已看好的一只钉着铜条饰边的小皮箱，拼尽全力猛击袁午头部，毫无防备的袁午当即晕了过去。

众人惊骇的目光下，方溪文将皮箱放上小桌，冲着袁午面无表情地轻声叨咕道：

"是，有时候不赌一把，你根本不知道结果是什么……"

方溪文想稍喘口气再取怀表，哪知一旁的小混混以为他接下来要对付自己，刷地从腰间拔出一把短刀，在他小腹上连捅两下。方溪文捂着流血的伤口，疼得五官错位、站立不稳。小混混扯开喉咙高叫："杀人啦！杀人啦！"随即有如猿猴展臂攀枝，轻盈地蹿出窗外逃走。

* * *

火车徐徐进站，车内却炸开了锅，恐慌情绪伴着警铃迅速蔓延。乘客们在相互推挤和踩踏中拥向门口，更有不少人越窗而下。

车身刚刚停住，等在站台廊柱下两个搬运工模样的男子，透过车窗，正好目睹不省人事的方溪文倒卧在小桌上，身下压着一口铜条包边的小皮箱，一只手还紧紧攥住把手。其中一个满脸络腮胡的男人，凑近去研究一番皮箱外形，又将它从方溪文手中拽下，打开翻检，找出一样长筒状的东西，分别从两端窥看一番筒内后，冲着同伴点头。两人迅即将鲜血浸染下半身的方溪文拖出车窗，沿着铁轨一溜烟远去。

片刻过后，同节车厢的另一侧，一个穿黑色西装、戴金丝眼镜的小伙子相当狼狈地从车窗爬进来，将晕倒在座椅下的袁午翻了个身，发现缠在后者臂上的那块怀表。验证怀表无误后，他马上召唤车外接应的两个同伴，合力将袁午搬下车，转瞬消失在暮色深处。

二

袁午苏醒过来，发现自己正和衣躺在某家大饭店客房的床上，头部的痛感将记忆拉回到方溪文拿皮箱砸向他的那一瞬间。窗外已是朗朗白昼，也不知在那之后过去了多久。他正疑惑自己怎么会来到这里，一旁沙发上那个戴金丝眼镜的小伙子见他有了动静，连忙起身凑近，面露关切之色：

"方先生，您总算醒了。"

/身份/

袁午下意识地用手一碰肋下，硬硬的勃朗宁手枪还在，心神为之一定。知道对方错认自己，但情势不明，只能含糊地"嗯"了一声。

"车上到底是怎么回事？怎么旁边有那么多血？幸亏我抢先一步，要不然落到巡捕手里，再从您身上搜出枪来，那就麻烦大了。"小伙子似是急于将功劳揽到自己头上。

袁午从床上坐起，一眼瞥见床头柜上的那只怀表，大致明白了原因所在。不过，对于方溪文将自己砸晕后何以会出现眼下的结果，他却茫无头绪。他随口诌了一套说辞，只说是邻座的两个无赖因赌牌起争执并动起了手，他劝架反而被殴。小伙子听罢释然，随即说：

"小弟白野牧，加入军统已三年有余，今后跟方先生共事，还望方先生多多指教、提携！"

袁午脸上堆笑，心里却动了杀机。他一边揉抚着头上的痛处，一边走近窗边。只见饭店紧邻一条店铺林立、招牌如云的大街。远处楼宇间蜿蜒如带的一泓水面，想来就是黄浦江无疑。

"哦，对了，刚给莫美唐小姐去过电话，她应该很快就到。"

听到"莫美唐"三字，袁午暗吃一惊。他此次由北方到日军重围中已成"孤岛"的上海租界，是奉中共上级密令，惩办一个名叫莫冠群的叛徒的，按照行前掌握的资料，莫美唐正是莫冠群的独女。莫冠群的公开身份是著名实业家兼上海金融同业公会理事，实为上海地下党高级领导人，数月前被捕后投降日伪，致使上海的地下联络点一夜间丧失殆尽，再加此人对地下党的组织形态和活动规律了如指掌，无疑使中共在整个日占区的生存都蒙上一层阴影。

小白继续在他身后恭维地说：

"方先生魅力不小啊，都分别两年多了，莫小姐还是急不可待地想马上见到您。相信方先生此次定能不辱使命，顺利从莫冠群手里弄到戴老板想要的情报。"

袁午本想回手撂倒小白，听他这样一说，心眼忽然活动起来。想到如能控制莫小姐，威胁她为人质，或许更容易接近莫冠群，出奇制胜，一击成功，到时再去寻找组织不迟。

*　　　　*　　　　*

父亲死后，袁午在老家的一家赌场当过几年端茶扫地的伙计，正是在那里他精通了各种赌博的方法，熟识了各种出千的套路，学会了从赌桌上的表现洞窥他人内心，也把自己磨炼成了一个一旦看准时机便敢于舍命相搏的赌徒。一天，一个濒临绝境的农民带着手头最后一块银元走进赌场，想赢一笔钱给孩子治病，如果输了就要投河自尽，满怀同情的袁午暗施手法相助，帮农民赢走50块大洋。输了钱的恶霸迁怒于袁午，将他拖到门外打得奄奄一息，是一位路过的中年男人救了他。后来正是这位人称茶叔的男人引他走上革命道路，将他一步步锻造成行动高手。从那以后，革命对他来说就是一块新的赌盘，枪弹对他来说无异于另一副赌具，一次次领受的任务就像不断重掷的骰子，唯一相同的是每次下的注都必是鲜血、是肉身、是生命。

不久前，因为莫冠群的叛变，被袁午视若生父的茶叔在济南被捕，落入日本特高课头子真田忠胜之手，惨遭杀害。而此次受命来沪行刺，正是源于袁午的主动请缨。

袁午骨子里的赌性再度迸发，打定主意要借此天赐良机完

9

成使命。赌桌上偷梁换柱、瞒天过海，他本是好手;见人说人话、见鬼说鬼话，也早修成行家;而且形势越危急、局面越混乱，他反倒越来劲。他兜着圈子从小白嘴里套话，渐渐摸清了方溪文和莫小姐的关系——在大学时代曾是一对恋人。

桌上电话响了两声。

"这是楼下望风同志发来的信号，莫小姐已进饭店大门。我不便待在这里，这就去隔壁房间，有什么需要随时叫我。不过，这里隔音不好，等会儿你跟莫小姐亲热的时候，可得慎重着点儿啊。"

说到最后，小白映映镜片下的眼睛，一脸坏笑。

小白刚刚离开，走廊的一头就响起高跟鞋的橐橐声，不疾不徐，轻重有致，像是踏在琴键上。这行琴音变得越来越清亮，最后在门外戛然而止。敲门声随即响起。

袁午走到门边，侧耳凝听片刻，接下来的动作快如闪电:在打开门的一刹那，将体态娇小、一袭雪青色旗袍的莫小姐一把拉进屋内，她的惊叫尚未出口，就已被他一只满是厚茧的大手紧紧捂住。在隔壁的小白听来，想必两人是以一场近乎窒息的热吻作为久别重逢的开场白。

莫小姐惊恐地瞪大双眼，身子奋力挣扎，却丝毫撼动不了袁午强有力的臂弯。袁午贴近莫小姐低声耳语:

"我是方先生的朋友，他现在有危险，你要想保他的命，就得一字不差按我说的做。听明白没有?"

莫小姐停止挣扎，点了点头。袁午抬眼扫扫天花板，又将耳凑近门边听听动静，继续压低嗓音说:

"这里已经被人控制，他们把你叫来，是想让你确认我是不是方先生，如果你不认，那真的方先生马上会死。听明白没有?"

莫小姐眉头紧蹙，但还是点了点头。袁午这才松开手，让莫小姐那张一时被扭曲的脸庞恢复了精致的轮廓。

"美唐啊——"他突然换了副高亢而深情的腔调，同时以手指墙，示意这话是说给隔壁听的。"你知不知道，这几年我想你想得好苦！好多回在梦里见到你，醒来后为你担心这担心那。现在看到你，我的心总算是放下来了啊！"

莫小姐被袁午的一惊一乍弄懵了，可由于担心方溪文的安危，又不敢不信。

"你……你就会说假话！"她说得口气生硬，却也算应景。

袁午见莫小姐已经着了他的道，知道接下去必须继续采取"神经战法"，不给她留下半点儿思索和怀疑的间隙，同时还得顾及隔壁监听的小白以及散布于饭店内外的军统特工们，使其相信他和莫小姐的关系。他只好避虚就实，忽而说起昨晚火车上的倒霉遭遇，让莫小姐察看一下他脑顶尚未消退的瘀肿，忽而又提起老家的风土物产，跟莫小姐记忆中方溪文做过的描述竟无二致。

多年以来，袁午都把自己家破人亡这笔账记在方家头上，这也是为什么当初茶叔向他灌输革命道理时，他首先想到的只是向方家复仇。领着山里的游击队潜入县城打劫方家那次，完全是他自作主张，为此还曾挨过组织上的严厉批评。不过当时方溪文正在省城上学，不然袁午一定会像修理他老子一样，好好地修理他一番。袁午担心话扯多了难免露馅，赶紧在桌上的便笺上写下两行字，然后举到莫小姐面前，示意她照着上面说：

"今天家里还有事，我得回去了，你送我吧！"

把写过字的便笺扔进抽水马桶冲掉后，袁午让莫小姐挽着他出门下楼。两人在路边各上一辆黄包车，一前一后向着莫家奔去。情报表明，莫冠群几乎天天龟缩在家办公。袁午感到自己正一步步逼近即将在赌桌上揭开骰筒的时刻，这使他一时血脉偾张、瞳仁放亮。

　　黄包车驶近莫公馆，袁午远远望见大门和内院布满便衣岗哨，进门的人都得先接受搜身。袁午拍拍腰间的勃朗宁，知道今天已无机会，只能从长计议。莫小姐一下车，便急切地追问他方先生到底在哪里，遇到了什么危险。袁午担心她召唤便衣抓捕自己，就低声说要想保住方先生的命，必须对今天的事只字不提，过两天自会联系她，让她和旧相好见面。

三

　　方溪文醒过来的时候，发现自己正置身于医院的病房。麻药的劲头已经过去，身子稍动，痛感便会从紧束的绷带下不断袭来。他曾在迷糊中几次听人提到"袁先生"，沮丧地以为两人落在了一处，此刻睁眼一看，病房里也就他一个人。窗外是个大白天，但天低云暗，分不出是一天中的哪个时候。意外的是，他用以对付袁午的小皮箱，竟然就搁在床边的桌子上。

　　方溪文从床上挣扎而起。箱子没有带锁，揪开搭扣，轻易就能打开。里面除了几件换洗衣服，多是麻将、扑克牌、骰盒、骰筒、签条之类的赌具。还有一样长筒状的东西，两头粗细不一，举到眼前，看起来似乎是只万花筒。

　　护士端着药盘进来，叫声"袁先生"。方溪文恍悟自己被错认，刚要辩白，忽有一位寸短头发、蓄连鬓胡的中年男人进来，并不说话，只是向他以目示意。直到护士交代完服药事宜离去，中年男人才绽露出一脸的困惑和焦急：

"袁先生，火车上出了什么事？怎么会被捅刀子？幸亏有这箱子证明身份，要不然我们连人都接不到。"

方溪文不清楚对方是什么背景来头，只好装作疼痛呻吟，借以寻思对策。"车上遇到了小偷……"他语焉不详，要看对方的反应。

自称姓洪的中年男人显然对这一说法非常失望，狐疑地上下打量方溪文。"今后一定要处处谨慎，切不可因小失大。我们的任务高度机密，出不得任何岔子。"老洪压低声音，言语中颇有责备之意。

方溪文顺着老洪的话，模棱地问：

"那，准备得怎样了？"

老洪在病房中踱开几步。

"那老狐狸平日深居简出，极少露面，公馆周围又警戒森严，很难下手。"

方溪文听到"下手"，心中不免一惊。"有几成把握？"问得还是那么含混。

"很难说。我已经在戈登路和武定路的转角处、莫公馆对面租了一处房子，可供日夜监视，也在狙击步枪射程之内。"

方溪文至此已经了然，老洪所说的"任务"就是刺杀莫冠群，其所属组织必为共党。而他本人此次受命来沪，正是要利用他与莫美唐小姐曾经的恋人关系，接近其父莫冠群，刺探有关日伪乃至共党地下组织方面的情报，可能的话将莫冠群发展

13

为双面间谍。他完全没想到阴差阳错，浑浑噩噩间居然落到共党地下组织手中，不禁因恐惧和激动交织而浑身发抖，额头冒出细密的汗珠。

老洪以为方溪文伤口疼痛发作，要去传唤大夫。方溪文连说不用，极力平定心神。

"你先养好伤再说。接下来的事情就要拜托你了，我和小组的同志们会全力配合。"

话虽这样说，老洪却无法打消对于方溪文的怀疑，怎么看怎么觉得这个身材单薄、面皮白净、连火车上的区区毛贼都对付不了的年轻人，都不像是组织上派遣来的资深杀手。此次行动的指令来自一份米汤书写的密件，上面没有描述杀手的外貌特征，但提到此人有个名叫林可青的表妹，是公共租界一家华商纱厂的女工。老洪决定秘密联络林可青来医院，只要她认不出方溪文，就立即将他处理掉。

*　　　　*　　　　*

这天方溪文来到换药室门外，排在长椅上几位病人中间。他早看出老洪怀疑自己，也发现已经被人监视，时刻都想伺机逃跑，但又知道绝不可贸然行事。他自幼性格稳重，无论干什么都会先反复权衡利弊得失，谋定而后动。袁午在火车上说他从不做没有把握的事，的确是一语中的。此次上海之行，他原以为局面尽在掌控中，对完成任务信心十足，只是想到要利用莫小姐的感情，于心稍有不忍。怎料意外的发生让他陡然踏入一片前所未遇之险境，时时充满变数，步步隐含杀机。

幸亏方溪文高度警觉，不漏过身边任何异动，穿着吊带工装的林可青刚在走廊一头出现，他马上认出了这个跟记忆中在家乡时一样，还是一副假小子模样的女孩。再看她左顾右盼、寻寻觅觅的样子，他脑中顷刻间过电一般，猜出这是老洪布下的计策。两头的出口肯定被人把住，此时想跑已来不及。

方溪文在病人中装作低头打盹，等林可青走过才起身追上，做出很亲昵的样子突然捂住她的双眼，却不吭声。可青兴奋地叫道：

"表哥！"

方溪文知道她和袁午一起长大，也深谙方袁两家世仇，凑近她耳边低语：

"听着，我是方家的大少爷，还记得我吧？你表哥找我报仇，捅了我两刀，现在他落在我的人手里，是死是活全凭我一句话！"

他一眼瞥见老洪正往这边快步走来，又恶狠狠地加重语气：

"现在你得认我是你表哥，别问为什么。你要想救姓袁的，就乖乖照我说的做！"

方溪文松开手，扳转可青的身子，趁她目瞪口呆，在她肩头连拍数下，转而对走近的老洪朗笑：

"老洪啊，我本来还想过几天等出了院再去看我表妹，没想到你先替我联系上了。多谢多谢，我们兄妹俩有好几年没见了！"

可青只是从纱厂门房得知，有人打来电话说她表哥刚到上海就受伤住院，于是赶紧请假匆匆跑来。没想到见到的却是昔日仇人，又不清楚他跟一脸大胡子面带凶相的老洪到底是什么关系，将信将疑之中，她只好红着脸附和地点点头，随即问道：

"你的伤……严重吗？"

方溪文掀起衣角，让可青看看缠在小腹上的绷带，轻描淡写地解释了一番火车上发生的事，叫她不用担心。他转而又神态关切地问起可青工作和生活的近况，还就她这个辣椒汁里泡大的湘妹子是否适应得来甜腻腻的上海菜打趣了一番。

老洪见此情形，心里踏实下来。

换药完毕，方溪文领着可青回到病房。可青一眼认出皮箱里装的确是表哥为出千特制的赌具，顿时情绪激动，要求马上见表哥。方溪文冷冰冰地说现在不是时候，但过两天自会把人交到她手上。

送走林可青，方溪文意识到医院已非久留之地，便向老洪提出马上出院。老洪劝他再多休养几天，彻底把伤养好，他却很积极地表示完成任务要紧。老洪交给他武定路上房子的钥匙，简要介绍了房东和邻居的情况，又交代东南角地板下藏有一把左轮手枪可备不时之需。方溪文收拾停当，拎起皮箱正要走出病房，老洪忽然诧异地叫道：

"你怎么忘了这个？"

顺着老洪的目光，方溪文发现原来是那只万花筒落在窗台上。他并不清楚它有什么用途，但从老洪的口气推想，那万花筒必定相当重要。他将万花筒收入皮箱内，一瞥之下，看到老洪眼中再次掠过一抹怀疑之色。

四

　　方溪文走出医院，本想立刻去见莫小姐。虽说在车站错过了跟组织的接头，但只要出现在莫小姐身边，相信组织很快会重新和他取得联系。但是，他又担心一旦老洪发现他跟行刺对象的女儿来往，弄清他根本不是上级派来的杀手，那他必定性命堪虞。这样想来，还是不宜轻举妄动，既然租好的房子就在莫公馆对面，那正好住进去再说，坐观其变，静候时机。

　　弄堂狭窄到似乎两边的住家站在窗口都能互相击掌，穿过一片堆满杂物的天井，沿着陡直斑驳、嘎吱作响的楼梯上到二层。屋里分为两进，一大一小，收拾得倒是素雅整洁。撩开窗帘，一片尘嚣中的街景，掩映在高墙和树丫间的莫公馆隐隐在望。

　　方溪文从皮箱里取出那只万花筒，捧在手中细细研究。奥秘随即解开：万花筒的两头都是活动的，旋开之后便成一只带十字坐标的瞄准镜。他将瞄准镜不经意地对准斜对面的莫公馆，出现在镜头中的景象顿时令他心惊肉跳——只见袁午穿着一身极不合体、紧得快要绷开的西服，胸前口袋上还煞有介事地插着一条白手绢，晃着一根银灿灿的怀表链，正大摇大摆地走出莫公馆大门，且跟一旁的警卫熟络地打着招呼。

　　那块曾经缠在袁午手臂上的怀表！方溪文一下明白了背后的原因。一定是接应他的组织错把袁午救走，而这个无赖将错就错，假冒他的身份混水摸鱼接近莫家，目的只有一个，那便是杀掉莫冠群。

*　　　　*　　　　*

方溪文的判断一点儿没错。袁午前日借着请小白喝酒，探听到莫小姐酷爱欧洲古典音乐，于是跑到霞飞路上一家外文书店，花光口袋里所有的钱，胡乱买下两张他叫不出名来的进口唱片。然后，就在今天，他穿着从小白那里借来的一套西服来到莫公馆，说是别人有礼物托他转交莫小姐。虽然没法带枪，但他自信只要接近得了莫冠群，定有机会下手。他很顺利地进入莫家客厅，告诉莫小姐方先生暂时还不便露面，送来礼物是为了让她安心。莫小姐打开精美的包装看到唱片，居然面露惊喜，随即幽幽地感叹说这世上最懂她的人还是方溪文，弄得袁午哭笑不得。不巧的是，当他装作随意问起她父亲，才得知老家伙一早便离家外出。他只好悻悻而退，拿着莫小姐托他转送方溪文的两盒点心，到街对过的小店兑成了现钱和一包老刀牌香烟。点燃一支烟刚抽两口，正要招呼黄包车，扭头看到方溪文站在身后，用一份报纸挡住了手握的一把左轮手枪。

袁午一愣，随即跟方溪文打起哈哈：

"方先生，现在是国共合作时期，理当枪口一致对外，你杀自己人恐怕不妥吧？"

方溪文凛然道：

"少废话！我要杀了你，没人知道是谁干的，甚至都不知道死的到底是谁！"

袁午两眼忽闪，脑子转得飞快，依然不慌不忙地说：

"那么肯定吗？我告诉你两条，你还真就杀不了我。第一，凭我身上这块怀表，你在组织中的位置已经被我取代，你杀掉我也无法证明身份。第二，我已经冒充莫小姐的男朋友见过莫冠群，他以为我就是你，你要是杀了我，就等于暴露了你接近他的真实意图，你也不可能完成原来的任务。"

方溪文蹙眉咀嚼着袁午的话。袁午趁他稍一恍惚，快步一闪夺掉他的枪，臂弯遮住枪身，枪口掉转方向。

袁午哼笑一声：

"我现在杀了你，就真的没人知道是谁干的，甚至都不知道死的是谁了！"

"是吗？"方溪文忍住伤口的疼痛，用轻蔑的语气发问，"你以为杀掉我，你就回得去你的组织吗？你就证明得了你的身份吗？你就救得了你的表妹吗？"他不带正眼地看着袁午，就好像对方手里拿的不过是只痒痒挠。

袁午身子一震，笑容僵在脸上。"你说什么？"

"呵呵，可青比以前水灵多了，不过还是缺点儿心眼，一骗就信。你想不到她真的当着你那些同志的面叫我表哥吧？对了，你那只万花筒还挺别致的嘛。"

袁午瞬间明白过来，方溪文同样取代了他在组织中的位置。

"你想拿我表妹怎样？"

"那要看你对莫小姐做了什么。"

两人的话都有虚有实，还掺杂着对对方的半信半疑。袁午行前本已决定，在完成任务前不去惊扰表妹，此刻落入军统，形势扑朔迷离，更担心贸然联系表妹会带来各种不测。他眼珠一转，语气缓和下来：

"那这样，明天你带上可青，我把莫小姐约上，咱们四人找个地方见一面，如何？"

他手腕翻转，顷刻间卸尽左轮手枪的子弹，将枪交还到方溪文手里。两人四目对视，虽然相距咫尺，却都感觉彼此间有条无形的鸿沟，深不可测，直达幽冥。

*　　　　*　　　　*

　　第二天，方溪文如约领着林可青来到外白渡桥前。他一手插兜紧握手枪，一旦出现险情就会将林可青挟为人质。没想到，一辆黑色的雪佛兰轿车从桥上徐徐驶近，车窗摇下，坐在车里的正是袁午和莫小姐。显然袁午同样心怀戒备，只要发生意外便迅速驱车逃脱。方溪文和莫小姐、袁午和可青都已几年不见，此刻却只能隔空相望、默默无言。不过，四人看到挂念的对象安然无恙，都稍稍心安。

　　方溪文和袁午只好各诌一套说辞，表明不能相认的原因。

　　方溪文对可青咬牙切齿地道：

　　"看到没有？车上那个富家小姐是大汉奸莫冠群的女儿，你表哥一点儿气节都没有，已经投靠了日本人！"

　　袁午则对莫小姐连声叹气：

　　"唉，事到如今，我也就不再瞒你了吧。看到他身边那个女孩了没？别看她穿得土里土气，其实原是老家那边'砍刀会'老大的相好，这回跟着姓方的私奔来上海，担心被追杀，故意化装成底层人。莫小姐，听我一句吧，这个一肚子花花肠子的小白脸是靠不住的。"

五

　　袁午早听说城西一带赌场云集，按捺不住想去一探究竟，也好借机在赌桌上笼络一下小白。这天入夜，他叫小白带路，两人一起来到愚园路，在名头最响的"好莱坞游乐场"门前下了黄包车。他刚踏上台阶，忽见灯影幢幢中有位姑娘，正气汹汹地瞪着自己。袁午认出是表妹，大吃一惊，赶紧塞给小白几块大洋，让他先进场，随后过去把表妹拉到一边。

"你怎么来了？"

当年林可青是靠表哥的资助才逃离包办婚姻，从家乡跑到上海的，因而对表哥一直心怀感激。在她眼里，表哥虽说性情乖张，身上有这样那样的缺点，但在大是大非面前从不含糊。她实在不愿相信方溪文的话，可外滩街头目睹的一幕又让她没法不信。她冲着袁午劈头盖脸一通臭骂：

"你二叔全家都是被日本飞机炸死的，你舅姥姥有只眼睛是被日本兵捅瞎的，这些你都忘了？你怎么能觍着脸给日本人做事，还跟汉奸的女儿勾搭？你怎么还不如那个姓方的有骨气？"

袁午先是一愣，随即明白过来，呵呵一笑：

"我是什么样的人，别人不清楚，表妹你还不清楚？姓方的是有把柄落在我手里，不得不听我的，但又不甘心。他没告诉你他以前跟那个莫小姐是一对？我现在是假冒他的身份接近莫家，为的是从莫小姐的汉奸老子那里骗一笔钱，换成药品，支援战场上的中国军人。"

"你说的是真的？"

"这号事情开得玩笑？"

"那干吗要让姓方的冒充你呢？"

"他不冒充我，我就冒充不了他，这出戏就没法往下演了啊！对了，今后你还得好好配合我，在别人面前暂且认他做表哥。"

可青觉得这件事背后的复杂已经超出她的理解范围，不过，听上去倒确实合乎表哥的为人和他一向诡异的行事风格。再说，外敌当前，过去杀得你死我活的国共两党尚且都能联手，表哥和方溪文这一对老冤家暂时结成同盟，也没什么奇怪。

她的怒气消退，代之而起的是深深的担忧。

"表哥，你这样玩，不要命了？"

"谁说的？"袁午冲着赌场大门撇撇嘴，"我才不像那些一进赌场就丢了魂的傻瓜蛋子，我是能出千就出千、能使诈就使诈，只要发现时机不对、手风不顺，该丢牌就丢牌、该放手就放手，绝不会赌气斗狠，跟庄家去硬碰硬。"

像从前在老家安慰表妹时常做的那样，他又用手揪揪她的耳垂，笑嘻嘻地说：

"你就放心好了。"

*　　　　*　　　　*

就在第二天，正当莫小姐在若瑟天主堂门外广场上为排成长队的难民们执勺施粥时，一个脸藏在破毡帽下、衣着却明显比旁人洁净的男人也递过一只碗来，莫小姐抬眼一看，正是方溪文。她当即沉下脸，一把用勺将碗拨开。

"这是这些人今天唯一的一顿饭，你还来跟他们抢？"

方溪文讷讷地说：

"你就给我一碗吧……"

最近两年，跟国家危亡的时局步调一致，莫小姐的个人生活也连遭变故。先是未婚夫方溪文突然来信取消婚约，从此杳无音信，接着是父亲在曝光中共地下党高层领导的隐秘身份后，开始为日本人效力。这两件事对她打击之大，几乎把她变成了跟青春少女时代全然不同的另一个人。对于父亲的作为，她无力指责，毕竟她能不受战祸冲击、安享阔小姐的生活，都是拜他所赐。然而，不时从人们目光中领受到的轻蔑和恨意，还是让她的背脊一阵阵发凉。她之所以积极主持赈济会的活动，与其说是期望借此为父亲挽回一些声誉，倒不如说是为了让自己心安。至于方溪文，尽管她一再赌咒发誓，等再遇到他时一定坚决不理不睬，可那天一接到电话，得知他初到上海受伤昏迷，她转瞬便打消了所有芥蒂，匆匆赶去饭店。结果，当昨天隔着车窗见到方溪文，再听袁午一番解释，她心里还没愈合的伤口，反被撕开更深的裂缝。

施粥完毕，莫小姐四顾张望，却已找不见方溪文的身影。她在乱哄哄的难民堆里来回逡巡几圈，才发现不远处的墙根下，方溪文蹲在地上，刚为一个无力排队的饥童喂完最后一口粥。莫小姐顿时有些懊悔，觉得刚才不该对他那么生硬。方溪文这时也看到了她，摘掉破毡帽站起，微笑的表情里包含着某种她无从窥破的深意。

方溪文和莫小姐原是燕京大学同学，两人同在一班，不过上学前两年除了路遇时点点头外，一句话都没说过。方溪文惯于独来独往、潜心苦读，与天性喜爱热闹、热衷参与各类社团活动的莫小姐恰是两个极端，两人间似乎注定不会产生交集。直到某一天，教学楼突然失火，正上课的同学们无不惊慌逃窜，唯独方溪文很镇定地走到楼道尽头关上电闸，最后一个离开，这一幕恰好被莫小姐回头时看到。从此她对方溪文产生好感，主动与他接近，待到两人确定恋人关系，已是毕业前夕。随后莫小姐回到上海父母身边，方溪文则被秘密吸收进戴笠麾下，从事情报工作。几年来两人一直保持书信来往，莫小姐也曾回过北平一次。本已定好婚期，但转眼抗战爆发，军统戴老板下令严禁特工战时结婚，违者处 5 年以上 10 年以下徒刑，方溪文只得痛下决心去信给莫小姐，说思虑再三还是觉得两人性格不合，只能取消婚约。正所谓世事难料，不久前军统又命令方溪文利用与莫小姐的旧情潜赴上海接近莫冠群，必要的话甚至可与莫小姐结婚，这一度令他心里万分纠结。只是想到党国危亡事大、儿女私情事小，他才硬着头皮同意赴命。

"你不是有女朋友了吗？干吗还来找我？"莫小姐一扭脸，快步从方溪文身边绕过。

方溪文先是一愣，马上明白她是受了袁午的挑拨。

"女朋友？你是说昨天我带的那女孩？姓袁的这么告诉你的？你觉得可能吗？"

莫小姐瞥一眼方溪文，从他认真的神态里得到了某种抚慰。她忽地话锋一转：

"你知不知道，那个姓袁的在一次次冒充你？我感觉他的目的是接近我父亲。"

方溪文本想揭穿袁午的身份，可转念又怕袁午被莫冠群干掉，共党还会继续派刺杀高手来。为今之计，最好的办法是困住袁午的手脚，让他无法行动，为自己完成情报和策反任务争取时间。凭着对莫小姐的了解，方溪文料定她对投降日伪的父亲感情复杂，所以才会如此高调地投身眼下的慈善活动。等两人走到空旷处，他正色说道：

"是这样，袁先生是我同乡，他是重庆方面派来的，想策反你父亲。"

莫小姐露出无比惊诧的眼神，方溪文点点头，接着说：

"我同意他冒充我，这样他才方便接近你父亲。如果让日本人发现他的身份，恐怕对你父亲和全家都不利，所以你暂时不要公开真相，只需时时警惕他即可。另外，你想办法帮我在你家公馆里安排一份差事，只要我在，他断不敢对你父亲怎样。"

方溪文亮明军统的计划，是想把袁午当作自己的棋子，一来先试探莫小姐的态度，二来等必要时再让她泄露给莫冠群，正好投石问路。这着棋的高妙之处，连他自己都大为叹服。只是一想到莫小姐同样被自己当作了棋子，而且时时刻刻都得靠谎言维系两人的关系，他又不由得对她满怀愧疚。

莫小姐似乎从他表情里看出点什么，疑窦又起：

"那个女孩，你跟她到底怎么回事？她真是黑帮老大的相好？"

方溪文一听这话哭笑不得，但又担心全盘推翻袁午的说法不仅要费更多口舌，结果也未必于自己有利，只好苦笑着说：

"是她缠上我不放，我正想办法摆脱呢……"

六

火车上的混混名叫糜阿三，实系青帮大佬黄金荣门徒，在上海滩坑蒙拐骗、偷扒抢劫无所不作，因翻墙越户身手极好，人送外号"四脚蛇"。上回从东北老家奔丧归来，与方袁二人同乘一车，方溪文在站台上掏出怀表对时间，倏忽一闪的银光恰好落在他眼里，他自然耐不住技痒。这天他转悠到若瑟天主堂附近，打算从此处收容的难民身上榨点儿油水，却无意间撞见方溪文在与莫小姐窃窃密谈。看到火车上初遇时那位衣冠楚楚的绅士，此刻竟成一副潦倒落魄的苦力模样，糜阿三大感疑惑。因怕方溪文认出自己会翻旧账，他不敢与之纠缠，便指望从莫小姐身上找到解开疑团的线索。当向旁人探问清莫小姐的家世背景，他更觉其中必有蹊跷。眼看她结束救济活动后上了一辆黄包车，糜阿三悄悄尾随在后，来到海格路上一家金碧辉煌的酒店。隔着落地玻璃，看到大堂茶座里迎候莫小姐的又是袁午，他实在难以相信自己的眼睛。火车上那个样子粗蛮、衣衫破旧的家伙，此刻却西装革履，收拾得油光水滑，打着响指招呼侍者，对莫小姐礼待如仪，俨然一副富家公子做派。糜阿三琢磨不透，何以跟当初比起来，方溪文和袁午竟然都像换了个人。他意识到这当中必定藏有不为人知的秘密，决定找准时机分头敲诈两人一把。

袁午早在电话中约好莫小姐见面，却不知方溪文刚刚找过她。待莫小姐坐定，他先假惺惺地代方先生向她问好，随即提出要以方先生的名义注册一家买办公司，为此打算近日宴请一次莫家人，让莫小姐把他当作前男友介绍给她父母，以便得到他们的关照垂青，公司更易于在租界立足。他强调说这是方先生本人的意思，如果她不这样做，方先生则必有性命之虞，至于其中原因，他不便向她多做解释。这番带有恐吓意味、一听就是胡编的谎话，换了以前莫小姐既不会信，也不可能照办，可偏巧因为她刚见过方溪文，从他那里得知了袁午的"军统"身份和"策反"使命，反倒心有所动，暗暗决定成全袁午，好

给父亲一个反正的机会。不过她没有马上答应，而是显出犹豫
和犯难的样子。

"你装方先生，能装像吗？"

袁午拍着胸脯保证：

"我和方先生从小一起长大，两个人打打闹闹惯了，他有什
么底我还不清楚吗？绝无问题。"

＊　　　　＊　　　　＊

袁午将身上仅剩的几块大洋交予小白，去华懋饭店西餐厅
订下最豪华的包间。他准备在宴席上寻机往莫冠群杯中下毒，
或趁后者上洗手间时将其一举结果。小白见任务进展顺利，欢
欣鼓舞，大肆吹捧了一番袁午对于女人的魅力。

到了约定的这天中午，袁午刚在华懋饭店门口下车，便
被一个精瘦的家伙拦住去路。糜阿三冲着袁午打躬作揖，话
里有话：

"这位先生好面熟哇，我们在哪里见过的吧？哎呀想起来
了，从前大家还在同一列车里睡过觉、同一张桌上赌过牌，没
想到你这么快就飞黄腾达了，也不知哪来的好福气啊？该不是
傍上了哪个大富人家的千金小姐吧？兄弟我如今流落街头，挨
饥受寒，先生你不会见死不救吧？"

袁午听得暗暗心惊，不知糜阿三到底了解多少底细，但眼
下实在无暇顾及，只好掏出口袋里的全部零钱，将他打发了事。

然而，正如袁午担心的那样，莫冠群没有赴宴，出现在包
间里的只有莫家母女。莫小姐说父亲原本要来，但临时接到电
话有紧急公事，只好作罢。袁午估摸十有八九是借口，老家伙

肯定对一切陌生人都高度戒备。莫夫人原是莫冠群为掩护地下身份而娶的名门闺秀，头脑简单，直到不久前丈夫被日本人秘密抓捕并受刑，才恍然得知他是潜伏多年的共产党。对于女儿在北平上学期间私定终身，而男方只是来自内地偏远小城的一介凡夫，她曾极力反对。就因为这个原因，莫小姐才没给她看过方溪文的相片。过去两年，莫夫人极力想为女儿撮合一桩门当户对、有头有脸的婚事，无奈女儿就是对十里洋场上的那些富家子弟看不上眼，显然心里依旧为方溪文所牵绊。随着女儿年岁渐长，莫夫人一天比一天焦急。这次答应来赴宴，不得不说是她无奈之下做出的让步，同时也是出于强烈的好奇，想看看女儿曾经选定的真命天子究竟是副什么模样。

　　照着印象中女儿的描述，莫夫人觉得方溪文应该是个文质彬彬的白面书生，没想到眼前的袁午又黑又壮，说起话来粗声大气，不禁深感意外。

　　落座后，莫夫人问起袁午的职业，他微微一欠身说：

　　"鄙人主要从事投资。"

　　在袁午眼里，赌博和投资貌似是一回事。

　　"哦，哪方面？"

　　"这个嘛，主要经营商业用纸，对土建材料也有所涉足。"

　　说来好听，其实商业用纸就是纸牌，土建材料就是麻将和牌九。

　　莫夫人感兴趣地问：

　　"土建材料？这个不好做吧？"

　　袁午装模作样地叹一口气：

　　"是啊，搞实业很难。同行个个都是冤家，都想把你挤垮。

再说每次都得亲临现场，火候全靠自己把握。"

莫夫人盯着袁午的脸，心想难怪小伙子晒那么黑，看样子相当敬业。

"还要把握火候？"

"可不，土建材料嘛主要是砖块，有时一块砖没弄好，整批砖都得跟着报废，赔得很惨啊！"

莫夫人"哦"了一声，接着问：

"那方先生也炒股吧？"

袁午略一迟疑，对于股市他完全是门外汉，脑子里想到的只有用扑克牌玩的扎金花和梭哈。

"炒的。不过我比较谨慎，一般手里只握三只股票，最多也不超过五只。不做长线，都是短线，追跌抛涨，见好就收。"

莫夫人大赞有理，说：

"如今时局混乱，小小的租界不知能苟安到几时，看来我也得学习方先生的方法才行啊！"

袁午已在心里酝酿下一步的刺杀计划，连连摇头说：

"哪里，干我这一行风险极大，稍有决策失误，就很可能血本无归。不比莫老先生纵横商海几十年，经验老到，随机应变，总是稳赚不赔。今天遗憾未能见面，改天一定专程去府上向老先生当面求教。"

莫夫人最担心女儿喜欢的是那种不通世故的书呆子，但眼前的袁午伶牙俐齿、头脑灵活，而且极富上进心，甚至让她隐隐看到了几分丈夫年轻时的影子。她嘴角含笑向女儿投去一瞥，满口答应去劝说丈夫，择机带袁午进入上海商界。

随后开始点菜，战时的物价飞涨和华懋饭店无出其右的规格，都注定将这顿饭的花费推高到一个骇人的数字。袁午摆出出手阔绰、挥金如土的架势，点了最贵的巴黎鹅肝、俄罗斯鱼子酱、德式酥皮牛排，外加一瓶法国顶级红酒。他表面镇定自若，谈笑风生，心里却不免火烧火燎，须知此刻他已身无分文。

袁午身上唯一值点钱的东西只有那块怀表。他之前去收银柜台问过能不能先用它作抵押，改日再来付账，被断然拒绝还遭来一顿白眼。等吃到中途，他找个借口离开包间，想查下一共花销多少，再拿怀表找当铺换些现钱，然后直奔最近的赌场。没想到，侍应生却告诉他账已有人结掉。问清那人体貌，毫无疑问只能是方溪文。

*　　　　*　　　　*

原来方溪文下楼到弄堂口买报，隔街望见莫家母女穿戴齐整，分头坐上黄包车，便也叫车跟在后面。来到华懋饭店门口，他正犹豫要不要跟进大堂，忽然有人在肩头猛拍一下。他一眼认出正是火车上偷走怀表又拿刀捅伤他的那个小混混，不禁勃然大怒，但瞬间又控制住情绪，只是冷冷笑道：

"你小子还敢露面？"

糜阿三故伎重施，依然话里有话：

"唉，我这不是被逼得没活路了嘛，要不然会来求你？我知道你和那个黑心赌棍都在打莫小姐的主意，要不然他不会在这里请莫家人吃饭，你也不会跟到这里，你们两个肯定在合伙玩什么鬼把戏。不过我这人有一点好，就是从来不爱管别人闲事，对什么秘密我都能守口如瓶。看在我这么够交情的分上，你怎么也得接济我一点儿吧？"

方溪文心中一凛，外表却装作无动于衷。他掀起衣服下摆，露出小腹上贴的纱布，恐吓糜阿三说：

"你个浑蛋还想讹我？那行，现在就跟我去巡捕房，把我身上的刀伤说清楚！"

方溪文一听宴请莫家的是袁午，就明白他是想诓莫冠群出来寻机行刺。来到西餐厅门外，正好听到袁午在里边询问柜台可不可以拿怀表作抵押，知道他刺杀计划落空，又无力承担在这家上海滩上的头牌饭店请客的费用。这意味着袁午的身份很可能因此暴露，而一旦暴露，方溪文的任务也将随之告吹。好在军统秘密提供活动经费的银行保险柜就在不远的南京路上，他赶紧跑去提出一笔款子，来到西餐厅悄悄为袁午结账。本以为绰绰有余，哪知几乎把身上原有的钱掏空才补足差额，他只能在心里恨恨地咒起袁午。

方溪文隐藏行迹，等着袁午和莫家母女在饭店门口分手，暗暗跟在袁午后面，可才走出几百米就跟丢了目标。返回住处，老洪正在弄堂口抽烟等候，一见他立刻用脚踩灭烟蒂，瞪起眼睛，一副兴师问罪的语气：

"刚得到情报，老家伙后天一早要去同业公会总部开会，来找你商议狙击计划，你人都不在，跑哪里去了？"

"区区一把左轮，如何狙击？"

老洪听到方溪文理直气壮的反问，更感诧异：

"按上级指示，狙击步枪本该由你从地下交通站取来，怎么还没到位？"

方溪文意识到险些露馅，忙说：

"我外出正是要去取枪的，但出了一点儿小意外，倒不要紧，明晚前保证到位。"

老洪仍绷着脸：

"给你在这里租房的钱，是我和同志们在码头上扛麻包挣来的，你以为容易吗？任务不能久拖不决，这次行动，只许成功，不许失败。"

老洪眼中的怀疑有增无减，足以说明问题的紧迫。可是，方溪文又不可能直接通过莫小姐找袁午，那样的话等于在老洪面前自动暴露。第二天一早，他便开始在瞄准镜里监视对面的莫公馆，期待袁午出现，可一直熬到日头偏西，除了有勤杂人员进进出出外，再无其他动静。方溪文出门直奔城西，把最大的几处赌场转了个遍，在稀稀落落的赌客中间也没找着袁午。他恍然想到，如果自己可以偷偷去见莫小姐，那袁午也很可能单独跟表妹会过面。他马上赶到大同纱厂，刚巧在下班的人流中截住了林可青。

可青一见方溪文就耷拉下脸，但想起表哥交代的话，还是停住了脚步。

"你一个大少爷，跑来找我干什么？"

方溪文没好气地说：

"现在过着大少爷生活的是你表哥，我过的倒是他的生活。"

"可我表哥那样做是为了骗——"藏不住话的可青想替袁午辩护，说到这里又立马改口，"——赢汉奸的钱支援抗日军人。"

方溪文看到自己的判断没错，这对表兄妹果然私下见过面。同时，他又为袁午编造的谎言感到好笑。他顺着可青的话说：

"没错，可现在我告诉你，这个骗局就要被揭破，你表哥有危险，必须立刻通知他。"

"什么？你说的是真的？可我也不知道他在哪里啊！"可青急得直跺脚，"上次他只是说，以后要联系我就会给我宿舍打电话……"

方溪文失望而归。老洪再次等在弄堂口，暗淡的街灯衬得他神情更加阴骛，追问枪在哪里。方溪文无言以对，只顾低头往前走，老洪默默跟在几步开外。上楼前，方溪文隐约看到不远处有黑影闪过，断定老洪已布下人手，只等证明他身份不实，就会立刻将他除掉。

开门进屋，却见桌上摆着一只黑色方盒。打开一看，竟是一套紧嵌在长短不一各种格子里的枪械。

老洪的脸上登时云开雾散。

"步枪弄到了？怎不早说？这下行了。明早得手后，自会有同志掩护你撤离的。"

老洪离去后，方溪文长舒一口气。枪送来了，却不带一发子弹。更要命的是，他鼓捣了一整夜，累得满身大汗筋疲力尽，还是没能把分散的部件组装成一杆整枪。作为军统内罕有的名牌大学高才生，方溪文从事的一直是情报分析工作，只是不久前因他与莫小姐的关系值得利用，才被临时调入行动组，匆匆做过些粗浅的培训，因而在枪械方面难免相当低能。眼看着东方破晓，他的感觉糟糕到就像新婚之夜急于行房，但折腾到头都没成功的新郎官。

将近八点钟光景，莫冠群乘坐的黑色雪佛兰轿车从公馆大门驶出。按照老洪的部署，小组的两位同志分别装扮成小贩和三轮车夫，装作赶路在街间偶然相撞，小贩挑的担子翻倒在地，里边的水果四散滚落，两人随即相互责骂起来。雪佛兰轿车被迫停在方溪文住处正对面，甚至能看到车后座的挂帘被微微撩开一角，可以断定正是莫冠群在察看周围环境。要说下手开枪，此时时机再好不过。然而，方溪文住处的窗口就是不见动静。

这时，一个身形矫健的年轻保镖从副驾上下来，冲着仍在争吵的两人呵斥两声，用脚将挡住道路的三轮车猛力蹬向一边，随后回到车里，雪佛兰轿车重新启动，加速驶离。

七

袁午在酒店客房每晚都和衣而睡，以备有突发状况便于应对。一早被敲门声惊醒，他立刻本能地将手伸到枕下，抓住那支勃朗宁手枪。再听敲门节奏，是他和小白约定的暗号，这才放下心来。

小白神情肃然地进门，从大衣夹层中取出一个纸卷。

"负责电讯的同志昨晚截获了日方'重光堂'发的一份密码电文，但破解不出。我想这不正是方先生的本行么？肯定难不倒您。"

袁午展开纸卷，上面是一串串阿拉伯数字和英文字母的排列组合，对他来说简直与天书无异。但他不动声色，装作满不在乎地一撇嘴说：

"这样子的密码以前见得多了，没什么新鲜的……"

像是突然想起什么，他走到床头柜边抄起怀表看下时间，眉头蹙紧。

"哎呀，莫小姐约了我共进早餐，估计是要商量带我去见莫老爷子的事，现在就得走了。"

他将纸片重新卷起，放入上衣口袋，再一拍小白肩头：

"放心，电文回头破给你。"

出了酒店，袁午直奔方溪文住处。刚进楼道，就听房东说方溪文已经出门。袁午折回弄堂口，从一位正在等客的黄包车夫嘴里得知，先前有位面皮白净的年轻男子叫车去了码头。

江边码头上，堆积如山、等待装船的货物旁，老洪和几个搬运工模样的地下党人正对方溪文怒目而视，叱问他为何不按计划行事，害得一众同志的苦心布局全打了水漂。方溪文抬起右手，让大家看看扣扳机用的食指已肿胀到不能自如屈伸，说昨天夜里安装枪械时不慎被夹伤，担心枪法失准危及同志们的安全，故而临时放弃了行动。

方溪文的这番辩解，让老洪在气恼之外还感到难以置信。一个本该无比精通枪械的杀手，居然会在操作中被枪械弄伤手指，真是岂有此理！再看方溪文的那只手，白皙、细腻、绵软，与女人一般无二，一些部位都完全没有长久摸枪必然会生的老茧。一时间老洪对于方溪文的疑心前所未有地强烈。

就在这时，一身短打、嘴角挂两撇小胡须的工头走了过来，大骂老洪等人躲在这儿偷懒，连推带踢地驱赶他们干活。看到方溪文眼生，工头喝问他是不是来串联搞工潮的，方溪文忙说只是来找活干。工头又上下打量一眼方溪文，讥笑说就凭他这身子骨，麻包一压就得散架。一旁的老洪想起密件上交代过，派来行刺的人是功夫好手，顿时起意要借工头一探究竟，于是冷笑着对后者说：

"你可别小看这位兄弟，惹急了他，只怕你根本不是对手。"

工头习武出身，总爱对搬运工和船工们拳脚相加，以此显摆自己功夫了得。他一听老洪的话来了劲头，当即脱掉上衣，露出一身肌肉，一边将指节捏得咔咔作响，一边逼近方溪文。

方溪文心里正暗暗叫苦，忽然一个魁梧的身影闪出，挡在他前面。

"师哥，这家伙还用得着您出手？看我的！"

袁午神闲气定，扭胯沉肩，连续避过工头呼呼生风的几拳，然后看准空子，一掌直抵其胸，再迈前半步，嘴里低吼一声：

"走也！"

工头仿佛霎时间被卸去浑身力道，向后弹飞出去，四仰八叉地摔倒在地。

袁午转身对方溪文一拱手，眦眦眼道：

"今天有事路过这边，没想到与师哥巧遇。"

他又转向老洪等人：

"大家有所不知，我和这位袁师哥是同乡，从小拜在同一师父门下，学的是形意拳。我这位师哥真人不露相，别看外表柔弱，其实在我们一帮师兄弟中，就数他功力最高，我跟他交手都撑不过三回合。"

老洪一时愕然无语，其他几位地下党人则纷纷向方溪文投以敬佩的目光。

袁午装作很亲热地拉着方溪文走开。等到脱离老洪等人视线，方溪文不解地问：

"刚才那些人都是你的同志，你怎么不跟他们相认？"

其实袁午不急于回到组织，是因为他自认顶着目前的身份，更利于完成刺杀任务。但他不愿暴露这层心思，只讪笑一声道：

"我跟他们相认？他们凭什么认我？真把事情捅开了，说不定你我都得完蛋，还是先维持现状吧！好啦，我已经连着救你两把，现在轮到你回报我了。"

袁午从身上取出纸卷，递给方溪文。方溪文展开一看，顷刻明白是怎么回事：

"就知道你不是平白无故的。"

他盯着纸上的字迹默默运神，喃喃说道：

"这套密码不难，只是要按规律，把数字和字母替换成日文假名才能破译。电文内容是……日方正全力推动汪精卫……另立中央政府……近期将开始筹备……在占领区发行新货币事宜……与重庆方面展开金融战……"

方溪文沉思片刻，又对袁午说道：

"既是金融战，很可能莫冠群也有份参与，我劝你无论如何不要杀他，来日好从他身上挖出更多情报。"

方溪文话音未落，袁午一把夺回纸片，转身快步走远。

八

袁午受邀到莫公馆打麻将，同桌的有莫夫人和一位从北方跑来上海避难的女亲眷，以及莫夫人的一位阔太太朋友。袁午巧舌如簧，又不时在桌上暗中动些手脚，让几位女人轮流和牌，哄得她们个个开心。几圈刚过，门厅传来脚步声响，一位年近六旬、须发半白的男人走入屋内，身后跟着一个穿黑色对襟上衣的年轻保镖。袁午一眼认出老人就是照片上见过的莫冠群。

这时，坐在母亲身后观战的莫小姐立即起身，向父亲介绍袁午：

"爸，这位就是……方先生。"

袁午跟着起身，莫冠群连忙摆手制止，笑着说：

"坐下坐下，你们继续，客套就免了吧。早听小女多次提过方先生，内子见过也赞不绝口，说方先生年少有为，前途无量啊！"

袁午拱手施礼，口中自谦道：

"哪里哪里，跟莫老先生成就的天牌相比，晚辈不过是侥幸和了个小番而已。"

这话逗得在座的女人们全都哈哈大笑，他又接着说：

"今后在上海商界，还望多多仰仗莫老先生栽培、提携。"

莫冠群捋捋胡须，意味深长地盯了袁午一眼。

"方先生器宇不凡、雄姿英发，从商未免大材小用了。他日若得机缘，我料必为戎马英雄。"

袁午一边暗自惊叹老家伙目光之毒，一边盘算起下手的方式和时机。他无法带枪进入莫公馆，眼下只能伺机以非常手段行刺。但保镖环伺在侧，看护严密，再加莫冠群似乎不轻易走动，两人之间总是隔着莫夫人或牌友或沙发，令袁午无法靠近。或许此刻，这两个男人都像独狼一样嗅到了同类的气息。

莫冠群寒暄两句后转身上楼，牌局继续。袁午宽下心来，照旧跟几位女人说笑逗乐。又打了两圈，莫家那位女亲眷内急，袁午得闲片刻来到露台上抽支烟，趁机观察莫公馆内部构造和布局。当目光落到院内车库里那位正掀起车前盖埋头检查的司机身上，他忽然有种似曾相识的感觉，等到那人转脸，才认出竟是方溪文。

　　袁午愣怔好一阵，回到牌座。趁莫小姐不在，他假意恭维莫夫人：

　　"莫家就是不一样啊！刚才我进门撞见司机，连那小伙子都彬彬有礼，跟个读书人似的。"

　　莫夫人一听，皱起眉头。"我家司机哪来的小伙子？"等女儿回来她忙询问："老曹呢？他不在了吗？"

　　莫小姐瞟了袁午一眼，这时袁午正跟坐对面的那位阔太太聊得起劲，对身边发生了什么似乎浑然不察。莫小姐就对母亲解释说老司机生病请假，她已经找了他的侄子兼徒弟来接替。

　　莫夫人舒展眉头说：

　　"那行，我正想明天一早出城，去城隍庙烧香祈愿。"

　　袁午一听，马上饶有兴致地接口：

　　"是吗？我明天没事，正好陪伯母一起去。再说新司机也不知水平如何，一旦不灵光我还可以顶上。"

　　莫夫人大赞袁午心细体贴，莫小姐却面露难色，嗫嚅片刻，什么话也没说出。

*　　　　*　　　　*

　　方溪文正为成功混入莫公馆而无比兴奋，却没想到接手的第一趟活就是跟袁午一道出行，心里不禁又气又怕。从一坐进副驾，袁午就摆出一副为莫家母女安危尽心负责的严苛态度，细细盘问起方溪文驾龄多长、在哪里学的车、开过哪些车型、有没有出过事故。等车开动上路，他又找各种岔子刁难方溪文的车技。方溪文恨得牙痒痒，扭头见袁午正手舞足蹈地逗莫夫人开心，存心让他出丑，一个急刹车，不料反应敏捷的袁午牢

牢抓住了把手，倒是后座的莫家母女差点儿双双撞上椅背。袁
午回头夸张地大叫：

"伯母，美唐，你们没事吧？"

接着又怒目训斥起方溪文：

"你到底会不会开车啊？出了问题你担待得起吗？"

莫小姐忙替方溪文打圆场：

"他刚接手这份工作，对车况道路都不熟悉，过段时间就
好了。"

车出租界，进入日军占领区，凭着一张特别通行证越关过
卡，一路畅行无阻。目睹道路两旁激战过后留下的断壁残垣、
枯木焦土，车内的气氛渐渐凝重。到了城隍庙外，袁午叫方溪
文留在车里，自己陪莫家母女进了庙门。莫夫人在各殿都虔诚
地上香叩拜、捐献功德。经过看相卜卦的偏房时，莫夫人特意
问袁午的生辰八字，进门请屋内一位皂衣峨冠的老道测算是否
和莫小姐相合。老道掐指一算，眉飞色舞惊呼道：

"哎呀，这两位是少见的喜用相同、无刑冲克害的好八字，
当真是天地良缘啊！"

望着乐得合不拢嘴的莫夫人，袁午提议道：

"伯母何不顺便再卜一卦，向大师问问平安？"

不料老道排卦之后，倒吸一口凉气，沉吟片刻，示意莫小
姐和袁午退出门外，接着低声问莫夫人：

"府上最近两日内，可有生人入住？"

莫夫人想到新司机，连连点头。

"夫人今年凶星照命，五鬼相缠，要想冲煞化劫，近日务必
远离一切生人，否则恐有血光之灾。切切谨记！"

　　老道的这番测婚解卦，其实全是照着袁午的意思说的。原来在车上他已从莫夫人嘴里听出口风，此次进庙要为他和莫小姐八字合婚，于是趁母女俩进殿叩拜之际，他悄悄溜入偏房，连送钱带恐吓，逼着老道答应了他的要求。回去路上莫夫人一直阴沉着脸，一进家门就追问女儿为什么换掉司机，并说明天要亲自上门去请老司机回来。莫小姐辩解说看老司机岁数大了手脚不利落，所以才找可靠的新人顶替。袁午也在一旁假惺惺地为方溪文辩护：

　　"其实这趟我严格考察下来，此人的车技还是足可胜任的。"

　　莫小姐向袁午投去感激的目光。但莫夫人道出庙中老道的算卦结果，表示心意已决。"你们都别说了，大师的话不可不信。再说，我们家现在的处境……"说到这里，她的话音稍有哽塞。

　　莫小姐拗不过母亲，只好答应将方溪文辞退。

＊　　　　＊　　　　＊

　　第二天再来莫公馆，袁午看到老司机已回来上班，打牌时又听莫夫人无意中提起，莫冠群傍晚要出门去霞飞路赴宴。他不动声色，打到下午三点来钟光景，忽然一拍脑门，装作想起还有公司注册的事要办，让莫小姐替他几圈，说会快去快回。他赶回酒店，换身衣服，带上子弹满膛的勃朗宁手枪，又匆匆折回莫公馆附近。出莫公馆向东约两百米的十字路口，是去往霞飞路的必经之地，袁午决定等莫冠群乘坐的汽车开到这里减速转弯时，冲上去用手枪行刺。

　　他把脸藏到黑色礼帽压得低低的帽檐下，竖起大衣衣领，

41

背向街面，通过一家钟表行玻璃橱窗上的倒影，分分秒秒关注着来自莫公馆的动向。

他没有想到，尽管自己行动十分隐蔽，远端窗口的方溪文还是在瞄准镜中认出了他。

进莫公馆刚上两天班就被炒掉的方溪文，心情极度郁闷。昨天一听莫小姐说起庙里的算命结果，又问清袁午并没有一直陪在母女俩身边，他就断定是这家伙在背后捣鬼。

黑色的雪佛兰轿车驶出莫公馆，正要经过袁午设伏的路口。突然不远处连响两枪，汽车骤停，随行的保镖和另一名警卫迅速下车警戒。这时方溪文藏身在一株大树后，收起对天空射的左轮手枪，探头再看钟表行门前，袁午已经不见踪影。

九

方溪文知道，老洪的小组成员随时以各种身份作掩护，散布于附近街面，只等他展开行动时从旁协助。这也意味着自己的生命安危完全掌控在他们手中，一旦露出马脚必是死路一条。放眼身边，除林可青之外再无可利用的筹码，当危机迫近时挟她为人质，或许是脱险的唯一办法。

方溪文在相隔两条街远的地方租下一个七八平方米的亭子间，然后去纱厂找到可青，说上次来时见识过女工宿舍的简陋拥挤后，回去跟她表哥一商量，决定一起出钱为她租个新住处。可青意外之余非常高兴，跟着方溪文看过新家后，更是不住地雀跃欢呼。方溪文要求她不可把住址透露给任何人，目前一段时间也不能去见表哥，有什么事直接跟他联系就行。天真的可青完全相信了他的话。

其实，方溪文此次执行任务，随时可以通过秘密账户支取活动经费。但他向来是个廉洁奉公、一清如水的人，在军统北平站时就因从不参加同事的公款宴请而饱受排挤。他偏执地认为既然自己与组织脱钩，以他目前的身份并不配用公款，而将钱花在替代他身份的袁午身上反倒名正言顺。至于为可青租房，同样属于他的私人事务，任务经费一分也动用不得。然而，在自己带的钱里扣除比战前高出数倍的房租后已所剩无几，这样一来，坐拥万金的方溪文居然落到只能吃糠咽菜度日的地步。

这段时间，糜阿三一直没有停止过对袁午和方溪文的追踪。当他发现前者频频出没于莫公馆，而后者的住处又随时可将莫公馆置于视线之内，更加确定两人在联手策动一桩跟莫家有关的惊天阴谋。方溪文租下亭子间并将一位穿蓝丁服的漂亮女孩接来，他都看在眼里，可他既不明白这样做的用意，也猜不透两人之间到底是什么关系。按捺不住的糜阿三决定直接对林可青下手，从她身上破解方袁二人的秘密。

夜色降临，劳累了一天的可青正用毛巾擦洗身子。微弱的白炽灯下，从小劳作所赐的健美翘拔的身姿投映在墙上，可青看着为之骄傲，偏偏不由自主地想到方溪文。"呸！"她脸上一红，骂了自己一句，突然发现墙上自己的影子多了个脑袋，吓得她连忙望向屋顶。只见一人四脚蛇似的盘在梁上，獐头鼠目，正色迷迷地盯着她的胸部。可青慌忙抄起衣服遮挡身体，大叫：

"你是谁？快出去！要不我喊人啦！"

糜阿三一个鹞子翻身，不偏不倚地落座在竹椅上，手中多出一把短刀，正是在火车上对方溪文行凶的那把。

"你要想别人进来找到你的尸体，那就喊吧。啧啧，就是可惜了你这么好的身材。妈的，别人是金屋藏娇，姓方的怎么把你藏在这么个破屋里！"

逼仄的亭子间里无处可退，可青惊恐地扭动着身子。糜阿三将可青逼到墙角，用刀尖抵住她半裸的一只乳房，连唬带诈地说：

"实话告诉你，我是巡捕房的包打听，姓方的干了好事得去吃牢饭，不过只要你今天乖乖从了我，把他的事给我说清楚，再给我打个红包，我会替他圆场的。"

这时外边楼梯响起"蹬蹬"的脚步声，直奔亭子间而来，接着有人敲门。"可青，我给你带了些做饭的家伙。"是方溪文的声音。

糜阿三索性一不做二不休，将刀贴在可青脖子上，推着她过去开门。方溪文拎着一只鼓鼓囊囊的袋子站在门外，透过拉开的门缝一看屋内情形，立刻明白是怎么回事，冲着糜阿三怒喝：

"你个浑蛋，快放开她，有什么只管冲我来！"

糜阿三哼哼冷笑：

"你要让她活命也容易，那就老老实实说出你跟姓袁的到底在搞什么鬼名堂，想打莫家什么主意？道上的规矩见者有份，好处我也不多要，匀出三分之一给我就行！"

"我现在就可以给你。"

方溪文从腋下掏出左轮手枪。

糜阿三脸色立变，看方溪文就要推门进屋，突然飞起一脚，正好踢中他小腹上还未完全愈合的旧伤。方溪文疼得倒退半步，糜阿三趁机将可青猛地往前一推，身子如魅影一闪消失在窗外。

等可青穿好衣服，方溪文才进屋来，先是检查一番门窗能否锁紧，再将袋中什物一一取出。惊魂未定的可青焦急地追问：

"这人到底是什么人？他怎么知道你和表哥的事？你怎么连枪都用上了？你们还嫌不够危险吗？"

方溪文不希望她知情太多，尽可能以平淡的口气说：

"一个小瘪三，想讹点儿钱而已，不足为虑。"

*   *   *

可青惦挂表哥，刚巧袁午第二天就出现在纱厂门口。原来电话打到女工宿舍，惊闻表妹已经搬走，袁午匆匆赶来问个究竟。面对表哥的疑惑，可青反而更诧异，这才弄清表哥根本不知租房这回事。袁午明白方溪文是想控制可青作为人质，可听说他从糜阿三手里救下她，又觉得她暂时能得到一份保护也好，便没有揭破方溪文的谎言，只说：

"没错，是我拜托他照顾你的。这家伙有的是钱，租个房对他来说不过拔根毫毛，你不必心存感激。"

可青眼前还在晃动着昨晚那只黑洞洞的枪口，这比遭受的欺侮更令她不安。

"表哥，你们到底是要骗钱还是抢钱啊？我怎么觉得你们干的事越来越危险？"

袁午又一次揪揪表妹的耳垂，笑而不语。

就在这天，纱厂出了一起重大事故，一位中年女工的腿被纺织机的滚抽轧断，老板却归咎于她自己操作不当，拒绝赔付医疗费，还是同车间的女工们凑了些钱才让医院收下她。这位女工丈夫早亡，一人带着三个年幼的孩子，眼看一家人从此失去了生活依靠。下班后，可青循着方溪文留的地址找来，打算向他借点儿钱，帮大姐渡过难关。进门一看，方溪文正就着一碟酱菜啃一只发硬的馒头，她简直不敢相信自己的眼睛。

"这就是你的晚饭？"

方溪文停下有些艰难的吞咽动作，笑笑说：

"我晚饭都吃得简单。"

"就吃馒头吗？"毕竟来自同一方水土，这景象让可青觉得难以接受。

"离开老家后一直在北方生活，吃惯了。"

问到来意，可青不禁有些犹豫，但终究说了出来。方溪文略一思忖，起身从柜子里取出来上海时穿的那套"培罗蒙"西服，说声"稍等"，快步下楼离去。趁着这段工夫，可青打量起屋里简陋的陈设，发现方溪文的生活相当清苦，完全不像表哥说的那样。刚才问路时别人告诉她就在莫公馆对面，她还吃了一惊，此刻来到窗口，看着不远处那座灯火通明的宅第，她更加疑惑。按说在这条街上租得起房，还有余钱给她租亭子间，日子不该过得这么寒酸。这背后的原因是什么，表哥的话到底有几分真几分假，她实在琢磨不透。

过不多久，方溪文回来了，西服已经不见，只把几块大洋塞到可青手里。

"实在抱歉，当铺就给这么多，先拿去应应急吧！"

听方溪文这么一说，可青忽地为他感到心疼起来。对眼前这个儒雅外表下混合着柔弱和坚毅的男人，作为少女可青的心思正在起着变化。她又望望窗外，禁不住好奇地问：

"我表哥说你和莫小姐从前是一对，真的吗？"

方溪文一愣，不得不答：

"那都是从前的事了。"

"那你现在住到她家对面，是不是旧情难忘呀？"可青顺着话题往下追问。

方溪文不想再多解释，佯怒道：

"小孩子家莫胡说。"

可青不示弱地回一句：

"没比你小几岁，谁是小孩子家？"

*　　　*　　　*

这天莫小姐路过永安百货，看见道旁很多市民正围簇在几位女工身边，显得群情激愤。她从制服认出女工们来自父亲参股的大同纱厂，忙叫司机停车。看清牌子上写明是为伤残的工友募捐，她当即签了一张支票，特意加上父亲的名字，下车后顶着众人的喳喳议论走到募捐箱前。刚把支票投进箱口，她发现端箱的女工正以一种怪异的目光怔怔失神地盯着自己，甚至没有对她鞠躬致谢。她马上记起，这就是那个在外白渡桥头照过一次面、阻隔在她和方溪文之间的女孩。

莫小姐吃惊地后退半步。

"你怎么在这儿？你不是……刚来上海吗？"

对面的林可青回过神来：

"谁说的？我来上海都快三年了，一直就在这家纱厂。当然，你莫小姐是不可能认识我的。"

莫小姐更加诧异，不无气恼地问：

"那你为什么要编那套谎话去骗男人呢？"

"什么谎话？"

"说你是黑帮老大的姘头，为躲避追杀逃来了上海。"

可青的脸顿时涨得通红。

"这话是方……姓方的说的？"

"不，袁先生这么说的。"

"我表哥？不可能！我不信！"可青激烈地抬高调门。

莫小姐眯起眼，若有所思：

"你说什么？袁先生是你表哥？"

可青意识到说漏了嘴，抱着募捐箱转过身去。莫小姐没再多问，脚步沉重地回到车里。短短几句交谈，让这两个女人同时发现身边的两个男人都在骗人，可又都像是在动真格的。他们的本来身份是什么，如烟笼雾缭般无法看透，但能隐隐觉察到，他们都是为着某个比他们自称的目标更为重大、更为艰巨的使命而来。不管是曾经的恋情也好，还是共同的血缘也罢，都无法拖住他们的脚步、扭转他们的方向、软化他们的意志。而如果她们真要对其中的某个男人表达关心和爱护，也许最好的方式就是把怀疑深埋心底，装作毫无保留地听信他们那些不时露出破绽，却依然不惜用性命维护的谎言。

✝

老洪的催逼越来越紧，方溪文面对一堆零散部件还是无计可施。他害怕被老洪发现，只好将枪械各部分画成图样，准备去找袁午问清如何装配。这天眼见袁午从莫公馆出来，上了一辆等在门外的黄包车，便远远跟着。七弯八拐后袁午下车，竟已由西装革履换成一身粗布衣裳，手里多出个布袋，接着拐入一条破旧的里弄。方溪文紧跟上去，发现这里住的都是衣衫褴褛的贫民，难怪袁午要提前换衣。他见袁午走进一间小屋，过去正要敲门。"门没关。"从里面传出袁午慵懒的声音，在剥落的墙皮和霉烂的门柱间萦绕、消散。

方溪文推门进去，见袁午叼着烟，跷起二郎腿，坐在一把老得快要散架的摇椅上，正用一种戏谑式的表情打量他。

"你跟踪我干什么？"

"干什么？找你算账！"方溪文兀自有气，"我问你，那把枪为什么怎么也装不上？怎么连颗子弹都不给？我替你付的那顿饭钱，只怕都能买好几把这枪了。"

袁午"噗哧"笑出声来。"我这还不是为你好？那种枪你以前摸都没摸过，目标身位移动和射击时间的配合你也搞不懂，真要给你装好配上弹，你一枪打出去就彻底露馅了。"

方溪文想想也是，再说就算自己会用那把枪，也不可能真去射杀莫冠群，毕竟这跟军统交给他的任务相悖。他转而环顾起眼前这间四处结着蛛网的老屋。"你就住这里？"他疑惑地问。

49

袁午马上哭丧着脸诉苦:

"唉,我冒你的名头混上流社会,跟莫家来往,哪一处不得大把花钱?可我现在实在是穷得叮当响了,又怕被你们军统发现,只好先搬到这里躲躲,眼看就快撑不下去了……"

方溪文哪里知道,袁午料定他会为枪的事来找自己,眼下这一切都是故意安排的。不知中计的方溪文答应给袁午开张支票,不过提出两项附加条件:

"第一,既然你暂时杀不成莫冠群,那不妨利用现在的身份先搜集些有用的情报,我会视情报的价值给你下一笔钱。第二,每笔支出都要提供票据给我。"

当然,方溪文这样做还有一层动机,就是用钱拖住袁午行刺的脚步。

袁午喜上眉梢,满口答应:

"理所当然,理所当然,我保证每角钱都花在刀口上。"

方溪文接着从怀里掏出画着枪械各部分的图纸。"还有,你得教会我怎样把枪装配起来,要不瞒不过你的同志。"

袁午哈哈一笑:

"这个简单。"

*　　　　　*　　　　　*

几天后的一大早,方溪文下楼买报,正在浏览标题,忽然有人将一只厚厚的信封塞到他手里,正是袁午。这个满眼血丝的家伙站在一旁,装作也在看报,压低声音说:

"票据都在里边。你要的情报我还在弄。昨天在莫公馆打牌,听说汪精卫手下在上海的一位干员生性好赌,经常乔装改扮去赌场里混。你也知道不是我吹，我在赌桌上对付人最有一套了。现在我需要你给笔经费，越多越好，我去赌场会会他，保证把他买通，让他今后为我，哦不，为你所用。"

方溪文回屋，对信封里的票据逐张审核，又带着疑问造访了闹市区的几家商铺和酒家，结果发现那些票据全系伪造，估计都是从路边不法小贩手中廉价买来的。方溪文感到受到莫大侮辱，气得差点儿吐血。为了狠狠教训一下袁午，他决定动用银行保险柜里一笔原本准备用来扰乱敌方市场的假钞。

*　　　*　　　*

交接地点定在愚园路和赫德路交汇处，时间是第二天傍晚。方溪文收拾停当刚要出发，没想到可青来了。上次拿走方溪文把仅有的一身西服当掉换来的几块大洋，回去后她越想越过意不去，于是连着几晚没怎么睡，用厂里的废纱赶织了一件厚厚的毛衣，此时正好给他送来。可青熬得明晃红肿的眼里透出的温存和关切，让他不禁怦然心动，可不知为什么又本能地有些畏缩。

"你穿穿看，大小合适不？"

可青清亮的笑语声让方溪文凝重的面色稍稍舒展。他顺从地换上毛衣，可青扯起他的胳膊左右转了两圈，骄傲地说：

"怎么样？我的手艺！"

她忽又话头一转：

"对了，前两天我在街上碰见莫小姐了，还跟她说了几句话呢。"

方溪文心里一惊，但瞥见可青正盯着他的面孔看他反应，只好强作淡然说：

"是吗？那又怎样？"

可青松了口气。听方溪文说马上要出门送件东西给袁午，她的目光移向摆在门边的那只手提箱。

"重要吗？要不我替你去送吧。正好见见表哥，让他也高兴一下。"

方溪文一想也无不可，就告诉了可青要去的地点，给足车费，下楼把她送上一辆黄包车。不过他决定还是悄悄跟在后面。怀着报复的快感，他就想看看赌场里使用假钞的袁午会受到怎样的惩罚。

＊　　　　＊　　　　＊

愚园路本是租界越界筑路的产物，自国军经淞沪会战败退、日军填补周边空白后，这一带便形成了租界当局与日本占领军对峙以及各种政治势力鱼龙混杂的局面。可青下车后四顾寻觅，很快发现街对面坐在一条长椅上的袁午，抑制不住兴奋地招招手，快步向他奔去。袁午看见拎着手提箱的表妹先是一愣，随即释然而笑，起身迎接。他和远处尾随而至的方溪文同样都没想到，意外，偏偏就在这个时候发生了。

可青刚走到街中央，一辆插着太阳旗的吉普车横冲直撞飞速驶来。她连忙闪避，手提箱却被撞飞，簇新的钞票顿时撒落一地，随风四散。吉普车一个急停，几个荷枪实弹的日本官兵跳下来，对着惊呆了的可青汹汹大叫。为首的日本军官捡起一张钞票，马上辨认出是假钞，嘴里"八格八格"地骂着，命令士兵把可青拽上车带回日军驻地受审。可青一把挣脱，刚想跑向袁午，忽又担心连累表哥，转身向相反的方向跑去。日本兵举枪就射，砰砰两枪响起，可青一阵踉跄中，正好和对面的方溪文目光相接。她的眼神中同时透出一份有负所托的歉意，一份不明原因的诘问，还有一份无怨无悔的慰藉，毕竟在她生命画上句号的最后时刻，她看到了在她心里分量最重的两个男人。

袁午和方溪文都已把手伸到腋下，准备拔枪冲上去救人，不料这时又有一辆日本军车驶近。两个男人都发现了对方，面如死灰隔街相向，只能眼睁睁看着七八个日本军人围住现场，清理伪钞，把已经断气的可青拖到车上。

这一刻，两个平日里孤傲自负的男人，在遥遥对望中都蓦然醒悟自己的无能、卑怯和狭隘。这一刻，两个男人眼里都饱含悔恨的热泪。

53

十一

两个男人再次见面，选在了深夜，在极斯菲尔公园的无人处。袁午不由分说，走过去照着方溪文的脸一记重拳，将他击倒在地，接着从齿缝间咝咝有声地挤出一通咒骂：

"姓方的，我操你祖宗！我跟你两个男人斗也就罢了，凭什么要把可青搭进去？"

方溪文从地上挣扎爬起。他也觉得是自己对可青的疏忽害死了可青，心里充满无限的愧悔。他嘴里吐出一口鲜血，声音有些混浊却不失平静地说：

"如果你觉得打死我能替可青报仇，那就尽管动手吧。反正再这样斗下去，我们两个迟早都是死，而且会搭上更多的人！"

良久，等情绪有所平定，袁午坐在湖边的石块上点燃一支烟。从不吸烟的方溪文走过来伸手讨要，袁午愣怔片刻，把手上的这支掉个头递给他。方溪文接过烟猛抽一口，呛得连声咳嗽。

"想……想听个建议吗？"方溪文边咳边说。

袁午盯着幽暗中泛着微光的湖面，没有搭腔。

"既然我们现在都顶着对方的身份，就算交换回来也只会让两方的任务都完不成，那我们不如彼此帮对方一把。"

袁午重点一支烟，火柴的光焰照亮了他不无疑惑的脸。

"怎么帮？"

"你帮我偷情报，让我能向上面交差，我帮你杀莫冠群。"

火柴被噗地吹灭，带着余烬划出一道暗红色的弧线落入湖面。

"你真敢对他下手？莫小姐那边怎么交代？"

"汉奸国贼，人人得而诛之。只是，先得从他身上挖到点儿有价值的情报。莫小姐……"说到这里，方溪文一紧牙根，"我和她缘分已尽。"

袁午仍是摇头：

"你连杆枪都装不上，还谈什么杀人！"

"我以命相搏，还不行吗？"

方溪文的声音里迸出一股在他身上从未见过的狠劲。袁午却依然嗤之以鼻：

"你以为拼命就行？你以为在赌桌上不要命就能赢钱吗？"

方溪文变得激动起来，在袁午身后快步来回走动，心中的积郁像开渠放水一样喷涌而出：

"姓袁的，今天在这里把话挑明了，接下去你到底想怎样？如果我们两个只是为家仇斗，那我告诉你，当年我爹没赔偿你爹确实是不义，可你带人抢劫完我家，我爹转眼就气病而死，我们已经扯平了！如果我们是为各自的组织斗、为不同的主义斗，那现在国难当头，家仇也该先放一边了！可青死这笔账你可以记我头上，你要咽不下这口气，我答应你，等都完成各自的任务了我们再接着斗，行不行？"

袁午深陷沉思，半晌才低声咕哝了一句：

"枪你是会装了，可也打不准啊！"

"所以你得教我。"方溪文略一停顿，又说，"我也教你。"

"你教我什么？"袁午愕然反问。

"教你怎么用那块怀表。"

袁午按按胸口的揣表处，失声而笑：

"你以为我不会看时间？"

方溪文停止踱步，长舒一口气后缓缓说道：

"不，那里面藏着一部微型相机，我教你怎样用它拍照。"

*　　　*　　　*

几天后，莫公馆里又一次牌声喧哗，这回袁午没有亲自上手，而是坐在莫小姐身后指点她出牌。喝得微醺的莫冠群从外面回来，看得出心情不错，笑着跟众人打招呼。从牌桌边经过时，他腋下夹的一只黑色公文包"哗"的掉落在地，一份标有"绝密"字样的档案袋从包里露出半截。袁午马上礼貌性地起身帮着拾捡，莫冠群的保镖却抢先一步拦住他，飞快地将文件塞回公文包交到莫冠群手里。

"到底老喽！"莫冠群面泛酡红，自嘲地冲袁午一笑，又对大家说，"你们好好玩，我先上去休息了！"

袁午一边继续指点莫小姐，一边凝神谛听楼上脚步的移动。助莫小姐连和两把后，他借口上厕所，一闪身折进楼梯间，蹑手蹑脚上到二层。来到一扇门前，确定里边没有动静，袁午娴熟地用两根竹牙签捅开门锁。这里正是莫冠群的书房兼办公室，那只黑色公文包就摆在桌上显眼处，想不到老狐狸也有大意时。打开档案袋一看，里边是一份汪伪特务组织在重庆国民政府中的内线名单。袁午赶紧脱下马甲遮住房门下沿，避免光线外泄，随即打开台灯，取出怀表对名单逐页拍照。这时忽从楼外传来汽车发动的声音，他不由得加快了动作。等到将公文包原样放好，退出楼道合上房门，甫一转身，头上却被一支冰凉的枪管顶住。

"别动！你来这里干什么？"

是莫冠群的保镖。刹那间袁午已在心里做好最坏的打算，思忖着如何一举夺下对方的枪，再搜寻莫冠群并将之击毙，不过能否得手，实无多大把握。就在这时，不远处的楼梯口传来莫小姐埋怨的声音：

"让你帮我取条披肩，竟要这么久？说了我的房间在三层，你怎么找到二层来了？"

刚才袁午离开后，牌友之一的汪太接到电话说孩子感冒发烧，当即坐车赶回家去。大家等着袁午接手，莫小姐这才四下寻他。进了莫小姐闺房，袁午惊魂稍定，但他不知道该说什么才好，只能用目光对她刚才的解围报以无声的感激。

莫小姐奄下眼皮，犹豫片刻才说：

"方先生已经告诉过我你的身份和目的了，如果你想代表重庆方面跟我父亲好好谈一次，我可以帮你创造机会。现在那保镖寸步不离，其实他是被安插到我父亲身边的，一来为了保护，二来随时监视。"

袁午见莫小姐如此误解他的举动，正中下怀，顺势说道：

"刚才可能是我操之过急了。有这保镖在，看来直接跟你父亲摊牌的时机还不成熟。不妨再等一等，相信会出现转机的。"

莫小姐忽然想起什么，脸微微一红，问道：

"对了，你表妹呢？他和方先生在一起……还好吧？"

袁午腮帮一紧，面色发青。"她已经……死在日本佬枪下了。"

"你说什么？"莫小姐失声惊叫起来，"什么时候的事？前不久我还见过她……"

袁午只能强抑悲痛，岔开话题：

"不管怎样，还请莫小姐暂时保守秘密，不可将我的真实身份透露给你父亲。否则，很可能让我和方先生都白白送命。"

毋庸讳言，对于可青的存在，莫小姐一直天然地心怀抵触甚至敌意。但此刻闻知噩耗，她顷刻陷入深深的自责。尤其想到可青的死必定跟袁午的使命有关，因此父亲也得间接地为此负责，她心里更是难抑一阵悸痛。再看袁午眼里流露出对表妹的怅然追念，她又对眼前这个男人生出深深的同情和悲悯。这段时间，她见惯了他的油头滑脑和逢场作戏，从一开始被迫接受时的极度反感，渐渐转变成理解后的主动配合。她暗暗惊奇于世上还有这样一路男人，跟她在各种应酬场所见惯的那些纨绔子弟全然不同，跟他熟悉的方溪文也是天差地远。她不得不承认，在冒死涉险、如履薄冰的袁午身上，散发着一种别样的雄性魅力，只是像团火焰一样没法抓在手里，对她来说只能敬而远之。

*   *   *

出了莫公馆，袁午挑黑路直奔方溪文住处。叩开门后，一语不发，只把怀表往对方手中一塞。方溪文一头扎进里屋，关起门来，折腾到午夜前后才重新露面。他两眼炯炯放光，脸上带着无法掩匿的激动，将一只已埋入微型胶卷的小药瓶交给刚刚眯了一觉的袁午。

"请叫我的同志马上传送出去，以最快速度通知重庆方面。"

说罢，方溪文走到墙角，掀开几块地板，空隙处散乱地插放着狙击步枪的零件。袁午一看就心疼地叫唤起来：

"妈呀，真要命呀，这宝贝都快毁你手里了。"

方溪文正容敛色道：

"我会遵守约定的，你帮我弄情报，我帮你杀莫冠群。你只管教我怎样瞄准，剩下的就是我的事了。"

袁午仍捺不住火地骂骂咧咧：

"你的事？你他妈的摆明了就是想让这事办不成！你以为都不用经过实弹演练，光学拿眼瞄准就能开枪杀人了？还有，怎么能选这么个民居房当狙击点？只要楼下一堵，跑都没处跑。等一过中午，窗口就变成逆光，瞄准相当费劲。再说离莫公馆这么近，里边的警卫听到枪声三分钟内就能赶来。在这个位置上行刺，除非能一枪毙命，否则根本就是找死！"

方溪文只是硬生生地回敬一句：

"这都是你的同志安排的。"

袁午有些挂不住面子，轻咳两声掩饰窘相。

"算了，莫冠群还是我亲手来办，但需要你配合。后天中午莫家全家要外出赴宴，我也受邀参加，估计要用两辆车。明晚我先带你去经过的路上选好地点，到时你带上左轮手枪守在路边，等车经过时，只管将第一辆车的轮子打瘪就行，然后吸引火力，我会趁乱在车里下手。"

*　　　　*　　　　*

袁午选定的伏击地点是一处相对狭窄的街道拐角，路边有幢正待拆建的老屋可作屏障。到了约定的时间，早早藏身在屋墙后的方溪文，透过破败漏风的窗牖看到两辆轿车驶近，头一辆是福特，后一辆正是莫家人常用的那辆雪佛兰。一想到过了今天，就能结束这段梦魇般的上海之行，彻底摆脱这种快要将人撕裂的双重身份交缠纠结的痛苦，他紧张的心情稍稍平复。他抬手啪啪连放两枪，一切都如预料，被击中左前轮的福特车"呲"的一声横停路中央，司机奋力打轮也无济于事。后边的雪佛兰被迫跟着停下。从两辆车上分别下来保镖和一名随从，辨清袭击方向，向方溪文露头的位置展开反击，一时枪弹连发，碎砖墙皮在他身边四溅。

这时，方溪文看到福特车上的莫冠群已从另一侧下车，正屈膝弓腰快步向后车移动。他举枪瞄准，刚要扣动扳机，却忽然发现有个熟悉的身影飘然而至，不偏不倚挡在莫冠群前面。方溪文认出正是袁午，一愣神的工夫，杀机已失。

转眼间莫冠群和袁午挤上雪佛兰，车子迅速调头，喷着尾烟驶离视线。留下来的保镖和随从对老屋形成合围之势，左抵右挡中，方溪文的子弹很快打光。他意识到自己被袁午出卖了，气得用握枪的手在墙上猛击数下，顿时皮破血流。跳出后窗逃跑时，一颗子弹几乎擦着他的耳根"嗖"地飞过，灼热的声波震得耳膜隐隐生疼。

十二

方溪文侥幸脱险，不敢再回住所，也不敢在莫公馆周边露面。如果袁午真的变节投靠了莫冠群，那汪伪特务们必定已在这些地方结网以待。他心里想到了各种更坏的可能，越想越不寒而栗。或许袁午根本就没把那份重要情报传送出去，又或许那份情报根本就是伪造的，且已如他所愿挑起了重庆方面的内乱。也就是说，他掉进了一个精心策划的阴谋，毫不自知地沦为对手赌博的筹码和渔利的工具。最可悲的是，或许他再也没法恢复本来的身份了，因为就眼下情形来看，即便能够重回组织，首先迎候他的也将是军事法庭。

这天向晚时分，方溪文去银行保险柜取了点儿钱，准备马上购买船票，连夜离开上海。刚刚走近十六铺码头，忽被两下短促的汽车喇叭声打断沉思。扭头一看，袁午一人开着莫家的雪佛兰，正好在他身侧停下。

"还傻愣着干吗？赶紧上车吧！"袁午在一顶黑色礼帽下双眼斜睨，嘴角含笑，用揶揄的口气招呼道。

方溪文警觉地环视周遭，不知袁午又要对他耍什么鬼点子，愤愤地说：

"你是要拉上我去向你的新主子请赏吧？"

袁午一脸不屑：

"拿你请赏？你也不看看自己值几个钱！"

方溪文心里窝火，却还是无奈地钻进了后座。袁午开动车子，冲着后视镜里的方溪文一笑，继续折磨他脆弱的神经。

"今天咱们配合得不错，你脑子还算机灵，没辜负我对你的期望。"

方溪文这下真的怒了，双手扑上去紧紧扼住袁午的脖子，车子一下失去方向。

"就是你设的圈套，害我差点儿送命！"

袁午赶紧一个急刹车，大叫：

"放开！听我解释！"

方溪文的手勒得更紧。"你个下三烂的赌鬼，什么时候说过一次真话？谁还会信你？"

"这回你非信不可！"

*　　　*　　　*

那日袁午正要随莫家人外出赴宴，到莫公馆对面小店买烟时，遇上早就等在那里的糜阿三。袁午知他意在敲诈，赶紧掏出几张钞票叫他滚蛋。哪知糜阿三阴笑着说他早已偷偷光顾过方溪文的屋子，发现了藏在地板下的枪支，猜出方袁两人的意图是要里应外合干掉莫冠群。不过他又说自己毕竟是中国人，同样对汉奸深恶痛绝，所以不但不会泄露两人的计划，相反还会鼎力相助，将一桩有关莫冠群最近日程安排的秘密卖给他们，就不知他们是不是出得起价。袁午追问是什么秘密，糜阿三说之前在火车站发现一位刚到上海的日本富商，认定是条大鱼，跟踪潜入对方下榻的饭店，结果翻出一封用中文写好尚未发出的信，收信人正是莫冠群，信上约定两人某天将在饭店密会商谈一桩要事。袁午装作不感兴趣，随口问那日本富商叫什么名字，糜阿三说那人入住饭店显然用了化名，不过信上落款写明叫真田忠胜。

袁午一听"真田忠胜"四字，顿时血涌脑门。真田忠胜是日本特务头子土肥原贤二手下一员得力干将，久在日占区活动，作恶多端。当年在家乡赌场门外搭救袁午，又领他走上革命道路的恩师茶叔，一年前在济南时死在真田手里，逼供时竟被剐了一百多刀！现在真田秘密来到上海，又住在不为日军控制的租界，袁午意识到正是为恩师报仇的天赐良机。虽然刺杀莫冠群是上级下达的死命令，但如莫冠群早早死掉，那就再无接近真田的机会。好赌的天性让袁午顷刻之间做出冒险一搏的决定！彼时莫公馆门口汽车即将发动，再无余暇通知已在伏击点上就位的方溪文，一切只能相机行事。糜阿三咬定只要大洋，不收法币，两人匆匆议定以一百块成交。袁午答应先付一半以获知真田和莫冠群密会的时间地点，事成之后再付一半。紧接着他被叫上福特车副驾，竟跟莫冠群同坐一车，莫家母女则坐进雪佛兰跟在后面。随后两车并发，直到在前方路口与方溪文交火。

"真田忠胜？"

方溪文自然对这个名字不陌生。精通日语的他在北平站负责整理对日谍战资料，早就知道真田是个著名的中国通，能说一口流利的汉语，曾在东北和华北端掉军统的多个地下组织，逮捕和杀害的特工多达百名。

方溪文神情中的微妙变化，逃不过后视镜里袁午的眼睛。

"我借口为莫小姐买生日礼物借出这辆车，已经四处寻你半天了。没别的，想请你先借我五十大洋，我好从四脚蛇嘴里套到情报，完了马上还你。"

听袁午口气，已然做好通盘打算，方溪文的嗓音低沉下来。

"你想怎么做？"

"这次救下莫冠群，他一定对我信任大增，我赌他见真田时会把我带上。如果不带，那我知道了时间地点也会另想办法，总之要将莫冠群和真田一起干掉。"

方溪文连连摇头。"我们戴老板对真田恨得咬牙切齿，数次布置刺杀行动，真田次次都如泥鳅一般滑掉。这回跟莫冠群会面，一定警戒森严，你单枪匹马行动，可以断言毫无胜算。"

袁午故意套用可青遇害后那夜，方溪文在公园湖边说过的话：

"我以命相搏，还不行吗？"

方溪文也用袁午当时的原话反驳：

"你以为上赌场不要命就能赢钱？"

袁午忍俊不禁，哈哈大笑：

"有时候决定赌局成败的，不在你手里有多大本钱，而在你敢不敢把全部本钱一把押上。"

方溪文默然不语，沉思良久。他拿不准袁午会不会再一次耍弄自己，却还是勇敢违逆谨小慎微的天性，平生罕见地做出了孤注一掷的决定。

"你说得也对，世上很多事不赌一把，你根本不知道结果是什么。这回我陪你，赌！"

袁午一惊，随即将脸掉向窗外。

"这事跟你没关，不用你掺和进来。"

"谁说的？我答应过帮你杀莫冠群，这事还没兑现。"

"上次拦车算你已经帮过一次，不欠我的。等我动手那天，你只管带着莫小姐离开上海吧！"

"那不行，这事我掺和定了。"

两人在后视镜中四目相对，一股肃杀的气氛在车内蔓延，似乎要裹挟着他们汇入幽暗而浩渺的时代洪流，并在其中化为一抹微澜，湮没无迹。

"如果咱俩都死掉，那就再也换不回身份了。"袁午感喟道。

方溪文喉结一抖：

"多少人像可青那样说没就没了，谁还在乎身份？命都可以不要了，还要什么身份？"

＊　　　　＊　　　　＊

袁午将车停在约定的路口和糜阿三交接。糜阿三接过从窗口递出的黑色手提包，扯开拉链，飞快地点清银洋，满面喜色。"日本人住都城饭店703房，见莫冠群定在后天上午九点。"话音刚落，他就被从后面悄然接近的方溪文用枪把砸晕，再被推到车里。没等周围几位目击路人弄清怎么回事，车已飞驶远去。借着夜色遮掩，两人将糜阿三带到可青短暂住过的亭子间，绳捆索绑，堵上嘴巴，免得他在行动开始前意外生事。临出门时，方溪文心念一动，特地写下一张字条，等下楼经过房东门口塞入邮箱，告知两天后他就会搬走，叫房东到时自行收回房子。

都城饭店位于江西路和福州路转角处，袁午和方溪文一前一后进入装饰奢华、灯火辉煌的大堂，想先摸清饭店内部构造，谋划到时如何动手。两人分头上到七层，却讶异地发现这里毫无异状。

"不会是四脚蛇那家伙耍咱们吧？"楼道拐角，方溪文跟袁午交换下疑惑的眼神。

走过703房间，袁午装作不慎将礼帽掉落在地，趁着弯腰拾捡的工夫，将耳朵贴紧房门聆听动静，跟在后面的方溪文也紧张地收住脚步。不料就在这时，门"吱扭"一声打开，袁午大惊失色，迅速拔枪，起身将房门一脚踹开。他冲进去正要射击，却诧异地发现只有一名穿制服的女服务员差点儿被撞倒，在她身旁是一辆整理房间用的工作车。

女服务员看到袁午手里的枪，吓得浑身哆嗦：

"先生，您……您要干什么？"

袁午巡视一番屋内，确定没有他人，反倒有些失望。见方溪文跟进门来，眼珠一转，枪口冲着女服务员，压低嗓门凶巴巴地问：

"说，这房里是不是住个臭婆娘跟个小白脸？"

见女服务员连连摇头，袁午一指方溪文：

"那臭婆娘是我这位兄弟的老婆，背着他在外面偷人，我是他请来捉奸的。"

方溪文先是一愣，随即明白过来，装出一副羞愤难当的样子，摸出钱包，抽两张钞票塞到女服务员手里。"小姐别怕，请实话告诉我，那对奸夫淫妇是不是就住这里？"

女服务员面色稍缓，仍是摇头：

"这里住的是位日本老先生，刚刚退房走了，所以我才……才来收拾的。"

袁午和方溪文同时一愣，袁午佯怒：

"胡说！哪有客人晚上退房的？"

女服务员怯生生地解释道：

"是真的，他说这屋里进过贼，非走不可，旁边一起开的几间房也都退了。"

袁午和方溪文失望地面面相觑，走出饭店大门，来到灯影摇曳的江西路上，一时四顾茫然。袁午不无焦灼地担心真田受了惊吓会一跑了之，方溪文倒认为真田既已邀莫冠群商谈要事，一定会等见完面再走，只不过见面的时间地点也一定会变。

袁午思前想后，半晌才说：

"看来只有求助莫小姐了，请她从老家伙嘴里套出时间、地点，咱们好先做准备。"

"不行，太冒险了。咱们要做的是连她父亲一起杀，你怎么跟她说得出口？再说就算她答应帮咱们，也很容易被莫冠群看出破绽，咱们在行动之前就会被他反制。"

"不这样做，那就更没机会。"

看袁午目光坚决，方溪文只好轻叹一口气：

"这样吧，我跟你一起去见莫小姐。"

十三

袁午开车带着方溪文进入莫公馆，下车后照例接受搜身。与以往有所不同的是，警卫们对他这位莫老爷子的救命恩人表现得格外尊敬。袁午交代过方溪文见到莫夫人不要抬头，以免被她认出，进到客厅却发现气氛清冷，不复每次来时宾朋满座、言笑晏晏的场面。正疑惑间，只见莫冠群背着双手站在二层楼梯口，神色凝重地对袁午说：

"下午我临时起意，派人把内子和小女送上火车，让她们去杭州的亲戚家小住几日。没来得及让你和美唐话别，希望你不要介意。"

袁午抬头笑答：

"伯父说哪里话，现在是非常时期，我能理解。"

莫冠群赞许地点点头，对身边的保镖说声"你先去休息吧"，随即招呼袁午道：

"你上我书房来，你和美唐年龄都不小了，我想听你谈谈今后的打算。"

袁午向方溪文使个眼色，正要独自上楼，却听莫冠群说道：

"那位不是在公馆干过两天的司机小哥吗？既然是你朋友，那就一起上来吧！"

袁午和方溪文都暗吃一惊，再次交换一下目光，却都不敢违逆。

两人跟着莫冠群进入书房。莫冠群示意袁午合上房门，随即背转身去，走近窗边，语调异常平缓：

"昨天的刺杀行动，是你俩合谋的吧？为什么事到临头又要救我？"

袁午和方溪文同时脸色惊变，袁午强作镇定：

"伯父开的什么玩笑？晚辈听不懂啊！"

莫冠群仍不转身，只是轻轻摇头，吟哦般说道：

"古云韬略犹如双刃古剑。轻用其芒，动即有伤，是为凶器；深藏若拙，临机取决，是为利器。"

他转过身来，两眼炯炯如炬逼视袁午。"别忘了我是干什么出身的。我早看出你并不是美唐以前的男友，你抓住她的弱点控制她，通过她来接近我。你本是奉组织上的命令来除掉我的，我没说错吧？"

他又转向方溪文。"我暗中差人到燕京大学查过，你才是美唐当时交的男友，你一毕业就加入军统，这回来上海是想通过美唐从我身上获取情报，可能的话把我也拉入军统阵营。这我也没说错吧？"

方溪文愕然无语，袁午的目光已在四下逡巡寻找退路。莫冠群笑着摆手：

"放心，我若早想下手，你们绝无可能还站在这里。既然我们都没杀对方，表明还有沟通的余地。"

袁午知道再伪装下去已无意义，沉下脸说：

"我跟叛徒之间没什么好沟通的，跟汉奸之间更没什么好沟通的。"

莫冠群身子微微一抖，看得出袁午这话戳痛了他内心深处某个永难愈合的伤口。

"我知道……这是组织对我的定性，但走到今天这步田地，实非我的本意。"

莫冠群低下头，将一只手插进斑白的头发，缓缓向两位年轻人讲述起自己沉沦的经历。原来他自青年时代从商，内心一直向往革命，秘密加入中共后，利用自己所居的特殊地位和掌握的丰厚资金，穿梭于各种政治势力之间，搜集情报、营救战友，逐渐成为上海地下党的高层领导之一。不久前，日伪特务透过一些迹象，怀疑他是南京方面的潜伏人员，将他秘密逮捕，严刑拷打，但他坚不吐实。敌人又带他来到家门外，告诉他再不招供，就立刻进去杀掉他的妻女。莫冠群料想此时组织上肯定知道他已被捕，必会采取紧急应变措施通知相关同志撤离，为救妻女就假认自己确是国民党情报人员，并供出联络点地址。没想到敌人赶去联络点，正好抓住了因外出漏接通知、刚刚回沪的一位地下党领导，此人随后在审讯中招供，从而引发一场强震，一夜间上海地下党的网络被连根拔起。这时已知莫冠群真实身份的日伪特务，故意拿来几本不知从哪里弄来的油印刊物，欺骗他说共产党早已下文将他划为叛徒，开除党籍。他打开刊物一看果真如此，却不知那是敌人假造一页补进去的。在这样的情况下他终于变节。

"那位先我降敌的地下党领导，两个月前暴病而死，组织上将他也划入因我遇害的同志之列，所有罪名自然落我一人之身。"说到这里，莫冠群苦笑一下，"我知道共产党最恨叛徒，一切辩解都无法改变既成事实。我并不祈求得到组织的宽恕，只求表白心迹于万一。前段时间我已在上海秘密组建'良心会'，把那些不愿继续作恶的失节者，也就是把你们所说的叛徒和汉奸组织起来，促其回头，暗中支持抗日。"他又看一眼袁午，"你不觉得那晚的名单你偷得太顺利了吗？其实我经过你跟前时故意掉在地上让你看到，又故意放在这里让你偷的。这样做，也算是我的赎罪之举吧！"

袁午恍然明白过来。每每想起从这里轻易盗走绝密情报就会按捺不住的得意，转瞬荡然无存。"如果真是这样，"他沉吟片刻，"那你再帮我一次。"

"帮你什么？"

"去见真田时把我带上。"

莫冠群面色一凛：

"原来你不杀我，是想把我和真田一起杀掉？"

袁午没有作声。莫冠群摊开两手说：

"你想那真田是何等人，军统多次想杀他都未果，此次会我，必定也是严加戒备。以你区区一人之力，只怕有去无回。"

袁午一点头，语气决绝：

"是，我就没打算活着回来。"

方溪文在旁补上一句：

"我跟他一起。"

莫冠群默然凝视着面前的两位年轻人，内心的这一刻似乎雨骤风狂、雷鸣电闪。许久之后，等那一方渐渐天朗地清、明净如洗，他轻捋胡须，带着淡淡的萧索对两人一笑：

"好吧，我答应你们。"

听到这话，袁午和方溪文都松了口气。

"汪精卫即将在日本人支持下，新立中央政府，与重庆分庭抗礼。真田此次来沪，是想召集我和金融同业公会中几位亲日派高层，为新货币的发行出谋献策。"看到袁午和方溪文对视一眼，莫冠群点点头。"看来你们已经知道这事。真田本已跟我定好会面细节，可就在刚才又派人送来一封密信，说会面改在后天下午三点，礼查饭店 408 号房间。"他转向袁午，"我会以加强警戒为由，带你和保镖两人同去，但日本人肯定不许你带枪进场。"他又转向方溪文，"所以明天一早我会疏通关系，安排你进礼查饭店当服务生。到时你趁会间送茶点，在食物车里夹带一支手枪。剩下的事，就看你们自己的了。"

袁午朝莫冠群一拱手，似有千言万语，却不知该如何启齿。

"我唯有一个心愿，"莫冠群扫视两人，叹了口气，"我最在乎的就是小女美唐，她对我投靠日本人这事，心中一直耿耿。只希望来日她能知父所为，以解心结。"

袁午和方溪文都看到莫冠群眼中似有流光一闪，转瞬便消于无垠的寂灭。

十四

被扔在亭子间的糜阿三使出浑身解数，折腾了整整一夜，终于挣脱绳索。他以前见过几回小白和袁午厮混在一处，断定两人必是一伙，于是心怀怨恨地径直去找小白，仍想勒索一点儿好处。

霞飞路一角，小白刚打黄包车上落地，正要走进平时常来的一家咖啡馆，糜阿三龇牙咧嘴地出现在跟前。

"兄弟，你不认识我，我可知道你是哪条道上的。你跟那个赌棍干的事，我也早都知道了。要想我不透出去，就看你出价多少啦！"

小白因为搞到重头情报心情大好，正想着如何巴结袁午，让他在上峰面前为自己美言请赏。听到糜阿三这话，还以为说的是赌场里出千，当即把脸一板：

"你小子胡扯什么呢？对方先生放尊重点儿。"

糜阿三不由得一愣：

"方先生？他哪姓方？明明姓袁好不好！"

"妈的，你人都不认识还来敲诈，我看你是活昏头了吧？"

"你才活昏头了呢，我怎么不认识？来上海的火车上我跟他赌了一路，现在他老挂身上的那块怀表，还是我输给他的……"

小白骤然一惊，回想起接头那天在车厢里见到袁午昏迷不醒，确实感到过蹊跷。"你说什么？那怀表是你的？"

"嗯，也可以这么说。要不是这家伙使诈，我会输给他？哼！"

"可你哪来的那块怀表？"

待糜阿三拐弯抹角说出怀表的来历，小白心里一阵发毛，后脊直冒冷汗，终于醒悟错认了袁午的身份。但他装作若无其事，忽然盯住远处嘀咕道："咦，巡捕又来抓人了？"糜阿三惊得掉头张望，再转回身，小白已经消失在拐角。一阵风起，将糜阿三的几声叫骂吹散。

*　　　　*　　　　*

袁午在赌场里过完最后一把瘾，揣着满兜钞票出门刚走不远，就落入小白和几条黑影的包围。小白拉响枪栓，再正正金丝眼镜，恨恨地说：

"原来那块怀表根本就不是你的，我们全被你耍了！不过也算你能耐，让莫小姐都陪着你演戏。"

袁午曾经非常担心身份败露，但当这一刻终于来临，反倒格外镇定。他知道小白为掩盖失误起了杀心，装作面有愠色：

"管它怀表是谁的，我是不是帮你偷到了情报？就凭这份情报，重庆马上会给你加官晋级，你小子不好好谢我，反要卸磨杀驴，太不道义了吧？好吧，就算你要杀我也不必亲自动手，让我明天自己死在日本人手里！"

袁午并没有将事实全盘托出，因为他料定其中跟莫冠群有关的部分，会令小白难以置信。他只告诉小白，他已和在共产党地下组织中取代自己位置的方溪文达成协议，准备趁莫冠群和日本特高课头子密会之机除掉后者。小白纵然明知真田是戴老板的心腹之患，对袁午的话依然半信半疑，更不敢放他回到莫冠群身边自主行动。反复劝说无效，袁午最终只得长叹一声：

"妈的，既然说不服你，那这样行不行？我查看过那家饭店内部，可以走下水道进入厨房地下室，先把炸药布好。只要明天你带人堵住电梯一头，赶着真田从安全通道往下跑，等他一进地下室我就引爆炸药，跟他同归于尽！"

看小白还在犹疑不决，袁午语气稍缓又说：

"明天这事成了，功劳全算你的，对我失察的过失也会给洗刷干净。到时候，你就等着戴老板亲手往你脖子上挂勋章吧！这么划算的买卖你都不干，那就白跟我在赌场里混过了！"

*　　　　*　　　　*

第二天，当莫小姐在杭州郊外姨妈家收到父亲连夜寄来的书信，从字里行间读出诀别的意味，扑在母亲怀里失声恸哭时，一场鏖战正在位于苏州河和黄浦江交汇处的礼查饭店拉开帷幕。

小白带军统小组全员出动，以不同身份潜入饭店，率先在电梯间与负责警戒的日本特务交上了火。与此同时，袁午匹马单枪出现在四层的安全通道口，在对射中击毙一名看守，貌似形成夹攻之势。一片混乱中，留着光头、作普通商人打扮的真田和莫冠群一起，在一帮警卫和莫家保镖的簇拥下，匆匆离开408号房，自然跑向枪声相对稀疏的安全通道方向。下到一层，袁午想把人引向楼道顶头，真田却下令向大堂冲击。就在部署于周边街面上的特务们听到枪声迅速赶来增援，小白的队伍腹背受敌，眼看快被冲开缺口时，早已潜入饭店的老洪小组及时加入战局。一时间，大堂内外枪声绵密，空气中弥漫开浓烈的火药味。

火力压制下，真田一行只好掉头，袁午一颗悬着的心算是落下。他且战且退，正贴在墙柱后换手枪弹匣，忽听身侧有人在向对面放枪。抬头一看，竟是方溪文。

袁午断定方溪文从眼下局面中猜出了自己的意图，主动配合，不由得大感欣慰。但两人无暇交流，只能在对视中会心一笑，随即交替掩护，一步步退向楼道尽头。拐角处即是厨房地下室入口。

真田一行追着袁方二人的脚步冲进地下室。这时候，莫冠群有意落在最后。自莫公馆出发前没等到袁午出现，一进饭店又没跟方溪文打上照面，他还以为两人都因畏缩而变卦。不过沿楼道一路下行中，他渐渐认出前方闪躲退避的身影正是袁午和方溪文。及至来到地下室入口，他终于领会到两人的苦心，于是一进门便马上转身，将厚厚的铁门"咣"的一声重重合上。

隐藏在货架后的袁午看清关门的人是莫冠群，瞬间明白老人已完全猜透他的意图，甘愿抵死成全他的计划。他长长地吐了口气，隔着货架看看另一侧的方溪文，对方同样一脸动容。这两个既是冤家对头又是患难兄弟的男人，再次交换目光，达成了黄泉路上结伴同行的默契。

袁午冲到昨夜已经布好的炸药前，掏出打火机，点燃有小指头一般粗的引线。几名日本警卫探头看见火花飞溅，当即发出绝望的嘶号。不远处的真田闻声自知死期已到，黯然闭上双眼。怎料就在这时，方溪文对着墙角的水管连发数枪，将阀门打爆。一股巨大的水流轰然喷涌而出，在地面汇聚，转眼间漫过袁午脚下，追上了正在刺啦啦燃烧的引线，火苗恰在即将抵达炸药包之前被冲灭。

袁午立马傻眼，蹚着水快步冲到方溪文身边，又惊又怒地吼道：

"你他妈的疯了吗？这是干吗？"

方溪文倒显得异常镇定：

"糜阿三去找过老洪，老洪对一切都清楚了，我费尽口舌他也不相信我。好在当了大半天服务生，了解过饭店内部，所以想出了这个办法，叫老洪昨晚派人把这里的下水道堵上了。三分钟内这里就会没顶，真田连同你我，都必死无疑。"

原来方溪文跟袁午一样，身份败露后不能照预定计划行事，又无法见面加以解释，因此不约而同地做出了选择，那就是单方面采取行动，豁出自己的性命换取杀掉真田的机会。

袁午听罢方溪文的话，牙根嘎嘣作响：

"什么？口是你堵上的？昨天后半夜，我带小白的人来放炸药，又给挖开了！"

"什么？挖开了？"方溪文惊得一个趔趄，险些跌倒。放眼看去，脚下的水势头虽猛，却并没有积存下来，而是正从几米开外的井口快速向下流失。

"刚才我还以为你……知道我的办法……"

"我也以为你……明白我怎么做……"

两人都说不下去，面如死灰。

那一边，莫冠群迟迟没有等来预想中的结果，知道大势已去。他一把夺过身边保镖的枪，对着龟缩在墙角的真田就要射击，却被保镖推开，子弹落空。莫冠群只好快速闪避连续射来的子弹，幸得袁方两人反应过来，忙以火力掩护，接应他逃到近旁。

莫冠群隔着货架问袁午：

"到底怎么回事？"

袁午用拳头狠捶脑门：

"妈的，今天撞了邪了！"

楼道里的枪声渐趋寥落，眼见老洪和小白的队伍已被悉数消灭。地下室的铁门重被打开，增援的特务源源而来，与真田余部会合一处。眼看再抵挡下去必是死路一条，莫冠群绕到袁方两人身后，招呼他们赶紧从下水道撤退。

袁午已经打红了眼，连射两枪，回头冲着莫冠群咆哮道：

"老子今天来了，就没打算活着回去！"

方溪文换上最后一匣子弹，也是神情决绝：

"最后一颗，我会留给自己！"

莫冠群突然一改往日的沉稳气度，抬手啪的给了袁午一耳光，又狠狠踹了方溪文一脚，怒不可遏地吼道：

"你们两个家伙，真是十足的蠢货！你，姓袁的，你不就爱赌博吗？那该知道只要手里留着筹码就还有翻盘的机会吧？你一点儿筹码不留，命都押上去，输了不就彻底完蛋了？还有你，姓方的，你一身学问本该派更大的用场，可今天死在这里，有个屁用？"

看两人还在发愣，莫冠群冲着货架就是一枪。两人头顶碎屑飞溅，莫冠群跟着叫道：

"赶紧走，我来掩护！"

袁午和方溪文对视一眼，同时平复了一下情绪。三人连续放枪顶住敌方的攻势，随即退向井口。袁方两人合力从正在减缓的水流中移开栅条状的铁制井盖，方溪文先下，袁午紧随其后。然而，就在袁午跳到水没过腰的井底，和方溪文一起抬手准备接住莫冠群时，留在上面的莫冠群却突然将井盖拉上。

井下的两人都无比震惊，袁午一时喉头打战，声音哽咽：

"莫老爷子，你……不跟我们一起走？"

莫冠群隔着铁栅条，向井下的两人坦然一笑：

"我既然帮你们，不论事成事败都不会有活路。也没什么，让敌寇而不是昔日战友的子弹送我归去，也许才是最好的结局。"

袁方两人同时热泪盈眶，还没来得及再说什么，就听轰隆一响，井口投下的光亮立时隐没，显然是莫冠群推倒了旁边的货架将井盖压住。很快，在流水的哗哗声外隐隐传来一阵激烈的枪声，随后便归于一片宁静。

*　　　*　　　*

方溪文和袁午浑身湿漉漉地爬出排水口，正站在护堤上喘着粗气，夜光微茫的江面上忽然传来一阵摇桨声。两人正感疑惑，只见一艘小船划向这边，立于船头的一条黑影爆出一阵狂笑，原来是糜阿三。

"哈哈哈哈，你们两个家伙，因为怀表和箱子换了手，结果都被认错了，有趣有趣！"困扰多日的谜团终于解开，糜阿三显得心满意足，"早料到你们只能从这里出来，想逃命就赶紧上船吧！看在你们跟鬼子干仗的分儿上，这回救你们就算免费！"

糜阿三站在船头摇桨，袁午和方溪文疲惫地背靠背坐在船尾。此时已是华灯初上，岸上警笛呼啸，礼查饭店浓烟冲天。黄浦江中，灯红酒绿纸醉金迷的外滩倒影在两人眼里变得光怪陆离，隐隐幻化成一双双眨动的眼睛，可青的、莫冠群的、老洪的、小白的，还有两个小组的众多同志的……是那样的缥缈，又是那样的真切。背靠背的两个男人几乎能听到彼此心跳的声音。他们就这样静静地坐着，似乎谁都不想搅扰这片短暂共享的互不设防的心境。

"你我的小组都搭进去了，还没干掉真田，想想真憋气。"袁午心有不甘。

"是啊，你我身上背的黑锅，只怕再也揭不掉了。"方溪文也黯然神伤。眼下唯有糜阿三能为两人这段诡谲离奇的遭遇做证，可谁又会相信一个青帮混混的话呢？

良久，小船漂近远离外滩的对岸。袁午站起身，掏出被打瘪了的怀表，借着清朗的月光看看表面。

"这东西我当个纪念吧，兴许修好了，还能看看时间。"

方溪文理理身上可青送他的那件已经透湿的毛衣，浅浅一笑。

"行啊，你那只瞄准镜，我也留下了。希望将来等战争结束，我能把它当只万花筒传给我的孩子。"

十五

袁午和方溪文历经曲折，一个如失散的孩子重投母怀，一个似断线的风筝物归原主，各自接回组织关系。

方溪文回到军统北平站，随即得知上海秘密账户里的剩余经费，已变戏法般地被人全部提走。想来只能是袁午所为，毕竟与糜阿三交换情报前取款那次，袁午曾经陪同在侧，只是不知他是如何得逞的。在军统眼中，方溪文所获情报固然价值重大，但以他一介文弱书生自称险些结果真田，实在让人难以相信，策反对象莫冠群和接应小组全体丧命倒是事实。方溪文因涉嫌贪污和渎职被立案调查，并遭降职处罚。抗战胜利后第二年，真田在东北被送上审判战犯军事法庭，方溪文曾出席庭审，不过只是以译员身份。在刑场目睹真田被处以枪决，总算弥补了当初刺杀未果的遗憾。不久内战重起，凭着在共产党组织中待过数月的经历，他预感到国民党必败，心灰意冷之下，于是称病退出军统，携莫小姐出国远走，不知所终。

袁午也回到北方重归地下党，随即得知上海那家运转多年的地下交通站已被军统侦悉，只能被迫关闭，料想必是与方溪文分手后被对方跟踪所致，而自己竟然毫无察觉。虽用方溪文提供的钱作赌本赚了一大笔，又从银行卷回重金，但组织上认为他无法说明巨款来源，加上了解到执行任务期间生活有腐化堕落之嫌，怀疑他与军统暗中有过交易。最重要的一点，虽然刺杀莫冠群成功，但擅离使命自作主张去杀真田，导致策应的潜伏人员全军覆没。袁午从此无缘行动任务，解放后还因这段不清不白的历史屡遭审查。当时专案组根据他的供述，曾派人查找过糜阿三其人，结果发现后者早在五十年代初即瘐死于上海提篮桥监狱。要说那次上海之行对他余生还有什么影响，就是从那之后，他再未涉赌。

第二支箭

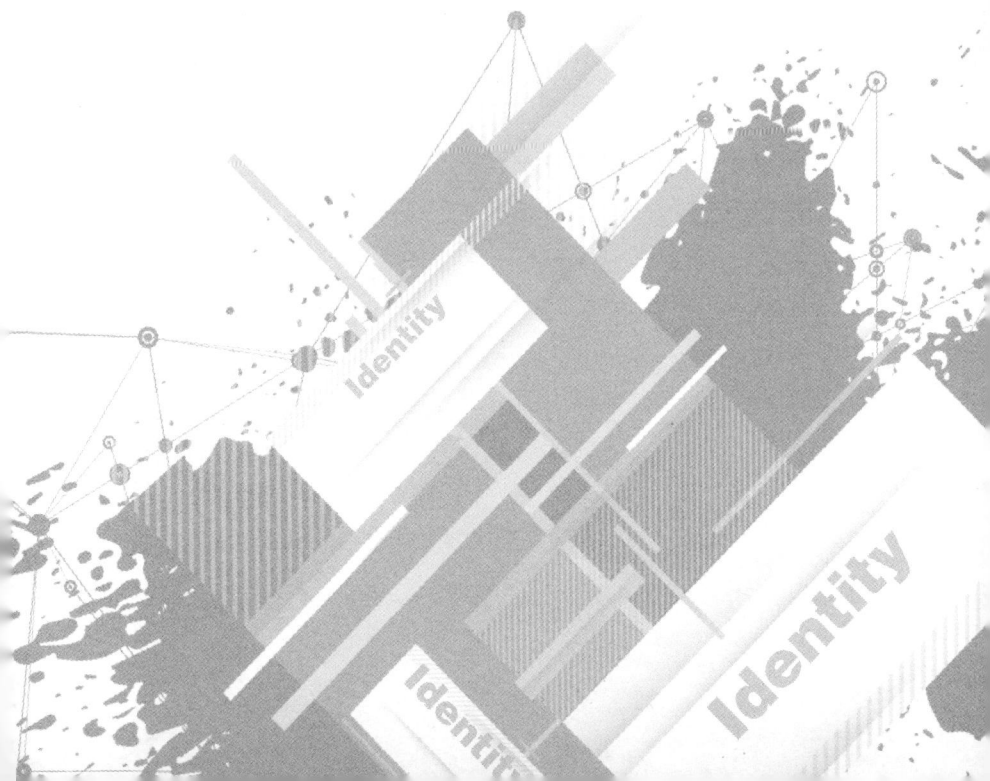

一

这家名叫"新桥"的咖啡馆，位于白沙路一家西式面点铺

楼上，过往行人很容易漏过它那块深绿底色、不大惹眼的招牌。

确实如此，如果不是三月里一场突如其来的暴雨，让我无法继续踟蹰街头的话，我也不至于拧开那只已被磨得光滑放亮的门把手，踏着厚墩墩的木板楼梯走上去。

从面点铺飘出的香味沾着雨水的潮气，一直送我走上二层。临近黄昏的咖啡馆里客人寥寥。也不知从哪里搜罗来的各式各样的招贴画和相框，互不搭调，却又相安无事地共存于几面墙上。服务生不论男女，浅蓝色的头巾搭配浅蓝色的围裙，一种似是而非的田园风格。继续迈步向上，三层的景象是二层的翻版。要说有什么不同，无非是角落里多摆了一架脚踏式风琴，看似有些年头，能不能弹出音来都很悬乎。

靠窗的座位大半空着，我挑了其中的一张坐下，随即将目光投向正浸浴在茫茫春雨中的街面。就在这时，一种触电般的

战栗瞬间传遍我的全身。这战栗来自于对原本避之不及的往事的回首，来自于记忆中的某个死结被突然解开。我终于领悟到，在我过去的人生中有过一些机会，可以让我成为和现在不同的人。一定是有过这样的机会的，我却都错过了，结果我就成了一个现在人们看到的我。

冲进滂沱大雨中去的冲动一闪即逝。不是害怕被淋得浑身透湿，是因为别的。

一位女服务生走过来，问我点什么。我像是害怕被她看穿眼神中的秘密，耷下头回答：

"苏打水加冰。"

等到异样的情绪平复，雨停了，夜色中亮起的点点灯火，就跟统统抹了层清油似的格外明澈。

*　　　　　*　　　　　*

从那天起，我显然迷上了这家咖啡馆。

不管是我租住的公寓还是供职的报社，哪头都不跟咖啡馆挨着。即便这样，我还是会每隔几天下班后绕远来这里待上一阵。有时，一般在周末或节假日，我也乐意带上一两本闲书，来这里消磨一整个下午。

没错，我总是挑选靠窗的座位，二层或三层都行。只要不赶上客流高峰，这一愿望一般都能得到满足。第一次来我就注意到，三层玻璃窗外的一侧，隔出一段裸露的阳台。那里虽说只够放得下三两张椅子，视线却无疑最为开阔，从街对面一长线花花绿绿的店铺起步，直达百米开外的十字路口，都一览无余。再扩展开去，还能把更远处的电信发射塔、麦当劳黄标、商厦上滚动播放广告的大屏幕之类尽收眼底。

只要天晴，到了下午五点前后，对面远端一幢写字楼的玻璃幕墙会突然熠熠生辉，让夕阳的反光变得格外刺眼。这反光以一个飘逸的斜角越过我头顶，落在屋内，恰好与从另一边楼梯间窗户投射进来的阳光交叠，让坐在那片位置的客人们有种腹背受敌之感。等到几分钟后反光自惭形秽地褪去，这虚实相交、相映成趣的一幕也就随之消失了。

来咖啡馆的次数多了，慢慢觉得它那永远雷打不动的几样简餐，也并不是那么难吃。对这个地方的感情，似有失控的趋势，表现在每当结束当天的采访任务，我更愿意跑来这里写稿件，而不像以前那样，非得赶回报社采编部自己的办公桌边。反正上网方便，箭头轻轻一点，稿子立马就传到了主任的邮箱里。虽然他对我突然变得诡秘起来的工作习惯感到可疑，稿子的质量却让他无话可说。毕竟，咖啡馆下午优惠时段特售，十八元一份还可半价续杯的咖啡，也不是白喝的。

客人的走动也好，声音的嘈杂也好，对我的思绪都不构成妨碍。在这样一个看似容易分心的地方，我反而获得了一种凝神定性的力量。不是我突然变得成熟了，是因为别的。

＊　　　＊　　　＊

熟人朋友、采访对象，甚至刚认识的女孩，只要可能，我都会约在这家咖啡馆见面。由于时间要依对方而定，所以很难保证每回都坐到靠窗的位子。看得出来，这些人虽然嘴上不说，心里头对我挑这样一个地方见面却是无不纳闷的。别说他们了，我自己有时都挺费解为什么非要这样做。

"这阳台好可爱啊！"在一家网站上班的女孩罗虹本想坐到那里去，可一推开门，立刻在汹涌而至的噪音面前收回脚步。

我和罗虹是在不久前报社和网站联合举办的读者征文活动中认识的。我们的约会正处在工作性质和私人性质边界模糊的暧昧阶段。不知为什么，在异性问题上一贯速战速决的我，这回却变得拖泥带水起来。且不说没有任何身体接触的亲昵举动，就是谈话中也尽力避免给两人的关系定调。我似乎仅仅满足于漫无边际的闲聊，哪怕聊的只是提拉米苏的做法、迎春和连翘的区别、招贴画上某部没看过的电影，当然，还有她永不厌倦的关于纸媒和网媒如何此消彼长的话题。

跟分手已经大半年的前女友方晴也在这里见过一面。

"前几天我跟他谈过一次，"方晴说的是她现任男友，"他提出下个月就结婚。"

"哦，那你怎么说？"

"我？我没有不结婚的理由啊！"

"这叫什么话？没有不结婚的理由，并不就是该结婚的理由啊！"

我像是很尽责地追问她到底怎么想，又帮她剖析起跟现任男友的关系。我不时拿我俩以前交往时闹过的别扭作例子，顺带不忘自嘲一番或小小地涮她两句。

末了，我用大夫给病人做诊断一般的口气说：

"行了，你心里对结婚这事有犹豫，但不过是想通过犹豫一下来坚定自己。"

方晴眼睛瞪得大大地看着我。

"我怎么觉得，你跟过去有点儿不一样了？"

"是吗？"

我并不喜欢听她这么说，尤其还摆出一副欣赏有加的姿态。好像这一发现证明了我们本来就该分手，或者说正是我们的分手造成了我现在的改变。但不管她是不是想歪了，我貌似有了改变却是一个不争的事实。

"这段时间，你身上发生了什么事吗？"她忍不住好奇地问。

"哪有啊！"我轻描淡写地回答。真要说发生了什么事，那也就是隔三岔五地泡在这家咖啡馆吧！

*　　　*　　　*

来咖啡馆的客人，多半都是些和我年龄相仿的上班族。不过，我对他们的关注仅限于偶尔飘到耳中的笑声或是只言片语。

比如有一回，坐在我身后的一个女人对着手机说：

"虽然做那事的激情已经没有了，可对他的感情还是满满的啊……"

再比如有一回，坐在我斜对过的一对情侣一直在争吵，最后女孩拖着哭腔冲男人说道：

"非要逼我说出真相来，是不是？那就告诉你好了，在你面前我感到自卑！"

和这些比起来，多数时候还是窗外的街景对我更有吸引力。我看到过一个戴头盔的男人在路中间停下摩托，不管身后被压住的一长溜汽车如何使劲按喇叭，就是置若罔闻，不慌不忙地点燃一支烟，吧嗒吸几口扔到地上，再慢悠悠地蹬响马达离去。我也看到过一个裤管上沾满泥渍的老头，逢人经过便打开一张残破不堪的地图，指着上面缺了的一块问这问那。还有一次，一个女人牵条毛色金黄的小狗走出小区门口，突然从旁边冲来一辆自行车，吓得小狗趴在地上一动不动。没想到，骑车人扶着车把一阵左扭右摆后，竟然还是不偏不倚地从小狗身上轧了过去，可怜的小家伙就此一命呜呼。

居高临下加上一点儿闲心，我自然比街头的匆匆过客看到的内容更加丰富。可话又说回来，高低起伏的楼宇、穿梭如织的车流、电线杆上悬挂的旗帜广告、光影朦胧的街灯，及至天上盘旋的鸽群、积雨的云朵，都断不会因为多了个人望着它们失神就变得有所不同。

梧桐树的叶子一天天茂密起来，多少阻挡了我看街对面那排店铺的视线。从左到右，依次是快餐店、7-11超市、茶庄、女装店、户外服饰和野营装备店、休闲按摩中心、杂货铺、香水馆、花店、音像店、房屋中介、美容店。我乐于观察那些衣着俗气、站在街边招揽生意的店员，以及出入店门的形形色色的顾客。若兴趣有余裕，我还会试着去揣摩他们彼时的心境，推测他们的来历背景，发掘他们身上或许永远不会被他们本人觉察到的可笑之处。

那个刚刚走出按摩中心的、满面红光的胖子，嘴里骂骂咧咧地在说着什么？那个进花店的一身职业正装的中年女人，为什么磨蹭了半天还没有配好要买的花篮？音像店收款的女孩，为什么动不动就跟客人发生争吵？干房屋出租的小伙子，是不是在打隔壁美容店学徒小妹的主意？当然，这些问题都在我身为记者的工作范围之外，我并不打算把消磨时光的零碎收获写进下一篇稿件。

*　　　　　*　　　　　*

　　所有店铺的经营范畴都一望而知，唯独咖啡馆正对面那家名叫"时光杂货铺"的小店，一开始令我稍感困惑，不清楚它招牌上标榜的"杂货"到底包括什么。二十多平方米的铺面，一直都是一位高挑苗条的女孩在打理。不过，从逛店者以年轻女性居多，以及她们分占两边的柜台和货架前挑挑拣拣的样子，不难推断里边卖的无非是些首饰和小工艺品。

　　因此，当我发现有位身材瘦削、面色苍白的中年男人第二次出现在杂货铺里时，也就难免会费心猜疑起他跟女孩的关系。这男人，无论是一身深灰色厚呢料西装，还是时刻夹在腋下的比砖块略大的黑皮包，怎么看都跟店里的氛围格格不入。如果说他不像是顾客，那也可以排除他是店主的可能。另外，说是女孩的追求者，他显得过于倨傲；说是女孩的男友甚或丈夫，他又显得过于轻佻。女孩对他的态度同样微妙，给我的感觉是介于冷淡和热情、迎合和推拒之间。他到底是女孩的什么人呢？这样寻思的时候，我意识到我的好奇心已经泛滥得有点儿过头了。

　　没有客人的时候，店里的女孩总是端坐在柜台边，默默地干着手头的什么活计。一个周日的下午，我偶然从书本上抬起头来，正好看到一束金黄的阳光投射在玻璃柜台上，犹如火苗似的腾起一片光晕，将女孩那鹅蛋形的脸颊、挺拔的上身和微微摆动的手臂都映照得近乎透明。她脑后挽起一个回旋向上的发髻，脖子上系着一条浅绿色的丝巾，一件米色长袖套头衫下乳房的轮廓若隐若现——此时此刻，它们无不在光晕的烘托下，陡然散发出一派超凡绝俗的魅人风采。这惊鸿一瞥的美，让我凝神屏气，让我心跳加速，还让我生出几分难言的羞耻。我脑子里一时纷纷扬扬，想起了年少时的春梦、初恋的感觉、被我辜负过的一些人、化为泡影的种种希望。

*　　　　　*　　　　　*

到了晚上，结完账走出咖啡馆，我第一次动了进对面杂货铺看看的念头。说实话，我无意要买什么东西，也不指望跟那女孩结识。或许只是因为下午她浑身流光溢彩的那副形象，在我心里烙下的印痕实在太深了，我情不自禁地想要做点什么作为回报。

然而，正当我要横穿马路的时候，杂货铺的灯一下熄了。我看到添上一件黑色短款外套的女孩走出来，以娴熟有序的动作关门上锁，随即下了台阶，朝着十字路口那头走去。犹豫片刻，我退回到人行道上，隔着街面尾随着她。我这么做是不是有点荒唐，有点出格，我也没去多想。

女孩走得不紧不慢，遇到某家卖服装的小店还会止步看上两眼，或者干脆进去转悠一圈。这样一来，弄得在街这边的我也只好且走且停。很显然，她并不急于回家或是赶去哪里。而且，在店里忙活了一天之后，她也没有显出有多饥饿，或是要把晚饭赶紧解决掉的意思。到了十字路口，女孩向右转，我也跟了上去，和她并成一条直线。这片街面更繁华，行人也更密，我不惮把我和她的距离拉得更近些。她发髻蓬松，随着一双粉色匡威帆布鞋迈出的每一步轻盈摇曳，紧裹在一条磨白直筒牛仔裤下的臀部一起一伏，像在准确而柔和地打着拍子。

可是，总不能说我只是为了欣赏她的背影，才这么不辞劳苦尾随她的吧？

再走一段，女孩忽然放慢脚步，从挎在腰侧的一只宽口棕色手袋里，取出一只屏幕正在闪烁的手机，接起电话来。简短说完，挂断电话，她停住不走了。她转过身，我看见从她外套领口露出那条浅绿色丝巾的一角，正被风吹得拂拂飘动。

我也收住脚步，装作被报亭的杂志栏吸引，眼睛却不时瞟向她那一边。我依然无法看清她的脸，因为她似乎有意要让自己藏在阴影下。过了一会儿，女孩终于仰起头，肩膀如在深呼吸一般微微起伏。正当我以为她是在眺望城市边缘的某片夜空，又或许是在树梢和楼顶之上寻觅初升月亮的时候，一辆暗银色的奥迪 SUV 徐徐驶近，正好停在她跟前。她略显迟疑地拉开车门，一弓身钻了进去。

随后，奥迪 SUV 在街中间画出一个半圆，调头驶向刚才开来的方向。车子经过眼前的一刻，我隐隐看到驾驶座上有个魁梧硬朗的男人身影。

我心里泛起一种异常复杂的感觉，说不清是释然还是意外，是解脱还是失落。不是犹豫要不要进一步接近女孩，是因为别的，别的。

二

即便如此频繁地光顾"新桥"咖啡馆，我仍很少跟这里的其他客人产生交集。

有一次，一个梳着公主头、长相甜美的女孩，笑眯眯地凑过来向我要手机号码。我还以为一场艳遇从天而降，激动之余才发现，她不过是在另一张桌上跟几个朋友玩牌输了，不得不接受赢方提出的一项惩罚。还有一次，一个四十上下、面容忧郁的女人出现在楼梯口时正好吸引了我的注意。她迎着我的目光快步走来，在我对面的空椅上坐下，连声道歉说来迟了。当然，这马上被证明是个误会：她在网上约好来这里会面的对象，其实是坐在不远一个皮糙面黑的中年男人。

入夏后的一天晚上，又有一个两腮精瘦、戴副深度近视眼镜的小伙子，从邻桌转过头来跟我搭话。他显然是听到了刚才我跟主任通的电话，带着几分讶异的表情问我是不是记者。

还没等我回答，他兴冲冲地接着说：

"告诉你吧，我最喜欢记者这类工作，见多识广，每天都有新的乐子。"

"哦，你这么想？"我随口应道。

"就是这样。记者，还有导游也是。"

"导游？那还是有所不同吧？"

"在我看来他们都差不多，"他以一种不容辩驳的口气说，"都属于要跟很多人打交道的行当。还有出租车司机。"

"那倒也是。"

"就是这样。记者、导游、出租车司机，让我想想看，交警也算一个，凡是这类每天要跟很多人打交道的职业，对我都特别有吸引力。"

但这时，我的心思根本没落在他的话上，而是飘向了窗外。我看到那个苍白瘦削的中年男人，腋下依然夹着黑皮包出现在对面的杂货铺里，于是关于他和女孩到底是什么关系的揣测再度萦绕脑际。似乎要特意给我提供一点儿线索，门外猛然闯进一个烫着一头披肩卷发的女人，不由分说，挥起手里的坤包冲着男人连扫几下。坐在柜台边的女孩站起身，显然被眼前这女人凶巴巴的架势吓得手足无措。女人背对着我，可从她上身的颤抖看得出来，她正在轮番冲男人和女孩说着什么，而且越说越激动。突然，女人从货架上抄起一样看不清是什么的货品，狠狠地砸到了地上。紧接着是第二次、第三次。

"人活着就要多经历，经历多了，思想境界自然会大不相同。"戴眼镜的小伙子还在喋喋不休，"跟你说吧，我就特别想体验一下监狱是怎么回事。我一直在琢磨着怎样捞个好听点儿的罪名，判得也不重，一年两年的，进去蹲一蹲。另外，我还特别希望能参加一支救援队去哪个灾区救援，尽管同时又希望这一愿望永远也不会实现……"

93

我没有再去搭理他，而是赶紧收拾桌上的电脑、录音笔和笔记本，跑到二层的收银台去结账。在我前头还有位客人，不免耽搁了一点儿时间，等我来到楼下，置身于长沙城初夏时节已经相当窒闷的空气中时，才发现对面杂货铺里只剩下女孩一个人木然发怔。

其实刚才发生的事，跟我有什么关系？我难道不该只是远远看着就好？但我没去多想。我径直穿过街面，走到店里。

*　　　*　　　*

等到女孩从散落一地的碎瓷片上抬起头，我终于看清了那张曾被光晕照亮过，也曾被阴影遮盖过的脸，而此刻她给我的感觉，恰像是中和了那两种状态。我一时也说不清，这张脸比起我想象中的样子究竟是差别更大，还是相似之处更多。我甚至说不清，吸引我的究竟是这张脸蛋的漂亮，还是漂亮中蕴含的那种如在自行腐蚀般的令人怜惜的气质。唯一可以肯定的是，女孩还没有从所受的打击中回过神来，还来不及对一个不像是为购物而来、神情怪异的男人做出反应。

两人默默对视片刻，末了还是我先开口：

"我在对面的咖啡馆……刚才看到这边……发生了什么事吗？"

我尽量装得自然，唯恐她看穿我表情中藏着什么秘密。

女孩顺着我手指的方向瞟瞟对面，像是费劲思索了一番才明白我的意思。

"哦……没，没什么事……"

她说着向前迈出一步，可鞋底硌在碎瓷片上发出的摩擦声，立刻戳破了这一明显的谎言。

"已经过去了……"她又找补似的低声说道。

她走到墙角，抄起一支塑料把的小笤帚，开始清扫碎片。趁此机会，我环顾整个店铺，发现跟我先前的估计差不多少，这里卖的除首饰外，还有书签、记事簿、相框、钥匙链、化妆镜、烛台、储蓄罐、水晶球、杯子、小瓷人、小热水瓶等，总之就是杂七杂八的各类小玩意。货架上出现的一个小缺口，表明刚才被那个卷发女人摔到地上的不是杯子就是储蓄罐什么的。不过，东西杂归杂，却摆放得井然有序，装饰方面一看也没少花心思。

"还真对得起杂货铺这个名啊！"

我半是自言自语，半是说给她听，可这话不但没有冲淡沉重的气氛，反倒招来了她的反感。

"如果你不想买什么，那我就准备关门了。"

她板着面孔，在地上顿一顿笤帚，向我下起了逐客令。

我只好尴尬地笑笑，转身出了店门。我心想，引起她不快的真正原因，一定是刚才那段令她蒙羞的遭遇被我这个不相干的外人碰巧窥探到了吧！

＊　　　　＊　　　　＊

以后再去咖啡馆，我都会先进杂货铺待上一阵儿。为了显示跟头一次来的那个晚上性质有别，每回我都会挑选一两样东西买下。从我针对要买的东西提些问题，直到付款，我都能从女孩的眼神里看出她内心的矛盾。一方面，她为那天晚上对我的失礼不无歉意；另一方面，她又摸不准我一次次光顾的真正用心。毕竟，我买的那些东西，不管是一本记事簿也好，还是一沓书签也好，一看就知道于我都是可有可无的。

这天，我拿着挑好的一只木制笔筒走到收银机旁，女孩看看我，冷不丁地抛出一句：

"你不用每次来都非买东西不可。"

"啊？"我一时愕然。

"是不是因为我上次说了那话，你才这么做？"

"什么话？"

"上次我说，要是你不买东西，就请从这里出去……"

说到最后她抿嘴一笑。我跟着笑了起来。

"那倒不是。"我抓起笔筒掂了掂，似乎想告诉她，我买它回去可不是用来放笔这么简单，我肯定要派它一个什么更重大的用场。

攀谈几句后，竟然发现两人的老家是同一个地方——距省城西北一百多公里的一座小城市。那里除了常常被人取笑的方言和几样不上档次的土产以外，再无别的特色。但我惊讶于她不带一丝乡音，说的是一口纯正的普通话，她马上做出解释，原来她是六岁那年，随同调动工作的父母从北方迁来本省的。

不过接下来，两人之间就再难找出更多的共同点了。我们过往的生活轨迹看来没有任何交叠的部分，不只是住在不同的城区，念过的中小学也都不一样。

"不管怎么说，还是挺巧的。"

我这话说得有点儿言不由衷，只想就此打住这个话题。

"就是说啊。"她附和的样子倒是挺真诚的。"不过算起来，我都有多半年没回去过了。"

"怎么会呢？"

"店里离不开人嘛。"

"这倒也是。"

"对了，我叫索娅，你呢？"

我从钱夹里抽出一张报社统一印制的名片递给她，从她手里交换到一张杂货铺的卡片。说是卡片，因为上面除了杂货铺的业务简介以及用红点标示的位置图外，并没有印出索娅的姓名。

"原来你是记者，"她惊呼道，"太了不起了！"

"没有吧？"

"怎么没有？这可是我学生时代做梦都想从事的职业哦！"

"真的吗？"

"只不过，梦早已碎得连渣儿都没有了。"她自我解嘲地叹了口气。

"那也不算什么坏事。"

"怎么这么说？"

"真要干上记者，就知道这差事有多累人了。"

"是吗？"

"你想啊，新闻大多是突发状况，一个爆料电话打来，马上就要奔赴现场。从采访到写稿都得抢时间，经常顾不上吃饭，加班和熬夜都是常事。"

"算了算了！"她一吐舌头，"我还是安心开我的小店吧！"

我仍然坚持买下了那只笔筒。姑且不论派不派得上用场，至少它也算我和索娅相识的一个见证吧！

*   *   *

以前，从咖啡馆的窗边眺望街对面，我不止一次看到过索娅俯身在柜台的一角，眼睛凝视着什么，两只手不间断地忙碌着。现在，我终于弄清她到底在干什么了——店里卖的那些项链、手链、耳环之类，几乎全部出自她本人的手工，所谓的 DIY 制品。

柜台的一角摆着四只透明的塑料便携盒，里面盛满五颜六色、闪闪发亮的各种配件。盒子旁边，一块浅水红色毛巾上堆着散珠、皮绳、金属钩、线圈、钳子、剪刀之类，还包括几副当天正在制作中的首饰。有客人进门，索娅便拿块银白色绸布一遮；等客人一走，再拾起先前的活计继续往下干。

新完成的两对耳环和一条手链，这会儿又被索娅挂到贴墙的一块藏青色绒面上，去跟其他已进入销售行列的形形色色的首饰争妍斗丽。她回头看看我，微微噘起嘴，指着那条手链说：

"我太喜欢今天做的这个了，都有点儿舍不得把它卖出去。"

"哦，是吗？"

可不管是凑近去看个仔细也好，还是指尖触摸也好，都没让我觉出眼前的这条手链到底有何特别，无非就是看着养眼而已吧！

"那你可以照原样再做一条嘛。"

"可照原样再做，一点儿都没有第一次做的感觉了。"她又是蹙眉又是摇头，"我不喜欢重复，也不愿意做那种谁都合适戴，戴谁身上都一样的东西。我做的东西都比较挑人，戴对了人才好看。所以要是有客人选了不对路的东西，我宁可不挣钱，也会劝他们别买。"

听她这么一说，我的问题立刻接二连三地来了。

"那你做东西之前，会先画个样子，然后照着去做吗？"

"没有啊，都是直接上手。"

"那会参考点儿什么，比如说时尚杂志上的图片？"

"偶尔会翻翻它们，可顶多是收集一些颜色的搭配方法，做的时候肯定不去模仿。"

"那你动手之前，脑子里总该有个大概的样子吧？"

"说真的，也没有。"

"那你怎么做？"

"跟着自己的感觉走就好了啊。"

"这么说也玄乎了点儿吧？那你的感觉，又是从哪里来的呢？"

其实，与其说我对她怎样做首饰感兴趣，不如说我更想好好琢磨一下她这个人。

"你觉得玄乎吗？可对我来说就是这样啊。当然，要说我做东西之前脑子里全是空的，那也不对。就拿这条手链来说，我想起了几天前看过的一个电视节目，有一段镜头是一大群漂亮的热带鱼在海底遨游，沿途的贝壳、珊瑚、海藻什么的都从它们身边滑过去。我就用了几片圆形贝母，三颗蓝绿色系深浅不一的琉璃，其中有一颗还是夹金箔的，还有一串贝壳方片和一串贝母方片，做出了这条手链。你再看那对耳环，为什么用的是粉红色透明琉璃搭配嫩草绿色的水滴石？就因为我想起来很早以前读过一篇文章，是描写夏日里的荷花的……"

说到这里她陡然打住，呵呵笑道：

"你看，我居然在你面前卖弄上了。你是大记者，有文化的人，我呢，既没有上过一天的大学，也没有受过半点儿造型设计方面的专业训练。我说的这些，一定让你觉得特浅薄吧？"

她话里的谦卑，反倒让我心情有些沉重。

"怎么能这么说呢？我佩服你还来不及呢——原来你是把它们当成艺术品来创作的。"

"你说什么？你说我不仅仅是在做东西，也是在创作艺术品？"

她似乎不敢相信我的评价，想再确证一下。

"就是啊！"

她的脸一下涨得通红。

"你不是为了逗我开心才这么说的吧？"

“当然不是。”

“嗨，就算你是为了逗我开心才这么说的，也没关系啊。我还是第一次听到有人这样肯定我，而且，得到这样的肯定我真的很开心，非常非常开心喔！”

她眼角微眯地笑起来。在我看来，那真是属于世间尤物才有的远胜于电光石火的笑，不是为着展现性感，却自有一股媚到骨子里的韵味。我的心灵一时感受到一阵簌簌的震颤，其强烈的程度，不下于看到她周身被阳光镀上一道道金边的那个下午。这让我暂时忘却了跟她有关的种种疑团，譬如那个跟她在街头密会的男人是谁，那个腋下夹包的男人是谁，还有那个闯进店里来闹事的女人又是谁，等等。像以往每次暗暗倾心于某个女孩时那样，我陷入一种冲动和沮丧交织的情绪。不同的是，这一次不仅仅是因为喜欢，还因为她比我以往认识的任何一个女孩都更特别。

毫无疑问，只有我最清楚这一点。

三

之后的几天，我在工作中不断地走神，只因为想到人与人的相遇相识，有时是多么不可思议。再次来到杂货铺时，我向索娅发出一道邀约，没想到一下把她给逗乐了。

“你是说，请我去那上头坐坐？”

她望着街对面时忍俊不禁的表情，就好像她奇怪的不是我为什么要约她，而是为什么要约在只有一街之隔，天天低头不见抬头见的那家咖啡馆。

"怎么，不行吗？"

"不不，没问题啊。你还别说，虽然每天都对着咖啡馆，我还从没想过要进去坐坐呢。问题是到关店还得好几个钟头，这么长的时间你也等得起？"

我拍拍挎在腰间的沉沉的电脑包。

"那有什么？我正好要赶一篇稿子。不过……"

"什么？"

"就怕委屈你了，那里只供应一些简餐。"

"哪会呢！每天收了工，只要有口吃的填饱肚子，我就很知足了。"

这一天正逢周六，咖啡馆的客人比平时多了不少。一开始我只能在三层随便找张空桌，大约一小时过去，一对情侣起身离开，我才如愿移到了靠窗的位子。我不时在敲打键盘的间隙朝街对面瞄上两眼，一会儿看见索娅对着两位女客在比比画画，一会儿看见她走到饮水机边用杯子接水，一会儿又看见她正拿粉笔往门口挂的一块小黑板上写着什么。

九点一刻，杂货铺的灯终于熄了。索娅穿的黄色 T 恤衫轻盈地飘过街面，消失在我视线的下方。再一转眼，这团明晃晃的黄色云彩升起在楼梯口。

＊　　　　＊　　　　＊

我扬手示意，招呼索娅过来。

"看。"

我朝窗外努努下巴，刚刚落座的她也就随之把头转了过去。

　　"还真是的啊！"她眨巴着眼说，"原来我在店里的一举一动，从这里都可以看得一清二楚！"

　　她要了一份意式奶油培根面，我要了一份红烩牛肉饭。饭菜上桌还得等些时间，好在她谈兴出奇得高，随我挑起什么话题，不管是这两天的经营状况也好，还是做首饰的新构思也好，她都能飞快地说上一大串，而我只需用"哦""是吧""真的么"一类的感叹点缀其间就行了。

　　话题转到我们共同的家乡，我注意到她的双眼犹如灯泡因为电压不稳而忽然变暗，转瞬又恢复正常。

　　"你上次说你住哪条街来着……哦，那不就在老百货大楼的后边吗？记得上小学的时候，有一年百货大楼新装修完，我和几个同学一下课就跑去玩电梯。那还是全市第一次有了那种长长的电滚梯，我们以前都没见过。我们几个孩子在电滚梯上一会儿顺着跑，一会儿逆着跑，一趟趟不厌其烦地上蹿下跳，把保安气得直嚷嚷：'小鬼，放了学不回家好好做功课，跑这里来瞎胡闹！'"

　　"不赶你们吗？"

　　"怎么不赶？从这扇门赶出去，再从那扇门钻进来。"

　　"这么说，你小时候还挺调皮的。"

　　"反正我爸妈是这么说我的。家还在北方那阵，我就整天跟着巷子里的小哥哥到处跑，翻墙、上房、爬树、游水，饿了就回家找吃的。自家的厨房找不到剩饭，就溜进邻居家的厨房里找。最喜欢那种带菜汤的剩菜，然后跟带锅巴底的剩饭搅和在一起，拌吧拌吧，吃起来特香。注意啊，必须得用勺吃，不能用筷子，用筷子吃起来就不香了。吃完了一抹嘴，又出去野了。"

她快速变换着手形，跷起拇指的拳头比作拿勺的动作，伸直的食指和中指比作一双筷子。

"你父母不管你？"

"管啊，可经常拿我没办法。记得他们给我买过一双小红花布鞋，特别好看，我一穿上脚就再也舍不得脱。我出去玩要穿，上床睡觉还要穿，结果把我爸气的，扒下鞋来给扔窗外去了。没过两天，我又穿着它跟别的孩子去抓蝌蚪，结果一只鞋掉臭水沟里了。我光着一只脚丫回了家，害得我妈还得提拉着一根铁火钳给我捡鞋去。"

热乎乎的饭菜终于上桌。她吃下第一口面条又接着说：

"反正这样的丑事多了去啦。我小时候就属于特不安分，一眨眼没看住就会生事的那种孩子。后来我妈把我锁屋里不让我出去，我就自己做馅饼玩。"

"这你也会？"

"那时候家家不都有那种白纸吗？就是过年过节的时候，把屋子的顶棚糊一遍，见见新。那时候洗头都用海鸥洗发膏，就是粉色的那种，特粉，粉得都吓人，不知道你家用不用？不过也有好点的洗发用品，那就是蜂花了，好像到现在还有卖的，红色透明的是洗发水，黄色不透明的是护发素。那时候我妈有两瓶这个，老也舍不得用，结果全让我拿来做馅饼了。"

"啊，怎么做？"

"简单啊。就是把糊顶棚的白纸剪成方块，在中间倒一摊洗发水，再盖上一张方块的白纸，一个馅饼就做成了。洗发水用没了就用护发素。"

"就这么做馅饼啊？"我差点被她煞有介事的样子蒙住，

"还好，没真吃下去吧？"

她"噗哧"一笑。

"打那以后，我妈再也不敢把我锁家里了。我家住一层，进门的过道边有一小块地方算是院子，我有一回又动起那里的脑筋来了。捡了好多破砖头，自己弄土加水，和成泥，当水泥一样砌起墙来了。你别说我还挺能耐的，虽然那时候个头特矮，但我依然能把墙砌得比我还高。等我妈傍晚下班回来，正好高到了她下巴颏那儿。"

"又把你妈气个够呛？"

"我妈先都傻了，怎么屋门口凭空多出一堵墙来？而且七歪八扭的，随时都有倒塌的危险。再探头一看，我正在里边吭哧吭哧地忙活得起劲呢，我妈都快气疯掉了。虽然那墙一推就倒，可她没敢推，怕砸着我，硬是一块砖一块砖挪开的。"

"那骂你、打你什么的了吗？"

"骂是免不了的，打倒没有。其实我妈挺聪明的，知道堵水不如引水。她看我这么淘，关家里就惹祸，撒出去又不放心，就想办法给我找事。比如冬天下了雪给我一把小煤铲，让我去巷子里铲冰。我干得特带劲，一看到骑车过来的人就往上凑，就爱听人家夸说：'哟，这谁家的小孩啊，真懂事……'哎，那时候确实太小了，斗勇我妈斗不过我，斗智我可不是对手。折腾了我一天，我还特美。"

"等上了学，是不是就收敛点儿了？"

"哪里啊，刚才不还说了去玩电滚梯的事吗？小学第一个学期我就被请了家长，因为我上课坚持要吹口哨。后来一次自习课，我又组织全班同学掰腕子，被老师当成罪魁抓住了，罚了我一个星期的站。我还改过自己的分数，把93分改成98分。可是你说，改就改吧，改哪里的不好，偏要跑到教导处门口的成绩榜上去改。当时到底怎么想的，我到现在还百思不解呢！"

一些听起来无足轻重的往事，她却说得那样神采飞扬，让我分明感到她对自己的童年有种过度的耽迷和留恋。怎么说呢？这跟一个正值青春妙龄的女孩多少有些不般配吧。

"那还捅过什么更大的娄子没？"

听我这样一问，索娅皱起的眉头又缓缓舒展开。

"有过一次。不过那对大人们来说是娄子，对我来说却是小时候最开心的一件事。"

"说来听听。"

"是我读完小学二年级的那个夏天，我爸工作的地质大队组织职工去海边旅游，允许带孩子，我也跟着去了。我们大的小的一大帮人，下了火车先找旅馆，找到旅馆以后，换上泳衣就直奔海边。我还记得那条路，有点儿下坡，因为离沙滩很近，所以路面上有很多沙子，阳光一照金灿灿的，特别好看。我光着脚走在路上，柏油路面被太阳晒得有点儿发软，踩在那上面的沙子上感觉挺怪的，反正就是有点儿扎脚，但又扎得很舒服。"

"你还记得这么清楚？"

"我说了，这是我小时候最开心的一件事，能记得不清楚？然后一个转弯，就看到海了。那时候电视里有个正大综艺的节目每星期放，里面的导游小姐到处跑，我在那节目里没少见过海，都是世界各地的海，都比我看到的这片海漂亮。可是，我毕竟是第一次亲眼看到海啊，那感觉就是不一样。怎么说呢？感觉海就跟立在我眼前一样。真的，不是躺着，而是立着。真的是让我惊呆了。"

"哦，立着的大海……"

我努力体会着在索娅童稚的眼中那近乎奇幻的一幕。

"你不知道，我爸妈都晕水，他们从来不带我游泳，所以我也不会水。我爸就让我跟着一个叔叔——他的同事一块儿游。我爸还给我租了一个大救生圈，其实就是一只大轮胎。但是那只轮胎好大啊，我在里边都挂不住，老有从中间漏下去的危险。要想不漏下去就得把两条胳膊伸开，死命撑着。"

她一边说一边做，一只手正好碰到了端着托盘经过的女服务生。两个人都连忙相互致歉。

"当时不怕吗？"

"怕什么啊？就是觉得好玩。后来也不知怎么的，我跟丢了那叔叔，就开始自己一个人漂。我不喜欢脚下踩到沙地的感觉，那让我觉得还留在陆地上，于是就一直往远的地方漂。我觉得只有脚下够不到沙地了，才是真正的和大海在一起。"

她放下手中的叉子，仿佛全副心思都沉到一片波光粼粼的回忆里。此时一支拉丁风格的慢歌正在我们头顶回旋。放眼窗外，街对面的大部分店铺都已打烊，只有按摩中心一花独放地迎来了客流激增的黄金时段。

"那后来呢？"

"后来越漂越远，遇到一张大网，是用特别特别粗的麻绳编的。"

"捕鱼用的网？"

"不是，捕鱼的网眼不会那么大，应该是防鲨网。可当时我哪懂啊，就爬过去了。"

"没有大人跟着？"

"没有，完全是我一个人漂。因为水里太舒服了，又累得快要睡着，所以从救生圈中间漏下去好几次。每次都是快要睡着了，滑下去了，呛到水了，才猛然醒过来，又赶紧撑住。"

"你爸这时候在哪儿？"

"他和同事们都在海岸线上来回不停地找我，他都快要急疯了，可是哪找得到呢？我这边早就漂得看不见陆地了，四面都是海水，而且水也变得越来越凉。后来我碰到一块礁石，特别粗糙的那种，上面都是小孔，我就爬了上去。我腿上还蹭破了一块皮，流了不少血，一直到现在还留着疤呢。我坐到石头上，才发现太阳快要落下海平线了，转眼就要黑天了，风又吹得我浑身发冷。按说这时候我该感到恐慌吧？一点儿也不，因为我看到夕阳在海天之间晕染出一大片绚烂至极的色彩，是那种只有在梦幻中才见得到的绝美的景象，我只觉得说不出的开心。"

"到最后，怎么回到岸上去的？"

"没多久，就有条快艇劈波斩浪地开过来了，上面坐着几个穿救生衣的人。等近了一看，我爸也在中间。要知道他本来就晕水呢，呵呵，他那副脸色啊，你想象不出有多难看……"

听到这里，我脑子里忽然闪过一个念头：索娅其实正干着跟平日在小店柜台上一样的活计——把记忆中那些令她眷恋不舍的片断，像串珠子似的一颗颗串在一起。那些珠子在别人眼里或许平淡无奇，唯有对她一人才绽放出璀璨夺目的光彩。

她整张脸都笼罩在灼热的红晕里。

"不过说真的，我小时候就是大人们常说的那种没皮没脸的孩子，不管大人们怎么骂怎么罚，我都从没哭过。"

"真的吗？从来不哭？"

"怎么，你不相信？"

她有些反应过度地紧盯住我的眼睛。

"不是的，"我赶忙说，"我当然相信了。"

其实，我说相信只是因为我宁愿相信，如此而已。

*　　　　*　　　　*

女服务生过来收走桌上的空盘子。我这才发现，整个吃饭的过程中，我和索娅居然没对食物发表过一句评论，在不知不觉中盘子就空了。至于食物的滋味如何、到底合不合胃口，好像谁都顾不上。在她，或许真是只要有口吃的填饱肚子就行了；在我呢，我满脑子一直晃悠着少年索娅的那副欢蹦乱跳的形象。

我要来酒水单，问索娅再喝点儿什么。她看也没看就要了金汤力。

"你喜欢喝酒？"

我本想要杯果汁，看她这样，只好跟着换成了科罗纳啤酒。

"也不是啊，不过我心情高兴的时候就想喝点儿酒。"

这句话带着浓浓的心醉神迷的意味，正好为她刚才的回忆做了一个明快的总结。她似乎想向我表明，她身上具有一种与生俱来将烦琐小事转化为快乐源泉的能力。而且，她的快乐不是向生活强行索取来的，而是生活自甘慷慨、不求回报地主动赠予她的。没错，快乐园的云霄飞车一天二十四小时为她开放。

"你呢？"她话锋一转，"你小时候什么样？"

"我啊，我可实在没什么好说的。"

这无异于告诉她，对我的过去产生兴趣完全是多余的。

"你是不是就是那种小孩，发你一个小玩具，说声'不许动啊，就在这里玩'，结果过仨钟头回来，你还在那里玩呢？"

她俏皮地把头歪向一边，以一副揶揄的表情冲着我。

"这么说也不算错吧！"

她爱怎么以为就怎么以为，只要我内心深处的隐秘不被她察觉。

"哈哈！"她真就为自己的判断准确大感得意，"你知道吗？要换了我，早把玩具拆了跑没影了。"

我还来不及说什么呢，她马上又否定了自己：

"哎，也难怪到今天咱俩的差距会拉这么大，你成了有出息的文化人，而我……"

"又来了，你现在不也挺好的吗？"

她垂下眼皮，对我的说法不置可否。这时酒水端了上来，杯瓶相碰之后，借着科罗纳啤酒那股沁人心脾的凉爽，我觉得破解脑中某些疑团的时机来了。

"唔，那天到底是怎么回事啊？"

我故意问得漫不经心。

"什么怎么回事？"

她目光还停留在酒杯里浮着的青柠檬薄片上。

"就是那天啊……那个进你店里捣乱的女人……"

我指着窗外比画了一下，示意我就是从这个位置看到当时景象的。

结果索娅一下变脸，狠狠瞪我一眼说：

"你这人，真是没劲透了！你是看到别人高兴了心里不舒服还是怎么的？"

那云霄飞车，原来也有卡壳停转的时候啊！

"只是随口一问，你不愿回答也不要紧。"

话虽这么说，一个铁的事实就在我们面前明摆着：要不是发生了那件事，我和索娅怎么可能像现在这样坐在一起呢？

＊　　　　　＊　　　　　＊

但接下去，不知道是不是金汤力和随后又叫的一杯玛格丽特起了点儿作用，索娅断断续续地对我讲述起她从老家来省城的经过。即便在涉及一些敏感内容时留有空白，我也很容易根据前因后果去脑补。我很快发现，发生在她身上的故事，其实并不比我先前想象过的更特别。甚至可以说，以我身为一名记者每天浸淫在大千世界的海量新闻中所获得的见识来看，它几乎不值一提。

简短概括一下是这样的：索娅念书时成绩不好，所以初中毕业选择上了职高；职高上完，进了当地一家星级酒店当服务员。两年前，她决心结束跟男友的关系，对方却对她死死纠缠不放，令她陷入极度的苦恼。恰好这时，酒店客人中有个在省城开家小贸易公司、被她称作庆哥的男人喜欢上了她，虽然明知这男人是有妇之夫，索娅还是表示只要能带她离开本地，就可以跟他相好。随男人来到省城后，她先是在韶山北路一家大商场找了份卖手表的工作，接着在火车站附近倒腾过一阵服装生意，最后开起了眼下白沙路上的这家杂货铺。在这个过程中，男人为了帮她的确称得上尽心尽力。就拿杂货铺来说，从租房到装修到联系货源，都是男人一手操办的。然而，应了一句老话，天下没有不透风的墙，那天闯进店里来的正是男人的妻子，她刚刚发现了丈夫跟索娅的隐秘关系。

这下我算知道，那个腋下夹着黑皮包不时露上一面的男人到底是谁了。

"这事你打算怎么解决？"我问。

"解决？"

她乜斜着眼睛看我，好像不明白这个词的含义。

"就是说，你是打算继续跟那男的保持关系，还是就此做个了结？那男的对这事是什么想法？他会不会，比方说吧，为了你跟老婆离婚呢？"

索娅将目光从我脸上移开。"庆哥会为我做很多事。实际上，他已经为我做过太多的事了。"她端起酒杯来猛喝一大口，借以缓冲一下我的问题给她造成的压迫，"他可以为我做很多事，比方说放着生意不做来陪我，比方说我喜欢什么东西，他就千方百计帮我去弄到，当然那些东西本身也不大啦，但我想，我想他是不会为了我去离婚的。再说，我也没有权利要求他这样做。"

"为什么？因为他在你身上花过很多钱，你欠他的？"

我的口气生硬得不光索娅，连我自己都吃了一惊。但是，如果说我的看法代表着某种本应受到鄙视的世俗成见，那索娅对此也只能无可奈何。

"没错，我刚到这里的时候，房子的租金确实是庆哥垫的，生活费也基本是他给的。不过等我卖服装赚到些钱后，我就希望能够自立。我告诉了庆哥我的想法，他也表示尊重我。当然，我的大部分货源都是他联系的，我也知道他尽可能帮我压价，让我多赚一点儿，而且这样做，他肯定在背后付出了别的代价。"

"就算这样，那还是跟他一刀两断的好。"

遇事惯于和稀泥的我，这回却变得不依不饶起来。

"啊？……"

"再这样纠缠不清下去，对你不会有什么好结果。"

说这话时，先前见过的那辆奥迪 SUV 在我脑际划出一道沉重的弧线，驾驶座上模糊的男人身影已完全隐没在黑暗中。

索娅的脸色比之刚才又阴沉了几分，但奇怪的是她并没有发怒，也没有直接反驳我。她似乎在心里默念着我的话，而当她从中咂摸出点儿什么滋味后，一丝微笑便在嘴角缓缓漾开。

"话是有点儿难听，不过我知道你是为我好。我知道你是真心为我好，所以听你这么说我还是很高兴的。"

真要命，这就是她对我一番忠告的回应？

*　　　　*　　　　*

再后来，我们从屋内移到了小阳台上。在这里，白昼的暑热渐渐消退，偶有一缕凉风携着楼下快要打烊的面点铺的奶香味拂过面颊。在我们身后，客人坐得满满当当的咖啡馆，看起来就像一只在混浊灯光的溶液中养殖着茂密藻类的玻璃器皿。汽车接连不断驶过的声音一开始未免有点烦人，但只要适应一阵儿，反倒会莫名地喜欢上浑身被喇叭声震得微微酥麻的感觉。这大概就是大城市生活让每一个置身其中的人都只能在无奈中加深依赖的证明吧！

我们又说了不少话，但都跟刚才那个关乎索娅何去何从的话题没有任何关系。

忽然间，没有任何先兆，索娅的眉眼扭结，上身像一片狂风中的树叶一样索索抖动起来，并且随时可能失去控制地倒向某个方向。她用痛苦而迷蒙的眼神看着我，牙根咯咯作响地说道：

"麻烦你……能抱一会儿我吗？"

我张开臂膀，让她倚靠在我怀中。从她滚烫的身体里迸发出的阵阵颤抖，让我想起不久前去山区采访时，坐面包车颠簸在泥泞不平路上的感觉。

"索娅，你这是怎么啦？"

"我吸过毒……戒掉了……但有时还会起反应……"

我没有再说什么，只是把她搂得更紧一些，努力用一片宁静抵御她体内的狂躁。然而，不得不承认，刚才在我心目中还明艳似火的索娅的形象，从这一刻起飞速黯淡下去。

过了十来分钟，她终于恢复正常，可我们俩已经像一对真正的情侣那样紧紧偎依在一起，而偏高的热度也从她传染到了我的身体上。毕竟，我有好久都没像这样搂抱过一个女孩了吧！

这时，感觉她的脑袋从我肩头微微抬起，听见她口齿含糊不清地在问：

"你喜欢我对不对？……你喜欢我？"

接着身体分离开，她眼光中饱含期待，忽闪忽闪地望着我。一点儿都不奇怪，只要把我从第一次闯进她店里，一直到今天约她吃饭的所作所为串连起来，很容易得出这一结论。

但这一刻，面对着街灯映照下她尤显苍白又依然不失俏丽的面庞，我却强迫自己摆出一副冷冰冰的模样。

"索娅，时间不早了，我这就送你回去。"

是的，我就是这么说的，像是我心里有只拧得死死的阀门。

四

　　就在那晚两个人有些尴尬地分别之后，夏天余下的日子我都没再去过咖啡馆，自然也就谈不上见到索娅了。倒是在这期间，我跟在网站工作的罗虹已经冷淡多时的关系，以我的突然约请为转折，又重新变得热络起来。不过，虽然我们频频一起吃饭、逛街，有时还去看场电影，但说穿了依旧是在无谓的闲聊和保持等距的相处中比拼着耐性。直到有一天，我和罗虹坐在出租车上，从距离杂货铺最近的那个十字路口经过时，我才蓦然意识到，我做这些的目的就是为了忘掉索娅。

　　我到底是怎么啦？是因为我发觉索娅的生活远不像她描述的那么单纯，还是因为我也有无法向她吐露的隐衷，所以才要躲开她呢？

　　一天快下班时，手机响了，正是索娅。

　　"是这样，我已经决定跟庆哥分手了。"

　　低沉的声音，周遭宁静，不像是从临街的杂货铺里发出的。

　　"哦……"

　　无法确定，这跟我当初的劝说有没有关系。

　　"我想马上从现在住的屋子搬走，你知道，这是庆哥替我租的。我已经另外找好了地方，不过想请你帮一个忙。"怕被我一口回绝，她赶紧又说，"在这里我没有别的朋友，想来想去只有麻烦你了。"

原来，她找到的新居还得过十多天才腾得出。在这之前，她想把她的两包行李暂且寄放在我的住处。

*　　　*　　　*

我站在公寓楼下，等着索娅的到来。从出租车里走下的她，最明显的变化体现在发式上，一顶缀满亮片的棒球帽的帽箍卡住一束马尾辫，翘得十分率性。身上则是一件白色七分袖开衫，一条深蓝色铅笔裤，再配一双浅棕色皮面板鞋。本来我很想问问她和那男人之间到底发生了什么事，可看她并没有显出闷闷不乐的样子，又打消了这个念头。我帮着她从出租车的后座和后备厢里分别拿下来一只鼓鼓囊囊的帆布旅行袋和一只大号拉杆箱。"是不是很占你地方啊？"她问，似乎在为它们的体积向我道歉。

"没什么。"我说，"对了，你自己又住哪里呢？"

"先找个旅馆，凑合几宿再说吧！"

这时候我脑门一热。

"那什么，不就十多天吗？你要愿意的话可以住我这里。"

索娅正伸手去抓箱子的拉杆，一听这话愣住了。

"我可以腾出一间给你住。"我又补上一句。

"可那不是……太给你添麻烦了么？"

说到后半截，她的声音陡然沙哑起来。

"没有的事。"

出租车在我们身后掉个头，车灯的强光扫过索娅的脸时，我惊奇地看到她眼眶中竟然盈满泪水。

"你这是怎么啦？"

她没有说话。

"不是说从来都不哭的吗？"我半是打趣地问。

她轻轻一跺脚，"那都是小时候！"

"都说人小时候的眼泪最不值钱，你倒好，把它全攒下来了。"

这话逗得她破涕为笑。

"要是别的男人问我愿不愿意一起住，多半是不安好心，不过你肯定不是！"

这一刻我的脸一定涨得通红，只是笼罩在暗影里，索娅看不出而已。其实，别说我对她了解不深，她对我是个什么样的人又了解多少呢？

"要说担心，也应该是你担心我才对，是吧？放心好了，我住你这儿的时候一定乖乖的，也保证不会再勾引你了！"

她笑得马尾辫在脑后直颤，我却舌头打结，什么话都说不出来。

＊　　　　＊　　　　＊

电梯载着我和索娅上到公寓楼八层。我住的房子是套小两居。这还是去年我跟方晴刚开始热恋时租下的，没想到同居生活只维持了三个月就宣告结束。因为签的是一年约，也就没再去换小点儿的房子，且等租期到头再说。一进门我马上做出安排，卧室还是我住，平时当书房的那间让给索娅，里面有张长沙发将将够一个人躺下。

"你先把今晚对付过去。"我说，"我在报社还放了张单人席梦思床垫，有时加班太晚了就睡在那里。明天下了班我把它搬回来，给你开张床。"

刚刚摘下棒球帽的她一听就连连摆手。

"真的不用那么麻烦，我睡这沙发正合适。你是不知道，我睡觉就喜欢空间小小的，最好床特小。因为我喜欢蜷着睡，脑门和鼻尖还得碰着东西，身子还喜欢死命地往一个角里扎。真要给我一张宽大的床，让我面朝天花板平躺，那我反而睡不着。"

"不会吧？"

"真的是这样。别说这种长沙发，就是你家客厅那张单人沙发椅我都能睡。因为我能把两条腿蜷起来，一直蜷到胸口，整个人就缩成那么小小的一团。怎么说呢？像极了婴儿待在母亲肚子里的样子。"

边说，她边用双手在空中比画了一个半圆。

"你这是在睡觉，还是在练瑜伽啊？"

"呵呵，反正我睡觉毛病挺多的。夏天再热我也一定要盖被子睡，而且必须把被子拱起来完全包住我的身子。我是侧着睡的，身子连脖子都被包起来了，脑门和鼻子又总贴着靠枕什么的。所以你要看到我睡觉时的样子，最多只能看到我的一部分头发、一只耳朵和一小块侧脸。不过，你要是想催我起床的话，可千万别掀我被子哟。"

"怎么呢？"

"刚才不是说了，我睡觉就像婴儿待在母亲肚子里的样子？我总脱得光光的睡啊！"

"哦哦……"

我顿时有些发窘，就好像掀开她被子这一幕已然发生一样。她盯着我的脸大笑，笑到半途又像想起了什么。

"哎呀，刚才还保证过不勾引你的，我这算不算犯规了啊？要不我明天自罚把你家的卫生打扫一遍吧，你看好不好？反正接下来两天，我都请好了隔壁花店林太的侄女小惠帮我看店，好让我有时间处理自己的事情……"

我被她说得哭笑不得，赶紧岔开话题。

"这是什么？"

眼见她从箱子里取出两个一样大小、带密封口的玻璃罐，一只盛的是看不出什么名堂来的黄沙，另一只盛的是更看不出什么名堂来的清水。她打开盛沙子的那只，把不知从哪里摸出来的三颗圆浑浑、灰扑扑的石头放进去，稍稍调整一下它们的位置，再重新封紧罐口。然后，郑重其事地把两只罐子并排放到书桌上。

"这些啊，都是我在酒店工作的时候，有年夏天休假，去西北旅游带回来的纪念品。"

她显然看出了我心里的疑问。

"有什么特别的讲究吗？"

"特别的讲究倒也说不上。反正水是青海湖的，沙子是腾格里沙漠的，石头是黄河岸边的。不过你可别小看这些东西，当时我就为带这些石头沙子水回家，把给家里买的吃的喝的全丢了。我觉得这些石头沙子水很重要，是我那趟旅行最大的收获，所以怕丢，就随时放在包里背着。我觉得给家里买了牛肉干、青稞酒，还有黄蘑菇都不要紧，就在手里提着，结果提着提着就不知丢哪儿去了。回到家我妈还说我呢，大老远的出趟门也不带点儿土特产啥的，带回来的净是这些没用的玩意儿。其实我进门前就想来着，我买了东西要说丢了，估计我妈得磨叨我好几天，我要是直接说没买呢，兴许罪过还能小点儿——干脆直接说没买。呵呵，你说逗不逗？"

我这才心中释然。看看那罐水，又看看那罐沙子和石头，对它们淡泊宁静外表下蕴含的深意似有所悟。

接下去是例行程序，我领着她在屋里转了一圈，交代她热水器怎么开、微波炉怎么用、煤气炉怎么打火、冰箱里有哪些存货，还有杯盘碗碟、调味料汁之类的都放在哪里。我清理一遍书房，移走了一些杂物，又给她找来一个枕头、一张被单、一床棉被和一条毛毯。

忙完这一切，卫生间里传出索娅放水洗澡的哗哗声。我回到卧室，掩上房门，内心却堕入比以往任何时候都更深的迷惘。说实话，对这个表面看起来单纯得像个音符，暗地里却又挟着一股谜一样的邪乎劲的女孩，或许我根本没有权利介入她的生活。可为什么我就是做不到避而远之，到头来竟还让她和我住到了同一屋檐下呢？

五

第二天一早，从我起床到离开，书房的门始终关着，也听不见里边有任何动静。我在餐桌显眼的位置留下张字条，又压上一把给索娅的房门钥匙。

依然是繁忙的一天。主任派给我的活是一个话题采访加一个人物专访。到写完稿件的最后一个字，窗外已经暮色四合。我独自在报社附近的一家小餐馆吃完晚饭，又去超市采购了一堆食品。我两手拎着塑料袋回到公寓，想先确定一下索娅在不在家，一按门铃，却惊奇地发现一向正常的门铃居然不响。

敲门不见回应，我这才掏出钥匙把门打开。

屋里黑乎乎的，果然没人，按下开关，呈现在灯光下的景象叫我又吃一惊。水磨石地板光洁照人，茶几和餐桌收拾得清清爽爽，绿萝和凤尾竹经过修剪不见一片枯叶，厨房和卫生间同样焕然一新，就连垃圾桶都被一丝不苟地换上了新垃圾袋。

看起来，索娅昨晚那番关于"自罚"的话，还真不是说着玩玩的。天知道她干这些花了多少工夫啊！

书房的门依然关着，我决定打开看看。这一回，叫我吃惊的并非里边的整洁，而是昨晚我给索娅拿来的那条军绿色毛毯，竟然一头用夹子夹在窗帘杆上，余下部分贴着原有的窗帘自然垂落下来，将整扇窗户封得严严实实，不留一丝一毫可能透光的缝隙。

"这是怎么回事啊？"

我嘴里嘀咕着，回过头又去检查门铃。原来盒子里一节五号电池已经被卸掉了，不确定是不是因为没电了才这样做，我只好找出一节新的装上去。

带着满脑子微微发烫的疑问，我坐到客厅的单人沙发椅上看起了电视。手中遥控器不停切换频道，借此打发等待索娅回来的时间。没有一个节目能提起我的兴致，我转而想到给她打个电话。手机屏幕显示电量不足，只好改用茶几上的座机。可是，听筒搁到耳边却没一点儿声音，一检查才发现，是机座上的电话线插头被拔掉了。

"这又是怎么回事？"

重新接好插头拨号，索娅的手机却处于关机状态。

再等一阵儿，上眼皮跟下眼皮打起架来。我起身洗漱一番，进卧室睡觉。这时候，脑子里的那些疑问已经凉下来了。

*   *   *

早上起来，才发现索娅一整夜没有回来。她去了哪里？难道说她还做不到跟那个已婚男人彻底分手？虽然作为这里的临时房客，她没有义务向我报告每天的行踪，可她的出没无常还是让我不免心生失落。

昨天下班前就领到了今天的任务，我可以比平时晚半小时出门，直接从公寓赶往雨花区法院旁听一桩诈骗案的庭审。在小区门口，我坐上的出租车刚刚起步，就看见有辆亮锃锃的银灰色奥迪 SUV 正停靠在街的另一侧，放下一个人后又一溜烟开走。跟我第一眼看到这车产生的预感完全一致，从车上下来的人正是索娅。只见她把头尽可能深地埋在立起的咖啡色夹克翻领里，脚步有些飘忽地穿过街面，走向小区大门。随后，在我迅速拉长的视线中，早上高峰的车流淹没了她的身影。

结果一天的工作中，那辆银灰色的奥迪车一直在我脑中挥之不去。开车的应该还是另一个男人吧？索娅跟他到底是什么关系？两个人是不是在一起过了一夜？难道事实并非如她所说的那样，我是她在这个城市唯一可以依靠的朋友？想到这些的时候，索娅的面目在我眼前愈加模糊。

*   *   *

晚上到家，时间比前一天略早。叫我吃惊的事又一次发生了——门铃怎么按也不响。

打开房门，屋里虽然没有亮灯，却看到索娅头发披散，全身软绵绵的，正倒在沙发椅上看电视。电视被她调成了静音，随着屏幕画面的转换，她脸上忽明忽暗地起着变化。

"原来你在啊？"

我说着打开了灯，可灯光也没让她的脸色好看多少。看她穿得那么有居家气息，一件小花格衬衫，一条稍显肥大的绛紫色运动裤，脚上趿拉着一双人字拖，我估摸不准她今早回来后有没有出过门。

"你这是怎么啦？"我又问。

索娅后脑向沙发背一顶，借势直起了上身。"没什么啊，我就是发发呆而已。我每天都要有点儿时间发发呆才行。"她接着像是清醒了点儿，"对不起，昨晚从外地过来了一个朋友，就……"

但她语焉不详的解释并不令人信服。如果是正常意义上的朋友，那为什么上次奥迪车的主人不能公然现身杂货铺，却偏要在几百米外的街角偷偷接她呢？当然，她并不知道当时我就尾随在后，基于此，我也只能把强烈的质疑埋在心底。

书房的门半开着，那扇依然被毛毯封闭的窗户，看起来就像世界的尽头一样幽暗。

"睡觉怎么不开点儿窗呢？"我另起一个话头，"空气不流通可不好。"

索娅一脸无辜的表情。

"你不知道，我就是睡觉怕光，有一点点光照进房间来我都别想睡踏实，会做各式各样的噩梦。我还特别不喜欢早晨，特别不喜欢一早醒过来看到窗外是亮的，不要说太阳出来了，就是大清早的那点儿麻麻亮我都受不了。"

这个问题不做深究也罢。我退到门口，看到原来的门铃盒已经整个从门上卸掉了，只剩两条露出黄铜丝的电线可怜巴巴地垂在那里。

"这又是因为什么？"

对她的破坏行为我无意声讨，可也不等于就该表示赞同吧！

"哎呀，这要怪我，没来得及跟你商量。这两天老有这样那样的人来按门铃，一会儿是查煤气表的，一会儿是推销小电器的，一会儿是问要不要做保洁的。实在对不起，能不能在我住的这些天里先不用门铃，等我走了以后再装回去呢？"

索娅用恳求的眼光看着我。可是门铃拆都拆了，哪还有什么商量的余地？

"你不去管那些人不就行了，犯得着跟门铃……"我一看茶几上的座机，电话线插头又一次给拔掉了，"……还有电话过不去吗？"

我宁可让她认为，我的宽容并不是无限度的。

"可是你不知道，我一听到铃声会有多抓狂。"她为自己辩解道，"你没看到我的店里没装座机，我的手机永远设成振动吗？甚至于手机放在桌子上都要在下面垫块布，就为了手机在振动的时候跟桌面摩擦的声音能小点儿。《美国往事》，这电影你肯定知道吧？"

"啊？"

没想到她会一下扯到那上头去。

　　"《美国往事》，我看网上介绍说是超有名的一部片子。就因为开头有一段，背景声是一阵阵老也没人接的电话铃声，我就没有看下去。那个铃声叫我实在没法忍受，甚至有种快疯掉的感觉。当时不是在台式电脑上看的吗？我不但没有继续看下去，还摔坏了电脑的键盘。"

　　我又"啊"了一声。

　　"说摔还是轻的，准确地说是粉碎。你知道什么叫粉碎么？都不是说把键盘摔成几块，而是好几十块，而且上面的按键一个个全掉下来了。我没有用任何工具，就是用手。"

　　她没有说明为什么受不了生活中无处不在的电话铃声，我也没有再追问下去。然而，联想到那天晚上她出现毒品戒断反应时的浑身发热颤抖，我越来越怀疑，她努力向外人展现的开朗活泼完全是种假象。

　　索娅误会了我脸上默默难过的样子。

　　"知道这会儿你心里在想什么了。肯定在想，怎么会是这样的一人儿啊？早知道这样，那说什么也不会让她住到一起来了！"

　　"胡说什么呢！"

　　"还不承认？放心，我找好的房子，会催房东以最快速度腾出来。我能早一天搬走就早一天搬走，绝不给你多添麻烦。"

　　　　　　　＊　　　　　　＊　　　　　　＊

　　这天晚上，我感觉索娅的身体里似乎埋着一只沙漏，她的情绪就像细密的沙子一样，悄无声息地从快乐的一端不断漏向悲伤的一端。无论旁人想以什么方式加以阻止，其结果只会像用力摇晃沙漏本身一样，让沙子下漏得更快。

　　我上床很久了，可就是翻来覆去睡不着。我想象着躺在书房长沙发上的索娅，被隔绝在一方没有一丝光亮透入的浑然一体的黑暗中是种什么滋味。忽然，客厅里传来索娅穿着人字拖趿起脚跟走过的声音。随后，卫生间的滑门被轻轻拉开。过不一会儿，在一阵沉闷的马桶冲水声响过之后，她从卫生间里出来了，奇怪的是并没有原路返回。从接着响起的"咔嗒"一声来判断，她是拧开了厨房的门把手。她去那里干什么呢？

　　我起身穿上衣服，脚步轻轻走出卧室。

　　厨房的门没有关死，灯光像盛满的水漫出门沿。我踏着地上一条直尺般细长的光线走过去，透过门缝，看到了索娅的一小溜背影。她还是穿着先前的那身衣服，低头站在水槽前，聚精会神地干着什么。

　　我正犹豫要不要转身离开，索娅的半边肩膀猛然抽搐了一下，紧接着，她的整个上身都在索索发抖。

　　我一把推开门，索娅转过一张如痴如醉的脸。我这才看清她右手里攥着一把水果刀，而左手的手腕部位被划开一道口子，殷红的鲜血正从那里涌出来，分成一股股细流，流向手背、掌心和指缝。

　　"你在干什么？"我惊叫起来。

　　"你别管我。"

　　她重重一甩头，头发散乱，双眼紧闭。

　　我从她手里夺下刀子，冲到卫生间抓来一条毛巾，不由分说为她扎上手臂。一道道蜿蜒隆起的蓝色静脉血管，看起来像是快要把白皙剔透的皮肤撑破。等到血差不多止住不流了，我一边用湿纸巾擦拭血迹，一边提出送她去医院。

"不用了。"这时的她已经平静许多，却还显得意犹未尽。"你没看到吗？我只是浅浅地割了一刀，根本没有伤到动脉。"

"那也难保伤口不会感染。"

"不会的，我又不是头一回这么做了。"

果然，在我找来自备的纱布、胶带和云南白药，为她包扎伤口的时候，看到她手腕上已经有了五六道或长或短、深浅不一的瘢痕，让那一小块皮肤有点儿像幅抽象画。

"所以，你可以知道，我最初学着自己做手链是为了什么吧？就是为了把手腕上的伤疤遮掩起来，不让别人看到。可你说怪不怪？以前伤疤少的时候我还觉得挺难看，可等伤疤越来越多的时候，我反倒越来越喜欢起它们来。我明白这就跟有的人喜欢文身是一个道理，这些伤疤就是我给自己做的文身。"

说到最后一句，她有如炫耀般地抬起手臂。我刚刚给她包扎好那上面的伤口。

"那割的时候就不疼吗？"

"疼啊，可我挺喜欢疼的。"

听她的口气，喜欢疼就像喜欢晴天、焰火、一顿美餐或是新买的鞋子那么自然。

"为什么？"

"就是这样啊。一看到血从尖锐的刀子下涌出来，看到鲜艳的红色流淌在掌心和指缝间，我就有种说不出的兴奋。"

"是吗？"

"血流出来了，疼也疼过了，心里就觉得特别轻松，就跟倾诉完了是一样感觉。"

"跟倾诉完了是一样感觉？"我重复着她的话。

"是啊，人有了痛苦总想表达，找不到别人说就只有找自己了。"

痛苦，她终于说到了问题的关键。但我既没有问"是种什么样的痛苦"，也没有问"你为什么不试着找我说说呢"，我只是把她领到厨房外的餐桌边坐下。

我能给她的，除了一杯兑好的温开水以外，就只有一点儿苍白无力的安慰：

"好吧，不管过去发生过什么，都要尽量看开一点儿。"

银灰色的奥迪车再一次在我脑中画出一个问号。莫非她和那个神秘男人之间发生的事，就是她割腕的原因？

"不是那么简单的。"她眼睛盯着平摊在餐桌上那只包着纱布的手腕，怔怔出神，"有时候一想起自己过去做错的事，我就特别特别……恨自己。"

"怎么能这样呢？人都有犯错的时候，可是，如果为犯的错陷在痛苦中不能自拔，那就等于接着又犯了第二个错。"

索娅抬起头来看着我，一对眸子的深处蓦然一亮。

"我知道，你说的是第二支箭。"

"什么？"我没听明白。

"《第二支箭》，应该是佛教书里的一个故事啊。有一次我路过一个旧书摊，顺手淘到了一本书，里面都是用两三百字的小故事说佛法的，每个小故事都说到一个佛法。这本书我坐在路边的椅子上看了大半天，最开始的小故事很容易明白，再往下看就需要想一想才能明白，等看到后面有多半本我就完全不明白在说什么了。那时候我就想，我每次活明白一些，就能多看

懂几个故事，所以这本书估计我得看一辈子吧！那里面有一个
故事就叫《第二支箭》。佛陀说不管痛苦还是快乐，不管它们有
多强烈，都是第一支箭，人一旦被射中之后，会疼。但不能纵
容这痛苦或快乐继续加重，那样就等于又中了第二支箭。我说
明白了么？我怎么觉得我没说明白……"

　　看她面露沮丧，我赶紧接过话头：

　　"就是说，有了痛苦不能深陷其中，有了快乐不能忘乎所
以，对吧？"

　　"对，就是这个意思。"她接着感慨道，"到底是文化人，一
句顶我十句。"

　　被她加到我头上的这个名号，看来是别想甩掉了。

　　"这么说，你信佛？"

　　"谈不上啊。我愿意对佛多些了解，但要变成信仰，用佛的
话说也得讲机缘吧！有一回坐公共汽车，有个大妈为了抢座位
把我狠狠挤开，她坐下以后就掏出一本金刚经来开始看。她信
得倒是好像满虔诚的，可你说这样的信仰有什么意义呢？还有
隔壁花店的老板娘林太，每月的初一、十五都去烧香。可你知
道她怎么个烧香法吗？初一去拜佛堂，十五去拜道观。然后现
在得了鼻咽癌，马上觉得佛教和道教的神仙都不灵了，又改信
起天主教。天天看《圣经》，前几天还买了个白金十字架挂在脖
子上，每次见我都跟我大谈主怎么怎么好。你说宗教一旦被弄
成这样了，还有什么意义啊？"

　　她的语调中重新注入了明朗和欢快的气息。我几乎不能相
信，就在刚才，她手握刀子切开皮肤，让她那些不为人知的哀
愁，随着温热的鲜血一道流泄。

"答应我，今后不能再这样了。"在分头回房睡觉之前，我对她说，"喜欢什么不好啊，非要喜欢疼……"

六

第二天上班过程中，我对索娅一直放心不下。趁着当天没有采访任务，我早早结束手头工作，赶去杂货铺看她。昨晚临睡前听她提过，今天是工商部门例行检查的日子，她作为店主必须到场。

还没进门，就看见那个被索娅叫作庆哥的中年男人双肘支在柜台上，上身前倾，正跟索娅说着什么。他那张干瘦面颊上的表情，初看有几分像笑，再看又有几分像哭。如同这个城市里所有自认有头有脸或是努力装得有头有脸的男人一样，他胳肢窝下永远夹着一只比砖块略小的黑色皮包，其与主人须臾不离的亲密程度不亚于断腿的人对拐杖的依赖。索娅一扭头看见了我，但与其说她像是被我的突然出现所吸引，倒不如说更像是在侧耳聆听和凝神思索庆哥的话。庆哥顺着她的目光飞快地瞟我一眼，想当然地把我当成了来逛店的普通顾客，没有特别在意，只是稍稍压低了说话的音量。我只好尴尬地站在货架旁，真像个顾客似的打量起眼前摆着的小瓷人和水晶球之类的小玩意儿。

接下去，就像一条游鱼的背鳍不时露出水面一样，庆哥的话开始断断续续飘到我耳中。他低沉而摇摆不定的声音，乍听上去倒也不乏热情，但时间稍长便暴露出骨子里那份不可撼动的冷酷。他用得最多的一个词是"处理",一会儿说"这事处理起来,总是需要点儿时间的嘛……",一会儿说"我会用我自己的方式来处理……",一会儿又说"相信我,一切都会处理好的……"。看起来,他跟整个世界的关系被大刀阔斧地简化成了一种,那就是处理与被处理的关系。而我一时也分辨不清,这究竟是代表着他观念上的独到建树,还是仅仅因为用词贫乏。

随后话题似乎转向了他的妻子,"对这种女人我一定要处理掉,一定要处理掉!"

他近乎咆哮起来,这回是整条游鱼翻着筋斗跃出了水面。

我没办法继续装哑充愣,只得转过头去看着他们。庆哥这时也意识到我在场,带着没有从刚才那句话里发泄干净的情绪瞪视着我。他那辐射状的根根直立的头发,加上两道绞结的眉毛,与他眼下这副愤慨的模样堪称绝配。

"他就是我跟你说过的……"

索娅一根指头来来回回指向庆哥和我,意思是这话同时适用于我们两个人。她穿的一件紫色连帽衫袖子拖得长长的,成功遮掩住另一只手腕上粘着的胶带纱布。

我和庆哥同时做出"哦——"的嘴型,心照不宣地互相打量起来,都想一眼看穿对方身上到底有什么特别之处吸引了索娅。

这男人依然站在原地,身子斜倚柜台,把张开的一只手掌伸向我。等我走过去也伸出手,却不知他是早就有意还是临时反悔,忽又把手缩了回去。看来,他还是觉得小小地羞辱我一下是他应有的权利。

"你就是那个记者,小娅现在就跟你住在一起,对吧?"他问话的口气很是生硬。看我沉吟不语，他又飞快地瞥一眼索娅，从鼻孔哼出一声，"有什么呢？男女之间无非就那点儿事，说出来没什么，不说出来也没什么，但就是不要说什么都没发生过。"

一旁的索娅脸红起来。

"实际上……"

我刚想说点儿什么，庆哥却做出一个让我缄口的手势。

"告诉你，我跟小娅的关系，并不像表面看来的那样。你懂我意思吗？我第一次见到她的时候就跟她说过，在这个世界上，真正理解你的人，你一辈子不会碰到超过三个。注意，我说的是真正理解，这四个字的真正分量，是要用一辈子才称量得出的。这说明了什么你知道吗？感情的事不在眼前，而在长远。感情的事是不能随随便便处理的，跟一般的男女关系不一样。我这么一说，你该清楚我是个什么样的人了吧？要不然你这记者就是白当了，不如趁早换个别的行当。告诉你，我也是正牌大学毕业，当年的优等生、团干部，还在官场上混过几年。如果不是我生性过于耿直的话，那我今天也不会站在这样一个地方跟你说话。我可以没有任何信仰，我这身光鲜行头也随时可以脱下，但我还是会认准一个目标，知道人生在世什么最重要。这就是我。你懂我意思吗？"

131

我没有完全懂，但我冒着变得更糊涂的风险，用目光请他继续说下去。

"那我就提醒你，我跟小娅的关系眼下是遇到了一点儿麻烦，不过等我把麻烦一处理掉，我们就会重归于好。"

"庆哥，你在说什么啊？"

索娅难堪地垂下眼皮，庆哥却转头冲向她，一副痛心疾首的样子。

"你知道我在说什么。你知道在这世上没人比我更在乎你。你离开我，只是因为你不相信自己真的能得到幸福。越是想要的东西你越是害怕得不到，所以才主动选择逃避！我说得对吗？"

看来这男人身上兼具哲学家和诗人的气质，只经商未免屈才了，我几乎忍不住有点儿喜欢起他来。

＊　　　＊　　　＊

这时我才知道，自从索娅的存在曝光，庆哥与妻子的关系急剧恶化。或许是无法忍受那个女人几度找上门来恶语相加，或许是出于自身的醒悟，总之索娅决定脱离庆哥开始新的生活，而匆匆搬离原来的住处就是迈出的第一步。没想到庆哥却不肯放手，以至于带着会尽快与妻子离婚的保证恳求索娅回头。不过，他显然误会了我和索娅的关系，以为之前横在他和索娅之间的障碍是他妻子，现在却换成了我。

可是，如果我和索娅的关系不是庆哥误会的那种，又是哪种呢？她之所以离开庆哥，到底是因为听从了我的劝告，还是因为更多地牵涉到那个神秘莫测的奥迪车主？庆哥知不知道在索娅的生活中，除我之外还有另一个男人的存在？在索娅的感情天平上，这三个男人的分量又孰轻孰重呢？

这些问题，我也给不出答案。

七

　　每晚下班回到公寓，我都是在强烈的不安中等待着索娅进门。触目所及，衣帽架上多了一顶女帽和两条丝巾，电视柜两头的绿萝和凤尾竹调换了位置，原本空出大半的冰箱一反常态地塞满各种食品，盥洗盆边也加入了一排叫不出名来的瓶瓶罐罐。说真的，我何尝想到过，给我单身生活小天地带来这种种改变的不是别人，而恰是一个叫作索娅的女孩呢？

　　门锁转动的声音响起来了，我马上停止神不守舍的踱步，坐到沙发椅上，摆出一副对她的到来无关痛痒的模样。

　　索娅的开场白绝对不会流于平淡。

　　"今天真是把我气一个半死！"

　　一问才知道，原来下午店里来了个女孩要求退货，而且是想不加一分钱，把前两天买的一副项链换成标价高出二十块的另一副。"我说要么退钱给你，要么你加十块钱拿走新的。嘿，可她就是不同意，一个劲地在那儿跟我磨。后来我气得没法了，就说我还从没见过像你这么不讲道理的人，所以我绝对不会让你不加钱拿走新的。哪知这女孩也挺神的，偏偏天生的没心没肺，我话都说得这么难听了，她还磨我呢，一口一个'亲爱的'叫着，要不就是'好姐姐'。唉，我最怕的就是这种耍赖皮的人了，你真要跟我对骂我也不怵你。但就拿这种人，我一点儿法子没有。"

　　"那最后呢？"

　　"还不是只好遂了她的愿！……"

又过了一天，她一进门劈头盖脸就是一句：

"天底下居然有这么操蛋的妈！"

惹得索娅在我面前第一次大爆粗口的原因，是中午在杂货铺门口上演的一幕。"一个乡下来的女人拉着个小孩走过去，那女人大概三十出头，小孩也就两岁多。小孩怀里抱着一筒小饼干，女人拉着小孩走，小孩没抱住饼干筒，哗啦掉地上，饼干撒出来多半筒。女人回头一看，照着小孩脑瓜顶就是一巴掌，把小孩打得直弯腰，愣是没哭。然后那女人就开始捡饼干，一片一片捡，居然又扔回筒里。关键是那片地特脏，你知道吗？昨天下过雨之后积水还没完全干哪。那女人一边捡饼干，一边不时抽手打小孩一巴掌，都打在脑瓜顶上，嘴里还一直骂骂咧咧的。我实在看不下去了，就冲出去夺过饼干筒，扔进了路边的垃圾箱，然后狠狠教训了女人一顿。我店里正好还存着一罐巧克力，我就拿出来送给了小孩……"

再过一天，看到她的第一眼是副快要瘫倒的模样。

"我算是彻底服了小惠这丫头了！"

原来是隔壁花店的老板娘林太昨天说起侄女小惠吐血了，索娅答应今天陪小惠去看病。"我还挺紧张的，吐血啊，是闹着玩的么？所以今天早上你一出门我就起床了，赶到湘雅二医院门口跟小惠会合。小惠长这么大都没怎么进过医院，不知道怎么看病。我就帮她挂了内科号，办了就诊卡，又领她到了分诊台。分诊完了等见到大夫，她就说，大夫，我吐血了。大夫挺惊讶，说你抽烟吧？小惠说不抽。说你吐了几次？小惠说吐了一次。大夫说吐了多少啊？小惠说，就是痰里有细细的红丝儿。我当时就崩溃了……"

"那大夫怎么说？"

"大夫比我还崩溃，说那没事，你也不咳嗽，没大事。你知道小惠说什么吗？她说，大夫您可别骗我，我是不是得肺癌了，是不是晚期啊，电视里那快死的不是都吐血吗？大夫当时就不行了，一年轻男大夫，都傻了，说你没事，你那不叫吐血。小惠说那不对啊，痰里明显有红丝，特别明显，真的大夫，特别特别明显！大夫说行行，那你要是愿意你照个 CT 吧。小惠说行，来一次一定得查清楚了。然后大夫给开了单子，她就问我接下来怎么办。我说先划价，然后到交费处交费，再拿着单子到 CT 室门口预约，然后等着。等着的时候她又问我，CT 是什么啊，用脱衣服么，会不会脱光了啊，是男大夫给我弄么，怎么弄啊？哎哟我简直不行了……"

索娅的话没有几句是当着我的面说的，因为在这过程中她一刻都没闲着：换鞋，进书房放下手袋和脱去外套，进卫生间洗手，抹护手霜，对着镜子把脸转来转去地端详个没够，忽然又想起什么，噔噔噔快步跑回书房，打开行李箱大肆翻找一气。即便这样，她的话音也始终没断，总是挟着一股股小风从她所在的方向向我耳边呼呼吹送过来。

作为一个纯属摆设性质、不需要发表任何意见的听众完成使命后，我回到卧室的电脑前做起自己的事，不是赶稿就是上网查资料，而把客厅留给她看电视。据我粗略观察，索娅不看连续剧也不看新闻，只是一门心思盯着那些调解家长里短的谈话节目看。她把这类节目统称为"上电视打架的"。要是我一晚上去客厅三次，那她准保分别在看三档不同的这类节目。譬如，第一次是一位大妈在老泪纵横地诉说，主持人在劝；第二次是一位戴帽子加墨镜的女人在骂人，嘉宾在劝；第三次是一位眼睛被打上马赛克的男人沉默无语，律师在劝。问题是索娅并不像我那样可以满足于当个听众，她更喜欢对着屏幕大声发表自己的看法，不是气愤地驳斥当事人的辩解，就是对主持人和嘉宾貌似公正的作态嗤之以鼻。可惜节目的进程从来不为她的意见左右，她只好不时跑到卧室门口来，冲我发泄一通心中的不满。

"你就说这位媳妇有多可笑吧，她居然认为照顾公公婆婆得到报酬是应该的！还老觉得公公婆婆要把丈夫从身边夺走，怎么能有这样的想法呢？换了我的话，我肯定会对公公婆婆抱着感恩的态度，没有他们，哪来这么好的老公让自己碰上了？如果这样去想问题，那对公公婆婆好都来不及，又怎么可能闹出那么多矛盾呢？"

*　　　　*　　　　*

还有一次，我听到她在沙发椅上爆笑不止，笑到后来都像是快要岔气，我赶紧起身看看是怎么回事。

"是这样的，一个男孩跟一个女孩。"索娅做解释时仍然笑得浑身乱颤，"男孩想结婚，可女孩不答应，还提出要分手，因为男孩买不起钻戒。男孩就说，我一定会买一枚最大最好的钻戒送给你，但不是现在。结果调解到最后，女孩哭了，还哭得特伤心，说自己还是很爱男孩的，但是实在是太喜欢钻戒了，所以真的不能结婚。哈哈哈哈！……"

笑过之后，她又感叹：

"唉，女人啊，有时就是太看重一些表面的东西，一点儿法子都没有。比如说，觉得男人只有送钻戒才表示愿意相守一辈子，可那无非是一颗小石头而已啊！比如说，爱听男人的甜言蜜语，明知是假的，就是爱听，上多少回当都不知悔改。再拿化妆来说吧，女人在这上面花了多少金钱和精力啊！可你说女人奇不奇怪，每天化了妆，到最后还要用最好的卸妆油把妆卸干净。既然还得用最好的卸妆油卸妆，你别化不就完了么？还是照化，有时候想想真讽刺。"

再接下去，她把批评的矛头对准了自己：

"你知道吗？我几次下决心跟化妆品一刀两断，都没成功。就跟有瘾似的，明明有得用，不缺，非得买。不买心里猫挠似的，觉都睡不着，买了之后那个高兴啊，高兴得跟什么似的。可没高兴几天，就心疼起钱了，心疼得又睡不着觉。刚刚下决心不再乱买，转身一上街，又瞄上哪个牌子的新款了。唉，做女人真的挺麻烦的，我自己都嫌累。"

"就不能轻省一点儿吗？"我问。

"轻省不了啊，虽然你看我从不浓墨重彩，只化那种化了就跟没化似的裸妆。你不知道，我有的时候吧，很想精简一下化妆包，天天背着也够沉的，就把里面的东西全倒出来。然后一想，润唇膏，肯定得带，扔进去。眼药水，眼睛老干啊，也少不了。护手霜，手洗了不能干着呀，扔进去。口红，这个不用说了，肯定得带，关键是带哪个颜色的呢？一只花蕊色的涂了气色好，扔进去。一只唇色的，不用说了，自然妆效必须要用的，扔进去。唇彩，唇彩不带一只在身上真不行，没安全感，扔进去。眉笔、眉粉、眉刷，要知道人的眉毛是整张脸上最重要的，眉毛化好看了妆就成功百分之五十了，不用说了，扔进去。粉饼，这必须得有啊，均匀肤色的，什么都不带也得带粉饼。香膏，心情好了随时得香一下。白色眼影，这个太不可缺少了，用途超多，眉骨下面提亮，颧骨上面提亮，是塑造脸部好气色和立体感的必备工具，扔进去。腮红，粉嘟嘟的小脸全靠它了，扔进去。控油膏，这个必需的，我可不想天天油光满面的在大街上跑，扔进去。遮瑕膏，遮黑眼圈的，当惯了夜猫子的我，缺了这个绝对不行，扔进去。眼霜，眼睛周围的皮肤可是脸上最娇嫩的，要随时保湿，必须随身带，扔进去。到最后收拾一圈，你猜怎么着？"

"倒出来的又全装回去了，一样没少？"

"不止是这样，有时还会发现少带了什么，再添上一两样。"

这回轮到我大笑起来。

"既然做女人这么辛苦，如果来生可以自己选择，你是做男人还是做女人呢？"

"我当然……当然……"

我的随口一问，竟让她脸上的笑忽然凝住，然后一点点消失在眼梢和嘴角。她眨巴着眼皮紧张地思索着，似乎回答得稍一不慎就会招来什么祸患。

"那我还是……再做一回女人吧！"

口气并不十足的坚定。

"为什么？"

"做女人有退路吧，坚强了有人夸，不坚强也没什么，因为是女人嘛……"

她神情恍惚起来。我忽然觉得她身体中的那只沙漏倒了个。

打住，我不能再问下去了。

八

转眼到了周五，临下班时接到索娅来电，说是为了表示谢意，要在公寓里做顿晚饭招待我。

"这么早你就关店了？"

"没有啊，我请了小惠来帮我看店。"

"那还是去外边吃好了，"并非我有意给她的热情泼冷水，"你手腕上的伤还没好呢。"

"可材料我都买回来了啊。"她在电话里抬高嗓音，"鱼、虾、鸡肉、蔬菜，都堆在你家案台上呢！我做菜又不是左右开弓，大部分活儿一只手就能搞定。再说，我这不还等着你回来给我打下手么？"

结果，由于死脑筋的主任打回我的稿件要求修改，下班晚了半个钟头。一进房门，看到索娅左手戴着一只橘色加长版乳胶手套，正在水槽边忙得团团转。我赶紧卷起袖子，把她推到一边，叫她只管对我发号施令就行了。

"鱼我已经在市场上让人剖好了，但还得麻烦你把骨头上的血清洗干净。因为待会儿要做的辣油泼鱼是道蒸菜，血洗不净出来的味道就是腥的。弄干净之后再把鱼里里外外用白醋抹一遍，放个六七分钟就可以上锅蒸了……

"这虾要去头去皮去沙线，尾巴留着，然后再在去掉沙线的地方浅浅地划一刀。因为这道菜是用油炸，后背开边之后炸出来会特别好看……

"鸡丝苦瓜，鸡丝要尽量切得细一些，苦瓜也尽量切得薄一点儿。关键是苦瓜要放滚水里焯一下，把那个苦味给焯掉。我不知道你是不是喜欢苦味，如果怕吃太苦的话，挑苦瓜的时候就不要挑太绿的，越绿的越苦。苦瓜上面不都有一粒一粒的小豆豆吗？我总挑那种豆豆饱满的，而且越直溜越好。记住哦，炒的时候千万不能放酱油，这道菜吃的就是个爽口清香，放了酱油就不对了……"

沉浸在索娅有如咕咕冒泡的温泉一般的话语里，我倏忽间有种感觉：原先附属于这处单身居室的孤寂无趣，已经被排挤到窗外，消融到浩渺无边的夜色中去了。

"其实我这人吧，不讲究吃多好的东西，但吃什么东西就得是什么味儿。"索娅一边往装虾的盆里加着料酒、五香粉、盐、姜末什么的，一边继续发表她的饮食观，"我就看不上我妈做菜，老糊弄，做完一个再做下一个连锅都不刷，下一个菜炒出来和上一个菜一个味儿。拍蒜不去蒜头，西红柿不烫皮，勾芡手底下也没准，不是稠了糊嘴，就是稀了挂不上菜。我不是挑吃的东西，但哪怕是一个土豆丝也应该有土豆丝的好味道。别看我平时吃饭常对付了事，其实口味上还是蛮挑的。"这时候，索娅又忙着在几只鸡蛋上挖开小孔，让蛋清流到碗里，接着用筷子唰唰打出泡沫，"我开店那条街上有家'芙记茶餐厅'，不知你去过没有？我最爱吃那里的蟹粉西蓝花和鸡汁蘑菇煲了。那个蟹粉西蓝花里其实没多少蟹粉，都是用鸡蛋打的汁。西蓝花是不过油的，直接用水焯过了摆在盘子里，然后端上桌以后，当着客人的面，把一盅蟹粉汁浇到西蓝花上。我每次都不让他们浇，我都是自己把西蓝花一朵一朵泡进汁里吃。这可是经验之谈啊！如果浇上的话，有的西蓝花是浇不到汁的，味道就不均匀；如果吃一朵泡一朵，整朵西蓝花都能浇到汁，而且汁能保持菜的温度，这样就完美了……"

精心打造的几道菜肴终于联翩登场，与索娅买来的一瓶德国雷司令白葡萄酒激烈地争抢起餐桌上的风头。

"还等什么？快吃吧！"

索娅的话犹如一声令下，早已进入一级战备的牙齿和肠胃，立刻向食物发起总攻。

"味道怎样？"

"那还用说？——也不看是谁打的下手！"

"得了吧你！"

盛酒的两只高脚杯，也是索娅从商场买来的，因为之前检查过橱柜后发现没有。

"怎么想起要在家里做饭的呢？"倒第二杯酒时我问。

"我住到你家都好几天了，可看你一次火也没开过。跟你说，我就见不得空闲不用的厨房，锅盖上落满灰尘，灶台也总是冰凉冰凉的，算怎么回事呢？日子还是要过得热气腾腾，像咱们现在这样才对吧？"

说着，她做了个把满桌菜肴都囊括在内的手势。

眼前的这个索娅，暂时远离了让她只能用刀子去排解的痛苦。但天知道，这样的状态在她身上能维持多久？

＊　　　　＊　　　　＊

酒喝到一半，我的手机响了。是在网站工作的罗虹打来的。她问我这些天是不是出差了，因为几次打我公寓的座机都没人接。我只好瞟一眼对面的索娅，推说座机的线路出了点儿问题。

罗虹来电的用意不言而喻，她肯定无法理解，为什么我刚跟她热乎了几天就再度销声匿迹。我心里确实过意不去，可当着索娅的面又没法解释，只好支吾两句就挂断电话。我想，罗虹肯定感觉得出我身边有别的女人，这下她的自尊心势必遭受无可挽回的伤害。

抬起头来，对面的索娅正抿嘴含笑，斜睨着眼看我。

"对不起啊，我碍到你接电话了吧？一听你那腔调，不是新交的女朋友就是旧情人，我没说错吧？"

我一时讷讷无语。

"哟，看你这样子，还不好意思承认哪？"索娅伸出食指冲我连点数下，"我说你一个三十岁的大男人，还这么扭扭捏捏干吗？大概是个什么情况，不能跟我说说吗？说真的，我还特好奇你喜欢的女孩是什么样。放心啊，我绝不白听，我会从女性的心理出发，帮你解答感情和恋爱方面遇到的任何疑难。"她的目光又一次俏皮地忽闪起来，"本咨询大师今天就免费授课一回，过期不候。怎么，有这么难得的机会你还不赶紧抓住？"

我低下头，用倒酒的动作填补略显尴尬的沉默。

"还是别说我了，"我放下酒瓶，缓缓开腔，"说说你自己吧。"

"说我自己？说什么啊？"

"你自己的感情经历啊！"

索娅端起酒杯，还没碰到唇边，马上又放回桌上。

"你没搞错吧？这会儿是要解决你的问题，不是叫你来解决我的。"

"可是，既然你说开班授课，那我最想听的就是这个。"

"这……你也太滑头了吧！"

"学生也有选课的权利嘛。"

"可我的事情，上回在咖啡馆里跟你说过不少啊！"

"不可能就那么些，我还想了解更多，比如说……"

"比如说什么？"

纵然我脑子里密密缠满了关于她的各种疑问，也只能姑且从中抽出一个最不起眼的线头。

"比如说你的初恋。"

"哈哈哈！"

索娅放声大笑，但我听出笑声中有种稍纵即逝的怅惘。

"笑就代表答应了？"

"你真的想听？"

"想听。"

"不怕我把你说烦？"

"不会。"

"那好吧，既然你对我的过去这么感兴趣！"

为她这句话，我赶紧跟她碰了一杯。

可是，说是为了满足我，从她接下来陷入回忆时屏气凝神、搜肠刮肚的样子看，恐怕更多还是为了满足她自己吧！

"我的初恋啊，应该说发生在我上职高的第二年。"

"哦。"

"那时候我心情非常糟，因为之前上初二时，在我身上出过一件不好的事，我没有信心像一般孩子那样，继续走升高中考大学的路，所以才选择上了职高。可你知道，上职高的孩子总有一种低人一等的感觉，加上学校的环境也不是太好，我每天

143

都过得非常痛苦。就在这个时候——"

她一口气说到这里才稍作停顿，看来只想让这段飞快滑过，不给我留任何插话的间隙，比如，"一件不好的事？"或者"到底是什么事？"之类。

我也很配合地做出一副心无挂碍的表情。

"——就在这个时候，我注意上了他。他是隔壁班的同学，平时在走道里常常遇见，到了上公共课或者开全校大会，有时跟他的座位还挨得很近。我到现在还清楚记得他的长相，瘦瘦的脸，留一头偏分的短发，单眼皮，鼻梁很窄很高，两颗门牙有点突出，中间还有道细细的缝。其实他长得挺一般吧，可吸引我的真正原因你知道是什么？就是他非常非常非常非常孤僻。"

一口气连说出的四个"非常"，好像配上了某种奇特的旋律。

"孤僻？"

"对啊。无论什么时候从他教室门口经过，总看到他静静地坐在自己的位子上，要么埋头看书，要么对着窗外的天空愣神。中午在食堂里，他总是打好饭菜坐到最偏僻的角落，一个人默默地吃。上学和放学路上，他也从来都是独来独往。他知道别的同学都把他当作异类，都在背后议论和嘲笑他，但不管别人怎么想他、怎么说他，他都无所谓。他对身边的一切人永远都那么冷淡，给我的感觉就是他有他自己的世界，别人进不去，他自己也出不来，谁也不可能亲近他。这背后的原因到底是什么，到底是他只愿意一个人，还是别人都不理他，以至于他很无奈地只好一个人，我也不清楚。但我可以毫不犹豫地断定，他就是满足于一个人——不是那种为了摆酷、装模作样的一个人，而是真真正正、彻头彻尾的一个人。每次看到他的时候，我心里都会禁不住想：'哎哟，这家伙，到底是为了什么而活着啊？'但奇怪的是，我越看他越有了要让自己好好活下去的勇气。能再给我倒点儿酒吗？"

我赶忙抓起酒瓶。

"那后来呢？"

"我就这么完完全全迷上了他。我认为我是爱上了他，而且是很爱很爱他，虽然我从没有想过要去接近他，更没有想过要拥有他。我只是想活得跟他一样。他不总是一个人吗？所以我也要总是一个人。我希望到最后能够成为他，就是这样。而且你知道吗？那时候我也没有跟任何人提起过他。我只是把他当作我心底的一个秘密，一个一旦说出来了就不再奇妙，所以只能独享的秘密。"

"再后来呢？"

"第三个学期结束，我们就提前分配工作了。在毕业典礼上见过他最后一面，他给我的感觉还跟见他第一面一模一样。后来就不知道他去了哪里，再也没有见过他，也没有得到过他的任何消息。"

"这就结束了？"

"是啊。"

"什么都没发生就结束了？"

听索娅说话，随时都得做好超乎意料的准备。可就算你做好充分准备，还是免不了会有超乎意料的时候。

"那又怎样？虽然看起来什么都没发生，可我觉得比发生过什么，反而更多地改变了我。"

她仍然一口咬定。

"两个人一点儿接触都没有，连互相认识都谈不上，怎么说也不能算真正的初恋吧？"

"一定要认识、有过接触才算吗？"

"难道不是吗？"

"那……"她好像在很不情愿地做出让步，"照这样的话，那就说说我的第一个男朋友吧！"

"这还差不多。"

盯着杯子里的酒目光发直，一只手插进耳畔的头发向后一捋，她借这个动作整理了一下思绪。

"他比我大五岁，一副很帅气的阳光大男孩样子。我在酒店干前台的时候，他刚从大学毕业，进了一家外贸公司，他来酒店安排客户住宿时认识了我，然后就开始追我。虽说当时我很喜欢他吧，可对于跟男人亲近还是有种心理障碍。我愿意偶尔跟他一起逛逛街什么的，可一旦他想抱我亲我，我就总是不行，有时候他一碰我身体，我还会难受得要呕吐。在旁人眼里我俩是在谈恋爱，可实际上关系不远不近，一直僵着。"

她仍然说得很快，为的还是不给我留出插话的间隙，"跟男人亲近有心理障碍？"或者"男人一碰身体就要呕吐？"行了，我还是省省吧！

不难推断的倒是，她所说的心理障碍，必定跟她先前提过，但又不愿挑明的那件"不好的事"有关。

"那一直僵着，也不是个办法啊？"

看我问得多么轻巧。

"反正是，他喜欢我但又不能对我有亲密的举动，这一点弄得他非常郁闷。然后有一天，我两个同屋都在当班，宿舍里就我一个人。他来约我去街上吃饭，我答应了，叫他在门外等一下，我好换件衣服什么的。这时，我发现之前摘下放在小床头柜上的一只发卡不见了，就赶紧满地找，结果钻到了床底下。我那个床底下空间挺小，我腰以上的部分进去了，屁股却进不去，我只能跪在地上，让屁股高高地翘在外边。但不知道他怎么就突然推门进来了。"

说到这里她停顿下来，似乎要留点儿时间，让我充分想象一下当时的场景——我眼前也真的浮现出两道冉冉升起、浑圆饱满的曲线。

"那时候正是最热的夏天，我换上的是吊带上衣和半身长裙。没想到我这姿势，让他平时那么斯文有礼的一个人一看就受不了了。我还在那里专心致志地找发卡呢，他一下子冲过来，一手扳住我屁股，一手就要掀我裙子。他用力太大，我又一点儿准备都没有，结果我的后背被床板刮出了好些道红血丝。我真的被他吓坏了，当时就歇斯底里大叫起来。"

"那他接下去……还对你干了什么？"

索娅白我一眼。

"这还不够吗？他一看我叫起来又受了伤，只好放了手，连连向我道歉。其实后来想想，他也就是一时冲动，并没有存心要伤害我的意思。"

"所以，你也就原谅他了？"

"怎么会？那天以后就跟他彻底分手了。"

"啊？"

　　"就是这样。过了一年多，他给我发来条短信，说是马上要出国留学。大概又过了两三年吧，有一天大半夜我正睡觉呢，手机响了，一接是他，从国外打来的。他问候了我几句，说声特别想我就把电话挂了。这就是我们仅有过的联系。"

　　"可是，就他？你把他算作你的第一个男朋友？"

　　在我看来，这个问题跟她的初恋一样值得商榷。

　　"我知道你们男人的心理，就是非得上过床才算，对吗？"

　　"也不能这么说，不过……"

　　"不过什么？其实上不上床根本不是最重要的。你知道在我看来，男人做什么会让我最感动、让我觉得那才是真爱的表达吗？"

　　"什么？"

　　"男人做什么会让我最感动？"她又重复了一遍问题，"就是跟我接吻的时候双手捧着我的脸！可你注意过，有多少男人在吻女人的时候会这么做？少得可怜——反正我还没遇到过！"她脸微微一红，"男人们在吻女人的时候手在干吗？都是在搂抱和抚摸吧？这表示什么？性的需要。当然这也无可厚非。但是一个男人如果吻我的时候双手捧着我的脸，而不是放在我身上，这就说明他不是出于性的需要，而完全是情感的表达，这才是纯粹的爱。你明白我的意思吗？"

　　我既没点头也没摇头。

　　"别的女人也会像你这么认为？"

　　"那我不管，这只是我个人的答案。我可不会像大多数女人那样，说什么生病了给我做饭，或者下雨了给我挡雨之类的。对于我来说，这些都不足以真正代表我在这个男人心目中的位置。"

     *   *   *

  我把吃剩的盘盘碟碟都移到厨房案台上，清理干净桌面，然后坐下来跟索娅喝起杯里的最后一点儿酒。在这当中，脑子里一直在回味她刚才的话。把一个只是远远看到的男生当作初恋？把一个连身体都不让碰的男人当作第一个男朋友？不碰身体就代表纯爱？这算是哪门子的情感路线，也偏得有点儿离谱了吧？

  终究，这激起了我对她的过去更大的好奇。

  “你说过，你离开家乡，是因为想跟当时的男朋友彻底了断，如果我没猜错，那才是你第一个真正意义上的男朋友吧？”

  “哈，什么叫真正意义上的男朋友？你不还是想说上过床的男朋友吗？”

  我敏锐地感觉到这个话题触到了她心中真正的痛点，而她躲在一副貌似戏谑的口吻下，只是为了阻止我继续探问下去。

  “对了，忘了告诉你，”很明显，她急于跳转话题，“今天下午店里来了一对年轻的情侣，两个人从长相到穿着打扮，搁在一起特般配，让我一看就有种说不出的舒服。尤其那男孩，不折不扣正是我喜欢的类型，当然了，只是以貌取人的那种喜欢，不带别的。对那女孩呢，感觉也挺特别，我不但一丁点儿不妒嫉她能跟那男孩相好，而且从心底里暗暗替她高兴。等他俩买完东西一出门，我马上来了灵感，花半小时，串出了两个配钥匙链的小人儿。”

  她抓起桌边的手机，唰唰揿动按键。“我都拍下来了，”她把屏幕向我推移过来，“看看这张——再看看下一张——就是它们了。"

　　还真是，从照片上各种材质的排列组合中，我辨出了两个小人儿的模样，有脑袋，有身子，有胳膊，有腿。索娅目不转睛，一直锁定我的脸。

　　"屏幕太小了，放大一点儿应该看得清。本来是一个男小人儿，一个女小人儿，做到一半我忽然想，光从颜色的鲜艳度上也能区分男女，但要能加上一些表示性别特征的东西，岂不更妙？"她把重新调整的画面展示给我，"看到两颗圆圆的白色小砗磲珠没有？"

　　"是。"

　　"像不像一对乳房？"

　　"……嗯。"

　　她又换了一张。

　　"看看下面突出的部分，像不像一只小鸡鸡？"

　　"啊？……"

　　"睾丸是用两颗稍大点的米珠，鸡鸡本身是用一只长管珠，龟头是用一颗小号的米珠。你觉得怎么样？"

　　"……嗯，是有点儿像。"

　　"只是有点儿像？多像啊！"她全然不顾我神色的难堪，抗议般地嚷道，"你猜我给它们取了个什么名？情爱男女。两个小人儿脚下还各有一片贝母，也是串上去的，要是被一对情侣买下了，上面可以用丙烯颜料分别写上两人的名字。你看，这回你肯定不会再说这也是艺术创作了吧？"

　　看我没接腔，她又自顾自接着说：

　　"其实这也没什么吧！说实话，我做的东西里只要跟性或者情色沾边的，总是特别抢手，但我只会随性去做，从不会为了多卖钱做重样的。上周有个女孩来店里，问我能不能帮她做一只鲸鱼形状的抱枕。我都很久没做手工活了，就说接不了，但我跟她打趣说，你知道成年鲸鱼的鸡鸡有多长吗？最短的两米呢，当两只鲸鱼交配的时候，你都会惊讶中间怎么有一根长管子连着，而且会发出好听的声音，时高时低，就像悠扬的音乐。结果把她说得一愣一愣的。"

"这你都知道？"我不无讶异。

"我也不知道从哪儿看来的。对了，大家现在都认为人是从猴子变来的，但也有相当一部分人认为人是从水里出来的。就是说，我们的祖先是海洋里的动物，后来才来到陆地上。你肯定知道是什么动物吧？"

"海豚吗？"

"很容易就想到了。"

"这还未经证明吧？"

"但有很有力的证据，说人类来自海洋有两个原因：第一，人是喜欢水的，婴儿在妈妈肚子里就是泡在水里的；第二，人离不开盐。说人是由海豚演变过来的，有一个最有力的证据，你绝对猜不到？"

"什么？"

"不管这世界上有多少种动物，只有海豚跟人一样，是可以面对面交配的。这你想不到吧？动物都是从后面，只有海豚可以跟人类一样用面对面的体位。当然，这并不能说明人一定就是由海豚变过来的，但这个知识还是挺有趣，不是吗？"

这一刻，索娅的脸红扑扑的，但可以断定只是酒精起的作用，不含半点儿羞赧的成分。想想看，为什么她要跟我谈及如此挑逗性的话题呢？她一定看到，我怀着显而易见的热忱跟她接近，还努力帮她去摆脱某个已婚男人的控制；可另一方面，我既无意于取代那个男人的地位，也不希求从她身上得到性或爱之类的回报。她一定在心里不下百次地揣度过她跟我的关系了，却依然弄不清问题究竟是出在我那离奇的个性上，还是因为她自身的魅力受到了不能容忍的忽视。于是，尽管她一再保证不会"勾引"我，但还是忍不住试探我，采取眼下这种方式来刺激我。当然，不排除她对我确有几分真心的喜欢，但越是这样，她就越是为我的无动于衷暗暗气恼。

可索娅哪里知道，面对她的引诱一味退缩和逃避的我，心里头又是多么挣扎呢？

九

这天夜里，被索娅撩起的欲火，像条蟒蛇似的在我体内蹿来蹿去，我费尽力气也难将它压住。挨到天将破晓时分，我进入到一种奇特的状态，感觉自己已经入睡，可睡眠仅仅停留在头皮表层，如同敷在那上面一层薄而透明的软膏。梦境正在缓缓飘移，忽被房门合上发出的"砰"的一响击碎。睁眼一看墙上的挂钟，已过八点。

我这才想起，昨晚吃饭时听索娅说过，今天要去高桥批发市场补货。

寂静之中，窗外淅沥的雨声渐渐分明起来。虽然是无须上班的周六,一想到索娅在这样的天气里还得外出奔波,我就再也睡不踏实。我起了床,先进卫生间冲个淋浴,却依然没法把一夜苦苦挣扎留下的挫败感消除干净。

接近中午,雨下得更大了,从窗口望出去,远处的楼群都隐没在雨幕后。我不禁担心索娅一个人是否应付得来要办的事,尤其还拖着一只暂时不能承重的手。我就给她拨了一个电话。

从一片嗡嗡轰鸣中传来了好像不是她的声音。

"我就问问,有什么需要帮忙的吗?反正我也闲着。"

"不用了,谢谢。我已经离开市场了,现在正要去——师傅,就在这里停,停!"

看来她正要从出租车上下来,急迫得一秒都不能多等。

还没等我来得及问清什么情况,就听她说:"那就这样吧,我先挂了!"

*　　　　*　　　　*

我在台阶上收拢雨伞的时候,看到店里的索娅正背靠货架,目光失神地盯着那块缀满首饰的藏青色绒面。我的出现让她稍稍振作起一点儿精神头,但笑容刚在脸上浮现,转瞬又像无地自容般消失得没影。

"该补的货,都补齐了?"我迂回地问道。

"啊,什么?"她回过神来,总算在我的问题飘出门外之前拽住了它的尾巴,"补齐?你说什么补齐了?"

"该补的货啊,你不是去了批发市场吗?"

"哦,也就是买些做首饰的材料吧!我手头的染色珊瑚、绿松石和几款琉璃珠都快用完了。再说,过不久冬天一到,不就进入首饰的淡季了吗？我就想着开阔一下思路，弄出点儿新鲜的东西来。"

"冬天是首饰的淡季啊？"

我只想找些话说，把她从情绪的低迷中拉出来。

"可不是吗？冬天人们都穿得特多，脖子上手腕上戴了什么都显不出来。而且大部分首饰的式样都偏小巧秀气，小巧秀气的东西配厚毛衣羽绒服，你说好看吗？肯定搭不到一起。颜色上也是啊，冬天用的颜色一般比较深，不如夏天可用的颜色丰富。所以说冬天人们应该不会太在意首饰的。"

"你说的新鲜东西是指……？"

"我今天特意去逛了一下卖布的地方，想试试看做做拼布的手包，或者小玩偶什么的。我跟你说过吧？我好几年都没弄过针线活了，不过有在职高打下的基础，相信上手还是很快的。"

"嗯，这主意不错。"

"布艺的东西女孩都喜欢，我自己以前就买过不少呢。而且布艺的成本比首饰低，但是手工更值钱。"

"那就不用有什么好犹豫了。"

"可是……"她的眉心拧了个结，"我正在那里看花布呢，突然接到这里街委会一个主任打来的电话。他说按合同我的铺面只能租到明年一月八号，时间一到街委会就会收回去，叫我提前做好搬走的准备。"

原来让她伤神的是这件事。

"怎么会这样？"

"所以你给我打电话的时候，我正往街委会赶呢。我找到那主任问，不是早就说好再续租两年的吗？怎么突然变卦了呢？

虽然中间我确实有过两次租金交得不及时，可也就是晚了短短几天而已，我保证以后绝不再犯了还不行吗？主任就说这事没得商量，他们已经决定转租给别人了。"

"他们的理由就是你租金没按时交？"

"当时也是钱周转不过来啊。你不知道，开店头一年都是耗着的，能落个不赚不赔就不错了。现在最困难的阶段已经过去，各方面都上了轨道，也有了一批比较固定的客源。可要是几个月后把铺面交出去，那就等于这两年的辛苦全白费了啊！"

她满面焦灼地垂下了头。

"慢着，"我问，"你是不是得罪过这位主任，或者街委会别的什么人呢？"

一看她表情中陡添几分气恼，我就知道果然没猜错。

"应该算是得罪过吧。反正这主任几次约我陪他喝酒，我都拒绝了。有一次去交租金，他趁办公室里没别人，抓住我的手一阵乱摸，脸还直往我身上凑，我赶紧挣脱跑了出来。所以今天一听他说话的口气，我就知道他真正的意图是什么。"

"那么，"我又问，"你知道这条街上，还有别的租户也没按时交过租金吗？"

"这个啊，"索娅略微思索了一下，"我只知道开音像店的超峰叔也晚交过一次，不过他跟主任的爱人好像是亲戚。"

"这就行了。"我走到门边，重新撑起雨伞，"告诉我街委会在哪儿，我过去一趟。"

索娅惊奇地望着我。

"你要干吗？你能解决这事？"

我是那样强烈地想要满足自己为她做点儿什么的心愿，与此同时，却又努力让脸上显得平静如常。

"你就等着吧！"

冒雨来到与杂货铺只有数百米之遥的街委会办公楼，我找到了那位可笑地用耳后蓄起的几绺长发横铺在光秃脑顶聊作遮饰的主任。我直言不讳地告诉他我是索娅的朋友，来此的目的是想了解为什么索娅拖欠过租金就必须搬走，而别的租户发生过同样情况却未予追究。这主任一开始还很嘴硬，说违反租赁条约的只有索娅一人，必须受到处置。可当我向他出示深蓝封皮的记者证，要求他拿出租户记录进行查对，并且提到了音像店老板的名字时，他的口气马上软了下来。

"误会，完全是个误会！"主任赔着笑脸，不时抬手把垂落到额前的一两绺头发撩上头顶，让其重归原位。"我只是出于好心警告一下她，叫她下不为例而已，根本就不是什么不再续约那样的意思嘛！"

*　　　　*　　　　*

回到店里，把经过跟索娅一说，她顿时眼圈发红，泪光闪烁。

"喂，你这是怎么啦？"

"真不知道……该怎么谢你。"

哽咽着说完，两行眼泪夺眶而出。

在我回店的路上雨已经停了，街面微微发亮，从靠近路牙的积水处疾驶而过的车辆，带起一片片扇状的水花。这时杂货铺里进来两个年轻女孩，头发一短一长，短发的那个留着厚厚的遮眉毛的刘海，长发的那个则扎起一个蓬松的高马尾，额头完全袒露。两人手里各提一只绿白两色的塑料袋，从印在上面的标识看，是从隔壁香水馆过来的。泪痕未消的索娅马上转身，装作整理墙角的几只纸盒，其实是不愿以面示人。两个女孩停在藏青色绒面前，一边试戴上面的首饰，一边你一言我一语交换起看法。

"不觉得太跳了点儿么？"

"是不是显得老气？"

"我记得你有一副差不多样式的啊！"

"哎呀，赶紧摘了摘了，看得我眼晕……"

长发女孩在两对耳坠中各取一只戴上，可左比较右比较还是拿不定主意。她突然转过头来问我：

"老板，你讲讲看，哪一款效果更好？"

我愣愣神，认真端详了几眼。

"都不错，各有特点，要我说的话，还是大的那对更配你的脸型。"

她做出的决定是买小的那对。"老板，能打几折？"

以前见过买首饰的客人跟索娅讨价还价，我就照样回答八五折。

短发女孩除挑中一条浅粉色系的手链外，还挑中一只印有手绘图案的杯子。杯子怎么卖我不清楚，只能自作主张给个八折。

我捧起柜台上的一只计算器算开了价。

"耳坠，七十二乘零点八五，六十一点二，算六十吧……手链，八十八乘零点八五，七十四零点八；杯子，三十六乘零点八，二十八点八，加起来，抹掉小数，一共一百零三。"

接下来收款和出票的事务，就非得有劳索娅亲自出手了。好在她及时转过身来，尽管被泪水打湿的睫毛黏成一束束的。

"怎么样，没给你丢脸吧？"两个女孩一出门，我就笑嘻嘻地问索娅，"老板说不上，当个店员还勉强合格吧？"

但她的心绪还陷在一片遥远到令我不可企及的感伤里。

"你说我要是死了，你会伤心吗？"

我被问得一愣。

"或许我们从认识到现在，时间还太短，要是已经认识了三年，甚至五年，我突然死了，你会伤心吗？"

我脑子还是转不过弯来。

"你就不能说说我要是死了你会怎么想吗？"

"行了吧，索娅。"我想尽力冲淡她追问里那种令人心塞的意味，"有你这么问问题的吗？假设自己死了问别人会如何如何想，你不觉得这么做有点儿过分吗？这简直跟勒索没什么两样。"

"啊？"她惊讶得张大了嘴，"这跟勒索挨得上边吗？"

"当然，不过勒索的是别人感情的付出罢了。"

她摇摇头，"我没那个意思。我就想知道我要是死了，会不会在别人心里留下痕迹。"

就在这个时候，天空不可思议地放晴了。当然，说不可思议仅仅是对我而言，因为雨过天晴实在算不得什么罕有的自然景观。但是，放晴的天空并不是全部，恰是太阳所在的一小块区域，而已经西斜的太阳又把光线款款倾注进杂货铺，一如很久以前我曾目睹过的那样，在玻璃柜台上腾起一片光晕，浸染得索娅的整个上半身近乎透明，也就不能不说是奇事一桩了。要知道，这一次我就站在一旁，相距咫尺地看着索娅如何打开那只永远精简不了的化妆包，对着一面小镜匆匆补妆，也看着那团光晕如何在她浑然不察之中，用千丝万缕细密地编织着她的腰肢、手臂、脖子、下颌，及至一对乳房的轮廓。我忽然听到时光的轮盘在飞速倒转，指针滑过了我俩相遇相识的那些日子，也滑过了我第一次走入对面咖啡馆的那个傍晚……

"当然会，"我很肯定地说，"而且最深的痕迹，往往是以意想不到的方式留下的……"

"干吗说得那么玄乎？我都听不明白。"

索娅注意到我在看她，而且很可能还觉出我看她的目光有些特别，于是拿着粉扑的那只手加快了动作。

阳光转瞬结束了对我的启示，在柜台上变淡、消失。越过门外正在转黄又滴沥着雨珠的梧桐树叶，我的目光落在对面三层楼上我常坐的那扇窗口。

159

"有些事情，明白了反倒没什么好……"

补完妆的脸上多了几分迷茫。"这话更听不明白。"

"行啦，"见她眉头蹙紧，我只好切断话头，"你才活了多大岁数？别老把死啊死的挂在嘴边好不好？"

"这跟岁数有什么关系？"她利索地拉上化妆包的拉链，"我还记得很小的时候，有一天我想法儿爬到了家里的五斗柜上，仰着脸，闭上眼睛，上半身尽可能伸出柜边，就那么一动不动地悬着。我妈进门看见吓一大跳，问我干吗呢，我就说我想知道死是什么感觉。那时我还不到六岁。因为满六岁我就随父母迁来南方了，而这事我清楚地记得是在我出生的那个老房子里发生的。六岁不到啊，我不光想到了死，而且想到要尝试。"

她这么一说，我又一次哑口无言。

毕竟是周六，在整个下雨的白天只能窝在家里的人们，从黄昏开始纷纷释放外出的热情。街上行人多了起来，也不断有各式各样发型和打扮的女孩出入店门。于是，刚才还弥漫在这片空间的凝重气氛，很快就被客人们在货架和柜台间走来走去的脚步、越来越频密的问答，以及收银机钱箱每次弹出时的"喀哧"声冲没了。

*　　　　*　　　　*

八点不到，索娅搁在柜台上的手机忽然发出呜呜的振动声。她抓起一看来电显示，脸上霎时间闪过一丝不易觉察的惊惧神情，犹豫了五六秒钟，才按下接听键，在缓缓背转身去的同时把手机送到耳边。我站得离她不远，但我听不出她到底是在说着什么，还是什么都没说，只能感觉到这一刻她紧绷的背影近似于雕塑般僵硬。

通话很快结束，再看索娅脸上，失魂落魄到几乎无可自拔。

"是外地来的朋友，约我一会儿见个面……"她对我吃力地笑笑。

我马上明白，来电话的一定又是那个一直披着神秘面纱的奥迪车主。

本打算等索娅关店后一起吃饭，现在只好提前告辞。我独自进到人声鼎沸的咖啡馆，在三层仅剩的几张远离窗边的空桌中，挑了个挨近脚踏式风琴的座位坐下。一想起上次索娅割腕就出在跟那个男人见面后第二天，我心里就越发不安。点的一份意式香肠菠菜面还没吃上几口，我就做出一个决定，今晚一定要亲眼一睹那个开奥迪车的仁兄到底是何许人。

到了差不多的时间，我结账下楼，隐身在一片树影里，这时对面的索娅正做着关店的准备。和上回一样，她锁门后依然走向十字路口那头，只不过今晚步履匆匆，虽然不时侧头朝路过的店铺瞟上几眼，却一刻也没有逗留。来到路口依然右转，依次经过灯箱广告牌、小吃夜市、公交车站和报亭，还在上回一样的位置停下。

我提前绕到街的另一边，隔着一架公用电话的半圆形黄帽继续观察她的举动。过不一会儿，那辆银灰色的奥迪 SUV 果然出现了，一个沉稳的刹车，索娅的脑袋随即消失在车身后。及至车头掉转，我赶紧冲到路边叫住一辆出租车，交代司机跟上。然而，出租车刚到下一路口便赶上红灯，绿灯后想要再追，前面的奥迪车早已不见踪影。

半夜睡得迷迷糊糊的时候，隐约听见房门轻轻开启和合上的声音，伴以一阵窸窸窣窣的响动。结果在这之后，我再也没有合眼，时刻留心着屋内的动静，唯恐她又干出什么出格的事来。

+

虽然那一夜风平浪静，但接下去的几天，索娅的情绪波动相当明显，跟我之间的磕磕绊绊也随之猛增。譬如说，电视里正放着她爱看的某个"打架"节目，主持人和嘉宾在给一对性生活不和谐的夫妻做着调解，我经过客厅时，只是对她的议论表示了一点儿不同看法，结果立刻引燃了她的怒火。

"真可笑！你又没结过婚，你没经历过的事，你就没资格说我错了！"

"呵！"我有心跟她一辩，"那你就结过婚？你就有资格为你也没经历过的事说我错了？"

"我说你错了吗？刚才明明是你说我错了吧？"

"那就奇怪了，如果我说的没错，那你干吗生气呢？"

"哦，我生气，就只能是因为你说错了？这就是你的逻辑？"

"啊？"

我一下被她绕糊涂了。

"啊什么啊？我今天心情本来就不好，老想哭，你还来惹我。"

"那是为什么？"

"不知道。"

"总有原因吧？"

"没有。"

"怎么可能呢？"

"怎么不可能呢？"她的嗓门一时压过了人多嘴杂的电视节目，"我不像你，你不开心会有明确的原因，我没有。拜托，别要求我不开心我想哭一定要给你个原因行么？"

我更加确信，她内心最大的纠结，就是跟那个神秘男人的关系。但既然她对此绝口不提，我也不好当面挑破。

我只能听她做着无谓的辩解：

"不能因为你觉得自己是正常的，就认为别人和你不一样都不正常吧？……"

*   *   *

　　一天晚上，为了让她开心，我约她关店后一起去她说过的那家"芙记茶餐厅"吃饭。在那里，冒着黄闪闪油光的蟹粉汁端上桌后，被倒进两只小盅，我按照索娅的亲授秘法，把西蓝花一朵朵泡在汁里吃，倒也没觉得有什么别样的风味。一开始饭桌上气氛相当轻松，可聊着聊着，不知从哪儿起头，索娅又一次提到了死。我一时不知如何是好，既觉得装作不当回事有违我做人的本分，又担心反应过度会更刺激她的心病。没想到索娅却很坦然，到头来反倒被我藏藏掖掖、拐弯抹角的说话方式惹得起急。

　　"唉呀，有什么话你就直说好了。"她一只手放到嘴边，五指并拢，像要大声喊话。"哪怕问我的是'这道菜适不适合在绝望的心情下吃？''那道菜对缓解郁闷有没有作用？''一会儿要不要再来份甜点，庆祝一下还活在世上？'……"

　　我可不像她，居然还笑得出来。

　　记者的工作性质决定我每天都会耳濡目染大量与死有关的新闻。从业年头虽说不算很长，却也曾多次亲临死亡事件现场，迈着沉重的脚步从死者的遗体和生者的戚容前走过。我原以为，对于"死"这个字眼，我的神经已经磨砺得足够坚强，甚至近乎麻木，可为什么当它从索娅嘴里说出来的时候，我还是会如此震动，以至于再也难以释怀呢？

　　"其实我心里一直觉得，有一天我肯定会死在自己手上。"

　　饭后，走回公寓的路上，她说出了令我更痛心的话。

　　"你说的是自杀吗？"

　　我不由得放慢脚步，看着她低头走到我前边去。沿途的各种光源，从路灯到建筑物的照明再到车灯的投射，随时改变着她在地上的影子，时而深，时而浅，时而又分成深浅不一的好几股。

　　"很久很久了，我就觉得我肯定会死于自杀。"

　　"得了吧，"我故作不屑地说，"你说六岁那年把头悬在柜子边，想尝试下死的滋味，那不过是种孩子的好奇，并不代表你真的想死。你不是也说过，那时候你成天都在外面跟别的孩子一起疯玩吗？"

　　"是啊，也许我从小就有两面吧！我都不清楚，到底是后来的经历把我变复杂了，还是我天生就是个复杂的人。反正我人前人后常常两个样，在别人面前笑呵呵的，一个人的时候又哭到撞墙。最可怕的还不是这种两面，而是你会觉得你在人前开开心心是真的，在人后难过得要命也是真的，你都分不清楚哪一个才真正代表你自己。你知道吗？好几次割腕的时候，我都想着只要刀子割得再深一点，再深那么半公分，我的一切问题就都没有了，我就不再痛苦了，不再折磨了，不再流泪了。可是，如果我真那么做了，恐怕就连我父母都想不明白，在她们眼里一直乐观、活泼、爱笑的我为什么会自杀。"

　　"但你并没有真那么做，不是吗？"

　　"到现在是还没有，但不表示以后也不会。"

　　"这说明你还是愿意好好活下去的。"

　　"不，是我还没痛苦到觉得死是一种解脱，是最好的一条路。"

　　两人的对话，跨过红绿灯交替闪烁的十字路口，越过长蛇般的过街天桥，穿行于阴影和光亮之间，不时被各种噪音打断，从闹市区一直延续到公寓楼前小花园的廊子里。

"还记得你那本书上的小故事吗？"

"什么小故事？"

"不要中第二支箭。"

"记得啊。怎么会忘？"

几片落叶被风刮跑，跟地面摩擦发出沙沙声。摇曳不定的树影中，索娅的脸微微仰起。

"所以说啊，什么叫死是最好的一条路？"

"以前我老觉得死是痛苦、冰冷、恐怖的，可现在越来越不这么看，死在我眼里越来越温暖。"

"比活着还温暖？"

"死和活都各有利弊，只是死的好处可能更多一点儿。"

"既然这样，那活着的意义又是什么？"

"活着就是活着啊，也许我们可以做一些事情让自己开心，但这些都不足以称之为活着的意义。"

说实话，还从没有过一个人像索娅那样，在我面前以一种倾心向往的口气谈到自己的死。而我迫不及待地想要弄清，死对她而言，究竟只是挂在嘴边的空洞概念，还是随时跃跃欲试准备落实到行动上的真实意图？或者，即便这二者不是非此即彼的关系，其中哪一个占比更多？

"那我问你，如果一个人决定自杀，要怎么做才阻拦得住他？"

"怎么，你担心我自杀吗？"

"你说呢？"

/身份/

　　"哦，那谢谢你了。不过我要自杀，别的人说什么都不会管用。因为针对这个问题劝我的话，我都明白，我也都会说，而且比劝我的人说得更好。你们报纸上不是常登那样的新闻吗？说是谁谁谁站在高楼上或大桥上准备往下跳，最后被劝下来了，其实这样的人都不是真心想死。但凡能劝回来的人都没有抱定必死的决心，至少心里还存着对生的一线留恋。我要是真心想死啊，那就绝对不会给别人留下阻拦我的机会。"

　　"行啦，索娅！"我受不了她再这么说下去，忍不住在廊柱上重重捶了一拳。"人生在世，难免要遭受这样那样的痛苦，可是，消极地说什么死是温暖的、死的好处更多这样的鬼话，根本算不得真正的解脱！"

　　我生她的气，更生我自己的气。就因为我总感觉她的痛苦里，也有我的一份责任在；就因为无论我怎样矫正她的心态，都注定只能以失败收场。

＊　　　　　＊　　　　　＊

　　进公寓，上电梯，我一直沉着脸，跟索娅一句话都没说。

　　打开房门，刚撤亮电灯，索娅忽然又跟上回在咖啡馆里一样，闭目蹙额，痛苦万状，浑身像启动了无数小发条似的索索抖动起来。

　　我赶紧抱住她。她的下颌随着咯咯作响的牙根轻叩我的肩头，携带着室外凉气的发梢，撩得我颈脖那儿微微发痒。

　　不知过了多久，颤抖平息下去。我终于鼓起勇气，抬起双手捧住索娅的脸，与她对视片刻，先从她的额头吻起，再沿鼻梁向下，直达嘴唇。这当然不是我惯用的方式，但我还牢牢记得几天前她说男人做什么会让她最感动的那番话。此时此刻，我不管自己是不是显得太虚伪，就想一模一样地照她希望的方式去做。

索娅一定感应到了我的用心，因为我无比清晰地听到了眼泪流出的声音。不是喉头的哽噎，不是呼吸的转换，而是属于眼泪本身的声音——原来眼泪涌出泪腺是有声音的，原来眼泪冲开睫毛是有声音的，原来眼泪从面颊上流过也是有声音的。

索娅的眼泪沾湿了我的嘴角，留下轻微烧灼般的疼痛。很快，微咸的滋味也渗透到两片交抵缠绕的舌尖。

"你放心好了，"她柔声说，"其实像我这样，老把死挂在嘴边的人才不会真死呢！一个真想死的人什么都不会说。我能和你说这些，只说明我完完全全信任你。我什么都看在眼里，知道你是真心对我好、真心紧张我。还从没有一个男人像你这样对我。"

如同跳着一段即兴创编的交谊舞，我们脚下磕磕绊绊地移向卧室。就在这时，一股强烈的迷惘在我心底蔓延开来。我们是在相爱吗？还是在共同表达着某种比相爱更复杂也更隐晦的情感？这拷问贯穿在我为她脱掉上衣、解开乳罩的每个动作中，也渗透在我嘴唇的每次吮吸和舌尖的每次舔舐里。尤其当我脑中浮现出那个神秘莫测的奥迪车主的身影，我的欲望就变得更加犹豫不决。最终，我的手在她长裤里襟的纽扣上停了下来。

是的，我还缺乏跟索娅相爱，甚至仅仅是交欢的能力。对我来说，她跟任何别的女孩都完全不同。

*　　　　*　　　　*

黑暗中，耳边传来索娅的轻声叹息。

"对不起……"但我不知道该如何解释。

"不，是我的原因，我知道……可能我再也没法跟一个男人正常地交往了……不过，还是非常谢谢你……"

这话让我羞愧难当，"你说什么呢？"

"我知道，在你眼里我一定是个不大正常的女孩……我也知道你是怕勾起我痛苦的回忆，所以从来不问是什么经历把我变成了这样……你只是在尽你最大的努力接受我、包容我，我最感激你的就是这点……"

"索娅，别再说了。"

"不，你让我说下去，让我把该说的都说出来……还记得我跟你提过，我初二快结束时出过一件事，彻底改变了我的生活吗？你知道……那是件什么事？"

能感觉到她在我身旁猛地打了个寒战，就像是有株长在体内、长在骨骼和血肉中的植物被连根拔起。

"有几个高年级的男生……在我放学路上，把我骗到一个地方……扒掉我的衣服，按住我手脚……为首的那个……强暴了我……"

她从鼻孔深吸一口气。一时间，我难过得近乎窒息。

"那之后……你做了什么？"

"什么都没做。"

"没有报警？"

"没有。"

"没有报告给学校？"

"没有。"

"对你父母也瞒着？"

"是的。直到今天以前，我对所有人都保守住这个秘密。事情过去快十三年了，你还是第一个听我把它说出来的人。"

我说不清内心是欣慰是难过，"那几个家伙，你就没想过要让他们受到惩罚？"

"没有，当时我几乎吓傻了，根本没想过要把这事告诉任何人。所有的后果都是我一个人扛着，就连后来发现怀了孕，先跑去血站卖血，再拿着卖血的钱去小医院做流产，也都是我一个人。"

"你说怀孕？流产？"

我听得倒抽一口凉气。

"是啊，不然还能怎么办？不卖血的话，也没理由开口向父母要那么大一笔钱哪！第一次去血站，大夫说我年龄太小，不让抽。第二次去，我虚报了年龄才给抽了200CC。然后到小医院交了钱，大夫给我吃了片药，让我躺在床上等着。等到肚子里一小团黏肉状的东西流出来了，我还得自己用一个盆接着，端去给大夫看。大夫看了就说流得不干净，还要刮宫，又约了几天后回去手术。那手术才真叫恐怖呢，都不上麻药。你知道是怎么做的吗？就是用一种夹子把下面撑开，放机器进去搅，你都听得见机器在你身体里面嗡嗡嗡嗡运转的声音。问题是那时候我才十四岁，十四岁啊！到今天回想起那些事来心里还飕飕发凉！"

我心悸地闭上了眼睛。

"所以现在你该清楚了吧？"她接着说，"为什么我上职高时会迷恋上那个怪僻的男生，却又根本不想接近？为什么那个外贸公司的男人碰到我身体时，我会有那么大的反应？那是一个对男人从无尽的痛恨，到慢慢试着重新接受的过程……"

我想我清楚了的不只是这些，还有为什么她那么珍爱回不去的童年，她为什么惧怕铃声和光线，为什么隔段时间就要割次腕放点血，为什么睡姿会那样奇特。我还清楚了她所说的两面性，就是总有两股对立的力量在内心相互揪扯，难以控制又永无平息，而真想平息的话，恐怕唯有采用她已经多次提过的那种终极性的手段。

"就是那段经历，"她接着说，"这些年来一直像影子一样追着我。我拼尽全力想要跑赢它，把它甩到身后去，可当我每次刚刚转过一个弯，总发现它还在前头等着我……"

她还想再说下去，但我近乎冰冷的沉默让她不安起来。

"我早就想过，任何一个喜欢我的男人一旦知道我的经历，肯定都没法接受我。你也做不到接受一个像我这样的女孩，是不是？"

她用的是种试探性的语气，显然期待我还她一个坚定的反驳。但这时，我喉咙口就像顶着块石头，什么话都说不出。

片刻，我看到一团模糊的身影在旁边坐起。随着"啪"的一响，床头灯亮起，上身赤裸的索娅正侧脸看着我。显然是我那副沉浸在自己浩茫心事中的淡漠神色让她彻底失望了。

"我早就想过的……"

她抬起一只手，用拇指下端的掌沿分别揩去鼻梁两边的泪迹。然后，她下床拾捡起自己的衣服捧在怀里，快步走出卧室。

* * *

　　我在反复回想索娅说过的话中，度过了辗转无眠的一夜。直到早上头昏脑涨地出门上班，她都没从书房里露过面。

　　精神疲乏，偏偏赶上比平常更繁重的工作来凑热闹。白天是围绕一场街头枪击案的连轴转进行采访和写稿，晚上还有一场和广告客户之间推不掉的应酬。回到公寓时，大堂里的电子钟显示已过十点半。

　　索娅不在，书房的门却敞开着，一眼瞥见原先封住窗户的毛毯已经取下。进去再看，毛毯、棉被、被单一律折叠齐整，跟枕头一起码放在沙发的一端。而这些天来一直被行李箱包占据的墙角，也已是空空荡荡。

　　沙发靠门的扶手处，有根铅笔压住一张活页纸，上面写着几行字。跟杂货铺的小黑板上一样，依然是那种笔画紧凑又保持着适度倾斜的字体，让人不由得想起公路旁的电线上成排驻足，可随时又会因一点风吹草动四散飞走的麻雀。

　　门铃装回去了，电话线也重新接上了。

　　钥匙留在走道里电表盒的顶上。

　　谢谢这些天你一直忍受我带来的不便。

　　谢谢你给过我的所有帮助。

　　是的，索娅就这样走了。

十一

索娅走后好些天，我没再跟她有过联系。一来我先被报社派到上海，参加了一个为期一月的新闻学进修班，回来后又连续几次去外地采访；二来更主要的是，我也没想好该不该挽回和她的关系。毋庸置疑，同住的这一段日子让两人感情不断加深，但这感情中始终包含着一层无法消除的隔膜，注定两人之间可能有多亲密，就同样可能有多疏远。因此，在事情发展到不可收拾的局面前，与其让这种扭曲的关系带来更多精神折磨，倒不如就此做个了结。

可是，明明采取的是最理智的做法，为什么我的心情就是轻松不起来呢？每天下班回到公寓，眼前索娅依稀的身影总是挥不去，心头也如阴云般飘过一阵阵失落。"锅盖上落满灰尘，灶台也总是冰凉冰凉的，算是怎么回事啊？"每当面对空置未用的厨房，这样的话音便会在耳边反复回响。因为疏于打理，客厅里的绿萝和凤尾竹再次出现了黄叶，或许跟它们一样，我习惯逃避的心灵也有一部分正在枯萎吧？

一晃进入十二月，城里各大商场门前纷纷支起缀满彩灯的圣诞树，临街的多面橱窗都装点一新，拉动起岁末促销的第一波热潮。面对这番景象，我对索娅的思念忽然强烈起来。我惦挂小店的经营状况，更放心不下的还是她那起伏无常的性情。于是，在一个早早结束出外采访的下午，我决定不回报社，而是转道去趟杂货铺。

小店的门脸没做任何应节日的装饰，门口甚至连棵象征性的小圣诞树也没摆。走进店内，一眼发现货架上出现多处空缺，藏青色绒面上陈设的首饰也稀落不少。柜台边站着我以前见过几面的小惠姑娘，她正在给一位年轻男客买的东西包上彩纸、扎起丝带。

"索娅不在？"

"小娅姐已经好几天没来了哦。"

说话和长相都娇滴滴的小惠还记得我。

"那一直是你在看店？"

"是哦。"

"生意怎么样？"

"老样子吧，到晚上客流才多一点儿。不过再过一个月租期一满，这店就要撤了。"

我禁不住吃了一惊。

"怎么会？续租的事不是早解决了吗？"

"那我不知道哦，小娅姐就是这么说的。"

我赶紧掏出手机拨打索娅的号码，听到的却是"您拨打的号码已停机"的提示音。虽然小惠说就在昨晚还跟索娅通过话，我的担心却不可遏制地陡然加深。

"她现在住哪里？"

小惠从柜台边揭下一张淡黄色的便利贴，上面记着地处城东南我从没听说过的一个小区。这么说来，索娅离开我后搬去的就是这里？

看来我非得去趟不可，马上。

*　　　*　　　*

/身份/

　　那片小区都是些外表灰暗陈旧、高度不超过六层的老式青砖楼房，楼与楼相距之近，让每家每户的日常起居点滴无遗地暴露在他人眼皮底下。掩鼻逃过路边臭气熏天的垃圾桶，一进光线浑浊的楼道，又立刻置身于墙面无数小广告展开的一场无声激战之中。这场激战甚至蔓延到住户的房门上，我的指头只能叩在疏通下水道和开锁换锁的两行手机号之间。

　　门开了，是索娅因为惊讶而将嘴角拉得长长的脸。

　　"哎，你怎么来了？"

　　"刚才到你店里，打你电话不通，我还以为……"

　　"以为我出事了，对不对？"接过我的话头，她自顾自笑起来，但笑容掩不住眼神中流露出的淡淡哀怨和失落，"就是手机里的钱打完了，还没来得及充值呢！"

　　她退后一步，把我让进房门。出现在我眼中的这套屋子空间十分逼仄，厨房、客厅、卫生间、卧室、阳台，排成狭长的一线，像是可以统统塞进一节火车车厢里。面积稍大的卧室显然成了间作坊，靠窗搭起的案台上立着一架乳白色电动缝纫机，周围散布着线圈、剪刀、棉絮，以及不同花色的布料、呢料、毛绒等。再看床上，已经码起一堆完成或接近于完成的簇新的布艺制品，无非是造型夸张俏皮的小狗、小兔、小熊、小袋鼠，还有一些叫不出名来的小怪物。这帮出世不久的小家伙一齐用愣生生地目光打量我。

　　"还真是来势汹汹啊！"我感叹道。

　　"缝纫机是网上淘来的，只有原价的四分之一。从我着手到做出这么多成品，前后只用了不到两星期。怎么样，够不简单的吧？"

但她表现出的自得只能令我更困惑。

"小惠不是说，你都不准备续租下去了吗？"

"没错，就因为租期没剩多久了，我才想抓紧时间试试新手艺，看能不能利用圣诞到新年这一段多挣点儿钱。不过我也想好了，以后可以把做的东西放到一些格子店去卖。你知道，就是那种每月出一点儿钱租一格柜子寄卖东西的小店。说不定以后，我就得靠这种方式来糊口了。"

最后一句话，让我听来备感酸楚。

"是不是那个街委会主任又为难你了？"

"不不，自打你上次找过他，他就再不敢对我动什么坏心眼了。是我自己决定不再续租的。"

"为什么？"

"哦，也没什么，我把我所有的钱都给了庆哥，好帮他多还点儿债。"

一只长着犄角的毛茸茸的小玩偶，顿时从我手中滑落下去。

"帮他……还债？"

"是啊。他离婚没几天公司就破了产，其实是他老婆在那之前把他的钱全卷跑了，还串通好几个客户一起坑他。这不，上星期他刚把剩下的房子、车子，连电脑、传真机什么的统统卖了抵债，结果还欠着五六十万哪！"

我飞快地转开脑筋，"明白了，你一定是觉得，他老婆是因为你才闹离婚，才害得他破产的。你心里有愧，所以才把自己的钱都给他作为补偿，对吗？"

"你要这么说也不算错，反正我已经答应他了。"

"答应什么了？"

　　"答应嫁给他了……"

　　我以为索娅在开玩笑，又以为自己听错了。但是不，她既没有开玩笑，我也没有听错——千真万确，她说的就是"嫁"这个字眼儿！而且，她的声音里浸透着一种仿佛百转千回的温情，让我觉得她说这话绝不只是为了让她自己感动一下那么简单。

　　"你干吗用那样一种眼光看我？难道这决定在你看来很出格么？"

　　她略带责怨的口气似在暗示，她之所以做出这个决定，与住在我公寓最后那晚我对她表现出的无能和冷漠大有关系。但不管我怎样去看，这个决定是不容更改了。

　　"这是什么时候的事？"

　　我努力保持平心静气，但真的很难。

　　"就是前两天。我把从银行取出来的钱交到庆哥手里，他愣半天没说话，然后突然问我愿不愿意嫁给他，我说愿意。他又问我，现在他欠这么多债，我给他的钱也只够抹掉一点儿零头，今后跟着他很可能要一直受穷、吃苦，在这样的情况下我还愿不愿意嫁给他，我就还说愿意。"

　　我难以言表的复杂心情，只能在嘴唇上无声地嗫嚅。

　　"你知道吗？"她面朝床上的某玩偶发问，其实当然是在问我，"我一直有个挺自私的想法呢！"

　　"是什么？"

　　"我倒希望跟我结婚的男人穷一点儿。"

　　"哦，为什么？"

　　"因为那样的话，两个人就可以一起过苦日子了。"

"什么意思？"

"你不知道，我小时候家里有点儿穷，我就看我爸我妈老在一起算家里的账。每个月领了工资都会摆到桌面上，先把必须支出的钱分出来。买油盐酱醋的钱放一信封里，买牙膏、肥皂之类日用品的钱放一信封里，交水电费的钱放一信封里，要花在我身上的钱放一信封里，然后还能剩下不多的一点儿才是可以灵活支配的。其实钱这个东西，就是要算计着花才可贵吧！我就觉得父母一起算账的场面特甜蜜。以前我就想过，要是嫁个没钱的老公，我就能同样体验到这种感觉了；要是直接嫁个有钱的，甚至钱多到都不用我上班，想买什么买什么，我反倒会觉得蛮遗憾。当然有钱是很好的，我也很喜欢奢侈品，像衣服、包包、香水、化妆品什么的，而且如果喜欢的东西能买到手也是件极开心的事。但话说回来，这点儿开心就总不如一起过苦日子、一起算家里的账来得甜蜜。"

我不清楚这是她的高见卓识还是自我安慰。我也不清楚她取舍男人是出于深思熟虑还是出于某种负气和赌博的心理。当然，我更不清楚如果她跟那位神秘的奥迪车主依然保持来往，那两人的关系又算什么性质。

"怎么，我说得不对？"她看见我在轻轻摇头。

"不，"我一摆手，"不是那个意思。"

"世上本来就穷人多，当然也不是个个都穷得像庆哥现在这么彻底，不过你说两个人、四只手难道还会饿死？欠债确实是个大问题，可我相信只要加倍努力，迟早能挣够钱把它还干净。"

她对自己的开导看起来相当奏效。

"那他对你的过去，都了解吗？"

不知怎么，我突然很煞风景地问起这么一个问题。

"你是说我十四岁出的那事？没错。"她一点儿都没感到尴尬或是生气，"就在庆哥问完嫁不嫁的那些话后，我就告诉了他。虽然我们认识好几年了，可他一直不明白我身上怎么有那么多怪毛病。我觉得这个时候不能再瞒着他了，无论如何。"

"他听了说什么？"

"他？没直接说什么，只是跟我开了句玩笑，一下把这事岔过去了。"

"哦？"这倒很出乎我意料。

"其实我理解庆哥的心思，他是不想让我觉得他会把这事看得多重，那样的话只会加重我心里的负担，不是吗？他是不想让我觉得，因为我受过伤害，所以就该受到特殊的对待。在他眼里，我跟别的女孩是一样的，跟他以前认识的那个索娅也没哪点不同。就是这种感觉叫我特别舒服，也特别感动。"

这话在我听来是那么刺耳。暗自对比一下当初我的反应，脸皮忽然有点儿发烧。

"这么说，已经定下来了？"

"嗯，说嫁就嫁，不反悔。"

"都告诉你父母了？"

"还没呢。你知道，就因为十四岁那年对父母隐瞒了那个秘密，我跟他们的距离越拉越大。"

"他们要是反对呢？"

"他们一万个会反对。可等领了证再告诉他们，要反对也来不及了。"

"毕竟是你父母啊！"

"那又怎样？总不能因为他们反对就放掉我自己的幸福。"

一点儿没错，索娅把跟一个债台高筑、落魄到无处安身的男人结婚称之为"幸福"！而以我的感觉，这个词不过是正从某个遥远的地方，甚或是外太空的某个星球上，向她投来聊胜于无的微弱光芒。这时候，我真不知到底该选择站在哪种立场上——是为她蔑视世俗的大无畏而感动，还是为她一意孤行的冒失而心焦？

十二

敲门声打断了我们的谈话。"是庆哥。"索娅跑向门口。

庆哥一进屋，立刻带来一股香烟、白酒加傍晚时分街头寒风的混合气息。从他红中泛青的面色和走得不大稳当的步子看，他的醉意刚好达到让人们懒得去计较他胡言乱语的程度。跟上回在杂货铺见到时相比，最明显的变化体现在腋下那只黑色皮包不见了，但他的胳膊一成不变地保持着似乎依然紧紧夹着它的样子。

"怎么又喝多了啊？"

索娅跟在他身后，心疼地埋怨。

"嗨，还不就是从前跟过我的一个小兄弟么，非拉着我从中午喝起，一直喝到刚才。"庆哥做出一副不胜其烦的样子，"这小子现在发达了，不过一直没忘最早是谁带他入的行，每次见到我总是感恩不尽，还说一定要找机会好好报答我……"

这时他猛然发现有陌生人站在眼前，惊得收住脚步，打出一个声音极为古怪——有点儿像是鱼类想说人话一样的嗫来。

"是你！"

没想到他一下认出了我，并且条件反射般地迸发出敌意。在这点上他倒不失清醒。

"我来看看索娅。"我说。

但他的表情显然不这么认为。他更有理由相信，我出现在这里的真正目的就是一睹他潦倒后的样子。其实，他的境遇我也是刚刚才知道的啊！但他不管，毕竟我现在见到了他，也就一定会在心里对他潦倒前后的样子做番比较。他很怕我看不起他，更怕我讥笑他，但最怕的还是我同情他，尤其是当着索娅的面。他很想叫我知道，背运对他来说只是暂时的，他很快就会迎来翻身的那天，但他又明白我会把这看成他的一厢情愿。我能怎么办？如果他那失败者的自尊心敏感到变态的地步，那我无论怎么做都没法让他舒坦吧！

这些，都是我们在长达十余秒钟的四目对视中，彼此间无声传达、心领神会的信息。

＊　　　　＊　　　　＊

酒的后劲又上来了，庆哥身子一歪，坐到了床上的玩偶堆中间，像一个悍然入侵者一样破坏了一方童话世界的和睦。我本想提出告辞，可索娅俯身在他耳边低语起来，让我一时没找着插话的机会。我只好暂且退到快被纸箱和各种杂物挤得没有立足之地的阳台上，在徐徐降临的暮色中观察起几乎触手可及的对面楼房的住家，看看客厅的布局、卧室的家具、窗台上养的植物、做着功课的孩子，还有厨房里正由女人们准备着的晚饭有些什么花色。

然而，在这当中，索娅和庆哥的话语从身后零零星星地飘来，还是让我听清了大致内容：庆哥没有把索娅给他的钱用于还债，而是另存起来用于某个更为宏大的意图；这遭到了索娅的坚决反对，于是庆哥费尽唇舌想去说服她。他们的话音越来越响，到后来已经完全无视我的存在。等我回到屋里，庆哥的表情就像是正等着我来为他们的争执做个定夺似的。

"这么说，你也知道小娅的事了？"

我茫然，不确定他指的什么。

"就是她念初中时出的那事！"庆哥很恼火我的迟钝。

我看看索娅，她红着脸避开我的目光。当然，既然她把自己的遭遇仅告诉过面前的两个男人，让他们彼此都清楚这点也不算什么错。但我还是受不了庆哥的口气那样直露，感觉就跟这桩秘密已经传扬得人尽皆知似的。

"那你打算怎么办？"他又抛出一个叫我猝不及防的问题。

"什么怎么办？"

"你看看！"庆哥失望地连连摇头，"小娅把你当朋友，可你算是她的哪门子朋友呢？她把忍了那么多年没说的事告诉你，目的何在？仅仅是抒发一下内心的苦闷，博得一点儿你的安慰和同情吗？错！很早以前，大概还是在我上大学的时候吧，我就在日记本上写下过这样一句话：你可能成为不了别人的另一个世界，但你有可能成为别人进入另一个世界的一扇门。现在我把这句话送给你。什么意思？人跟人最重要的关系，就在于相互成全，而成全别人是你在这世上走过一生的责任和义务。"

181

　　他又打了个嗝，让我同时分享他人生的心得和胃液的酸气。

　　"我再问你一遍，小娅把你当朋友才告诉你那事的，她这样做目的何在？虽然她没明说，但难道你感觉不到，其实她很希望有人能为她出头申冤的吗？因为只有这样才能真正地帮她解开心结，彻底走出过去的阴影，是不是？"

　　我终于理解了他的意思，或者说，终于理解了他所理解的索娅的意思。但不管怎样，我都不能不为自己汗颜。

　　"庆哥，是不是让我再……"

　　索娅面色煞白，声音也有点儿哆嗦。

　　"不，你不用再说了。"庆哥机械地摆动手臂，像是要把挡在眼前的什么东西拨拉开去，"我知道你有顾虑，你怕曝光这事会让你蒙受耻辱。怎么会呢？我敢保证，任何一个稍有一点儿正义感和良知的人，都会坚定地站在你这一边。要知道这不是别的，这是犯罪啊，要说耻辱，对它的隐瞒和姑息才是真正的耻辱。难道你愿意让那几个干坏事的家伙永远逍遥法外？我这两天都打听过了，对这类案子的追诉期一般是十年，不过，一般并不代表绝对！"

　　他从床边站起来，走到我跟前，一只拳头抵住我胸口，每当说到他认为要紧的字眼就用力顶上一下，以示强调。

　　"我过两天会去趟小娅的老家，也是你的老家，对吧？我先去中学把那几个家伙挖出来。小娅说不知道他们的名字和班级，不过就凭她还记得为首的那家伙有个全校闻名的外号'黑皮'，这条线索已经足够。当然，事情一开始只能处于保密状态，不过一旦公开，恐怕就得有劳你这个当记者的出手，利用舆论去施加影响了——这对你来说应该是责无旁贷的吧？"

　　庆哥的义正词严就像一面镜子，照出了索娅的隐忍，也照出了我的软弱。我忍受着一阵阵袭向胸口的疼痛，紧紧盯住他的眼睛，想要确定他的决定并不是一时兴起。毫无疑问，只等行动照此展开，各种不可预料的后果就将如流星雨般纷至沓来。然而，至少从此刻索娅一脸迷惘地跟满屋玩偶们面面相觑的样子看，她还根本没做好足够的思想准备。除了首当其冲的她以外，好些人的生活都将受到牵扯，只怕我自己也无可幸免。但我不知道，一旦真到了我被卷进去的时候，我是不是又会像从前有过的一些时刻那样一味退缩呢？

　　没做好思想准备的，何止索娅一个人。

十三

　　十二月的最后几天，我天天加班到深夜。又是年终专稿，又是新年特刊，忙得连喘口气的工夫都少有。终于熬到向主任交完差，卸下肩头的千斤重担，已是除夕这天下午四点。过度疲劳让我对快要过完的一年没有多少留恋，正如对即将到来的一年也不抱多少期待一样。我匆匆回到公寓，泡了碗方便面吃下，然后打算用一个幽幽的长梦跨越新旧时光的交界。

　　不知睡了多久，突然被耳边的手机铃声吵醒。屋内已是黑沉沉一片，闪亮的屏幕上显示着一个陌生号码。

　　"喂——"

　　电流杂音裹着一团混沌不清的低啸，让我不由得产生出一种电话是从梦里打来的错觉。

但我随即听出，说话的人竟是庆哥。

"我正在进城的路上……马上就到……等见了面再细说吧……"

他似乎是站在风口上，话一出口就给吹得东飘西散。

"你是说今晚？"

"对，就今晚。"

完全是不容回绝的口气。地点就定在"新桥"咖啡馆。

*　　　　*　　　　*

坐在出租车里，一路向外望去都是灯火辉煌、人头涌动的景象。也不知从哪里一下冒出那么多无照小贩，理直气壮地把货摊或推车摆到人行道上。有商家专挑这个时候举行新品发布会，在广场临时搭起的舞台上以劲歌热舞助势。每一辆公共汽车里都挤得满满当当。好几个路口还出现了不下于白天高峰时间的拥堵。这样一个处处洋溢着有如派对般热烈气氛的非凡夜晚，差点儿因我的昏睡而错过，真不知是我遗弃了生活还是生活遗弃了我。

下了车，我特意在街边滞留片刻。看不出对面已经闭门熄灯的杂货铺与往日相比有什么不同。拉开咖啡馆再熟稔不过的门把手，一股灼热的声浪立刻像开闸的渠水一样将我淹没。意外的是，我来过这里不知多少回了，还从没遇上过今晚这样一张空桌都没有的情况。新年除夕真是那么了不得的日子么？

正当我在三层的楼梯口失望地准备转身，忽然看到人群中有只手在挥动——索娅，就坐在我那次请她来这里吃饭的同一张桌子。

我走过去，在她对面落座。

“没想到你也会来。”

这话说得并不由衷，因为挑这个地方跟庆哥见面，我心里本就存着她也会来的指望。

她噘起嘴表示不满：“还以为你头一句会给我新年的祝福呢！”

“急什么？不是还差俩钟头吗？我倒想先听听，你对过去的一年做何总结。”

“有什么好总结的？无非是又过去了一年而已。”

“怎么会？这一年对你来说，应该很不寻常吧？”

她端起桌上的咖啡，仰头喝完最后一口，有些拿不准我的话里有无弦外之音。

“你觉得不寻常？可我觉得发生在我身上的事都是自然而然的，都挺正常的啊。我早就说过，你不能因为觉得你自己是正常的，就把别人跟你不一样都看成不正常吧？”

意识到这话有点儿冲，她赶紧换了副腔调：

“不过说到这一年的收获，有一样不可不提。”

“什么？”

“就是认识了你这个朋友啊！”

我心情复杂地报以一笑。

“我说的是真的啊，你别不相信。如果没有认识你，我就不可能第一次有勇气对别人打开心扉，那样的话还不知道要自我封闭到什么时候去呢。这样的总结你满意了吗？”

没办法，我还跟从前一样，做不到坦然面对她那真诚炙热的目光。

不远处，几张拼接在一起的桌子旁围坐着七八位年轻男女，个个衣着光鲜入时，看得出都是那种涉世未深、满足于朝九晚五的规律工作和偶尔放飞一下心情的白领一族。犹如间歇性喷泉般的爆笑声不时从那边飘过来，我差点儿因为受传染而忘了来这里的真正目的。

"不过，说是朋友，我忽然发现对你了解得特别少。"

索娅眨动着睫毛看我，就好像有团雾霭刚刚落到我和她中间。

"是吗？"

"认识这么久以来，每次我们在一起的时候，都是我一个人在叨叨不停。我似乎从来没有关心过你什么，想到这点忽然一阵惭愧。"

"那倒不必。"

我用努力装出的轻松自在来掩饰不安。

"不过我有种感觉，你在有些方面很忌讳别人了解你。你更愿意把自己的内心包裹起来，不知我说得对不对？"

横亘在我俩中间的那团雾霭似有变浓的趋势。被她说破心事的我，不由得讪讪地垂下眼睑，没有去接她的话茬。

"庆哥在电话里跟你怎么说的？"我转而问道。

"除了约到这里见面，什么都没说。跟你呢？"

"也一样。"

由这一刻起，索娅的神色明显阴郁起来。她十指交叉，紧紧捧住桌上那只已喝空的咖啡杯。

"我有种越来越不好的预感。"

"是因为隔了多年的那件事要被重新翻出来？"

"怎么说呢？以前我一直把那事当作一桩秘密埋在心里，决心永远不告诉任何人，一直带到坟墓里去。可结果呢，我越是想要逃避它，它就越是缠住我不放，有好几回差点儿就被它彻底拖垮了。直到认识了你，就像刚才说的，我第一次敢于把它吐露出来，才觉得一下轻松了许多。我开始试着平静地面对它，也慢慢有了信心可以摆脱它的控制。我觉得我正在让那段可怕的回忆一点一点烂在我心里的某个角落。当然它还会不断发芽，不断像荒草一样长出来，可它能长，我也能拔，只要我拔的速度超过它长的速度就行。不过，我从没想过要像庆哥说的那样，把它完全公之于众，我就怕那样做的后果我承受不起……"

"我能理解，能理解。"

但看看索娅那副满腹苦衷、欲言又止的神情，我就知道我轻飘飘的安慰起不到任何作用。

*　　　*　　　*

庆哥是以一副风尘仆仆的模样来到我们中间的。像板刷一样粗硬的胡茬，被北风吹得走了型的头发，随手提着的一只绿不溜秋的帆布旅行袋，还有皮鞋上溅满的泥点，都是他刚刚结束一次远行的证明。不等坐下，他先招手叫过来一位女服务生。

"一杯美式咖啡，另外吃的东西只要马上能上桌的，不管什么先来一份，要快、快、快！"

看样子他都到了饥不择食的地步，可当一块呈斜坡状摆放在盘子里的奶油夹层蛋糕端到面前时，他并没有狼吞虎咽地将它一扫而光。相反，他忽然变得耐性十足，不断用叉子从蛋糕上切分出小块，再不紧不慢地送到嘴里。在这个过程中，他既不说话，也不朝我和索娅看上一眼；但是，若说他全部的心思都沉浸在享用这款甜品上，却又从他脸上看不出丝毫的愉悦感。

终于，庆哥在推开只剩下些碎屑的盘子，再喝下一口热腾腾的咖啡后，暂停了对我们神经的折磨。

"我查到了。"他从口袋里掏出烟盒和打火机，往桌上一拍，"那个叫'黑皮'的家伙被我查到了。"

索娅闻言一震，脸色泛白，目光逃避似的坠向桌脚。

以假冒的校友身份去到索娅的母校，谎称要查找某位失去联系的旧日同学，庆哥就这样畅通无阻地进入校史陈列室。历年来的学生名册和毕业合照都在那里编档保存，毕竟它们又算不得什么机密文件。找到索娅出事时正在高中部任教的两位教师，编造的借口也未引起对方怀疑，很快就让调查对象的真面目浮出水面。

"那家伙真名叫杜戎，因为天生皮肤黑，才得了'黑皮'这么个外号。从小到大，一直仗着家里有钱无法无天，学习成绩虽说一塌糊涂，可照样走通门路上了大学。再后来就是一路青云直上，你们猜现在怎么样？嘿，居然成了当地赫赫有名的一家大集团公司的老总了。"

他说着俯下身，拉开脚边帆布旅行袋的拉链，取出一本印制精美的宣传册。翻开封面，出现在首页照片上的是位西装笔挺、端坐于老板桌前的年轻男人，身材壮实又颇显干练，正以一种令人捉摸不透的幽深目光直视镜头。想必是经过了 PS 处理，从那张饱满红润的脸膛上，已看不出半点儿跟从前有过的外号相符的迹象。

"你看看，"庆哥把摊在桌上的宣传册推得离索娅更近些，"还认不认得出这家伙？"

　　索娅侧目朝照片瞟了两眼，随即很排斥地将头扭向一边，给人的感觉是她无意重温一遍痛苦的往事。庆哥只好作罢，转而举起宣传册来摇得哗啦作响。

　　"你们不知道，姓杜的这家伙当年的女班主任，现在提起他来是种什么口气。当年肯定没少为他调皮捣蛋伤透脑筋吧，可现在呢，居然一口一个'小杜这孩子呀'，好像说的是她最疼爱的心肝宝贝，连他当年干过的那些恶作剧都成了他日后大有出息的预兆似的。狗屁，不就因为他的投资救活了快要倒闭的校办工厂，让老师们年年都能拿到一笔分红么？"

　　庆哥说到这里很是来气，被一口烟呛得连咳几下，交织的烟雾顿时模糊了他的脸。

　　"所以你们知道了吧？这就是现如今的世道。我也了解过他那家公司，实力还真不是牛皮吹的，听说当地市政府都有意把他树为民营企业家的典范来大加宣传呢！其实想想也不奇怪，世上有像我这么倒大霉的，也就一定有像他那样走狗屎运的。我并不会去眼红他，也不会把责任往老天或者命运头上一推了事。那都是心智不成熟的表现，与我无缘。说真的，从我因为一点儿小错开罪了单位领导，被逼辞职的那天起，我就明白了要把人生的波峰和波谷看成同一回事的道理。所以不管发生了什么，我一天都没有沮丧过，过去不会，将来也不会。但是，具体到目前这事而言，我确实因为某些特殊原因而感到非常棘手。"

　　索娅疑惑地从窗外夜景中抽回目光，眉头微蹙扫了庆哥一眼，后者立时压低了话音。

　　"我这两天不停打电话，咨询过一堆律师，当然，一律隐去了当事人的真名实姓。他们给我的答复都是一样的，对于这样一桩十多年前的旧案提出起诉，最大问题就是取证困难。起诉不是不行，但是除非被告主动认罪，或者找到可靠的人证物证，否则根本就没有可能胜诉。"

他向索娅欠欠身，示意接下来的话才真正切入重点。

"知道我最担心的是什么吗？我就怕一旦提出起诉，到头来又无法告倒姓杜的这家伙——基本可以肯定就是这结果！你想想这家伙那么有钱有势，还有什么事是他摆不平的呢？到头来只会让你精神上再白白蒙受一次伤害！"

索娅这回完全转过脸来。她很想对庆哥的话朝着积极的方面去理解，但又明显信心不足。

"你是说……不起诉了？"

"最好是不起诉。"

索娅不加掩饰地松了口气，我却听出庆哥的话里另有玄机。

"什么叫最好不起诉？"

庆哥没有理睬我的发问，等到那群年轻男女的又一阵哗笑平息，他才清清嗓子，继续对索娅说下去。

"起诉的目的是什么？归根结底，不就是为了惩罚祸害过你的坏家伙吗？既然这样，我认为完全可以换个思路，因为惩罚的方式并不只有法律途径，或是社会舆论这一两种。这次去那边，我刚好了解到一个情况，姓杜的正在参选当地市政协委员，指望以此推动自己的事业和地位更上一级台阶。"他猛吸一口烟，再从鼻孔徐徐吐尽，"所以，你该明白事情的奥妙在哪里了吧？确实，一旦打起官司来，姓杜的不担心自己会输，但一定担心被这样的官司缠上会让自己名誉受损，最后害得选举大计泡汤。"他这时才一指我，示意已为我分派好任务，"想想看，如果小娅真去公安局报了案，你立马把消息在媒体上捅出来，再追着他姓杜的来个直击式采访，那他无论如何都吃不消吧！"他眼波兴奋地忽闪几下，似乎隐约看到了想象中的场面，"所以，姓杜的要是知道我们准备起诉他，一定会想尽办法来制止。既然这样就好办了，我们可以考虑跟他……"他停顿了两三秒钟，"跟他私下解决，让他为小娅支付一笔精神赔偿费。"

索娅和我同时恍然大悟，原来他真正的意图在这里。

"你是说，叫他赔钱？"

索娅的鼻腔像是堵上了东西，呼吸变得有些艰涩。

"是，就这意思。"

"那，多少钱？"

"这个我还没想好。两百万？最低不能低于一百五十万。这不正跟你商量么？"

"你的意思是可以讨价还价？"

"也不能这么说。"

"你认为那事是可以用钱来解决的？"

"当然不——但至少钱是一种方式。"庆哥从点头即刻转为摇头，两个动作一气呵成，毫无窒碍，"而且就目前来看也是最可行的方式，不是吗？就算我们能把姓杜的告倒，让他坐了牢，那又怎样？名义上的公正就算有了，实打实的好处能得多少？再说那样一来，你一辈子都得生活在别人的议论下，这种可怕的压力，不正是你把那事隐瞒了十多年的原因吗？私下解决不是别的，对你对我都是利益最大化。说真的，那天你答应嫁给我，我感动得就差大哭一场了。可是，如果我娶你，只是让你跟着我吃苦受穷，那我也真的于心不忍哪！只要拿到这笔钱，我们立马就能彻底翻身，不光你的店可以照开下去，我还清欠债之外也有了重起炉灶的本钱——其实现在我就知道一个特别好的项目，就是上次我跟你提过的，那个从前跟过我的小兄弟要拉我入伙。真的，我可以拍着胸脯保证，只管把钱投下去，利润很快就会嗖嗖地翻着倍回来。关键是不能错过时机！"

就在这时，那帮一整晚都在不知疲倦地制造着喧哗与骚动的年轻男女，忽又发出欢快而整齐划一的呐喊声，原来是照着挂在墙上的一面大屏幕显示的时间，为新年的降临倒计时。其他桌的客人们纷纷跟着效仿，声音顿时呈现出一浪高过一浪的势头。

"……五，四，三，二，一——"

最后一声叫什么的都有，混杂着巴掌、口哨、碰杯、跺脚，整个咖啡馆一时如通上嗞啦爆响的高压电。唯有我们这一桌的三个人，摆足了一副面对狂欢气氛负隅顽抗的姿态，静坐不动，哑然无声。

等到热潮过去，庆哥用两根指头敲打着桌面。

"情况都清楚了，必须马上联系姓杜的，跟他摊牌！"

他等着索娅的反应，但索娅只是双臂合抱，深深地埋下头。谁也猜不透此刻她心里在想些什么。

十四

新年的头两天我闭门不出，一直思前想后。有些想对索娅说的话，在心里积压了很久，以前当着她的面曾有好几次涌到嘴边，却又因为犹豫和畏怯咽了回去。直到现在，我仍然不知道，该不该把对她的真情实感，连同背后一段讳莫如深的往事，原原本本都向她坦白。

到了二号晚上，离平常索娅关店还差一个钟头，我从小区门口上了辆出租车。街头的景象虽说无法与除夕之夜相比，却仍不失这座大都市固有的繁华喧闹。连续几个路口都是绿灯，不到一刻钟，出租车顺畅地来到白沙路上。我刚吩咐司机靠边停车，忽然看到不远处的台阶上出现了索娅的背影。她外衣上套件深褐色高领羽绒马甲，腰间挎只印花肩包，脚下穿着半长统黑皮靴，正在重复每天关门上锁的那套程序。

她提早关店要去哪里？

我改了主意，对司机说：

"看见前边那女孩了吗？就跟着她慢慢开吧！"

在计程表"咔咔咔"的出票声里，粗脖圆脸的司机回过头来冲我一乐：

"怎么，怕女朋友跟别人去约会？"

"这你就别管了。"

重新打表，出租车几乎是贴着街边蜗行。索娅今天的步子格外沉重，眼睛也一直呆呆直视前方，从未向两边张望。在路口转过弯，再跟一段，发现那辆银灰色的奥迪 SUV 已经等在以前载走她的位置上。索娅上了车，车子马上亮灯启动，但这回它没有掉头，而是加速向前开走。

出租车不辱使命，始终保持着十来米的距离跟在奥迪车后。转眼间，奥迪车穿过人民西路和芙蓉中路，转到解放路上，再向东行驶一段，来到一家灯火辉煌的大酒店。确定它停在裙楼前一家装饰豪华的西餐厅门外，我付完车费下了出租车。远远望去，奥迪车两边的车门同时打开，一边走出来索娅，一边走出来一个中等偏高个头、身板硬朗挺拔的男人。一袭深色燕尾服的礼宾小姐将两人迎进餐厅，隔着落地玻璃窗，能看见他们一直走到最里端，挑了一间靠墙的卡座面对面坐下。我凑近窗边，却依然因为男人背对我而无法看清他的面孔。这时索娅则是一副目光游移、心事重重的样子，一只手出于下意识把马甲的拉链拉上拉下。

"认出这家伙是谁了吗？"

一个低沉而愤懑的嗓音在我耳边响起，着实吓我一跳。扭头一看，原来是庆哥，一对被灯光映得透亮的眼珠正嗖嗖地冒火。

我摇摇头。

"没想到吧？这家伙就是……杜戎！"

他以一种嘲讽的口气报出这名字，但不知道他想嘲讽的是我还是他自己。

"你说什么？杜戎？"我简直无法相信，"他怎么会……跟索娅……？"

我盯着玻璃窗内，这时索娅对面的男人恰好起身走向洗手间，就此展现出容光焕发的侧脸和一身一望而知价格不菲的西服，也唤起了我对宣传册上那张照片的印象。

"这两天，我装成联系生意的客户给他们公司打电话，探听到他们老总今天要来长沙。从中午开始，我就一直在他们驻省办事处门口等着。到了傍晚，这家伙果真来了，一下那辆奥迪我就认出了他。我本想等他离开时截住他谈条件，可看他司机都没带，一个人上了车，就想不妨叫辆出租车跟在后面，看他到底去哪里。结果……"

结果，庆哥发现车子开到半路竟然接上了索娅，最后又在这里与我殊途同归。

菜上桌了，看得出索娅毫无胃口，不经意地吃了几口就放下叉子。对面的男人一直在跟她说着什么，她却少有开腔回应的时候。

我和庆哥退到裙楼前的花坛边坐下。庆哥叼上一支烟，又把烟盒递向我，从不吸烟的我也取出一支来，就着他的火点上。跟一桩惊天秘密被揭破带来的震撼相比，浓浓烟雾穿过鼻腔灌进胸肺的不适感根本算不得什么。

"这么说，他们早就认识？！"

良久，庆哥才恍然大悟似的惊叹起来。

"应该是的。"

但我没告诉他，那辆奥迪车，先前已经几度进入我的视线。

"对了，我刚认识小娅，她就说有个男人在死死纠缠她，不会说的就是姓杜的这家伙吧？"庆哥在沉思中梳理着事情的脉络，"可是，既然我带她来了省城，帮她站稳脚跟，她为什么还要背着我跟姓杜的来往呢？她为什么要骗我说根本不知道祸害过她的家伙叫什么名字？要不是我记住了她提到过'黑皮'这个外号，那我到现在岂不还蒙在鼓里？我好心好意替她讨回公道，可是，如果她跟姓杜的串通一气，那我不是明摆着只能被他们耍吗——她都答应要跟我结婚了！"

就在庆哥越说越激动的时候，那男人和索娅一前一后出了西餐厅的门。索娅脚步有点儿延宕，男人特地停步侧身，等她走到并排。两人回到车里，车子驶出停车位，转眼汇入大街上相接如链的车流中。

继续追踪下去已经毫无意义。只听庆哥颓然叹息一声。

＊　　　＊　　　＊

三号仍是假日，我早早来到白沙路上。隔着玻璃门向里张望，临近租期末尾的杂货铺已是一派萧索。货架上的存货所剩无多，曾经最为抢眼的那块藏青色绒面，如今也荒芜得像是一片寸草不生的旷野。

我进了对面的咖啡馆，居然成了今天的第一位客人，更因此享受到一杯免费咖啡的优待。刚喝两口，抬眼看见庆哥也来到了杂货铺门口，像我刚才一样向里边张望一阵，接着便在台阶上来回踱开了步。他的步子缓慢而僵硬，与他在不停仰头、垂头、叹气、搓手中表现出的躁动不安形成滑稽的反差。没过多久，他的双腿在转到一半时突然停住，循着他的视线，我看见索娅出现在我的斜下方，还是穿着跟昨晚一模一样的衣服，正穿过马路走向店面。

然后，没等索娅在台阶上站定，庆哥便一发不可收地冲她说起什么——估摸那情形，必定是在倾吐他苦思一夜也无法破解的满腹疑问。

　　到我赶过去时，店门已经打开。索娅站在柜台后，抿紧嘴唇一言不发，只是茫然而又无奈地望着对面的庆哥。我的出现让她身子悚然一颤，原本有些泛红的脸上顿时像敷上一层碎冰那样煞白。显然，庆哥已经告诉她，昨晚的跟踪者里也有我一个。

　　"到底是怎么回事？"庆哥还在逼她回答。

　　凝思的表情中，索娅的双眼眯合片刻，随后缓缓睁开。

　　"好吧，我把一切都告诉你们。是的，昨晚跟我在一起的那个男人就是杜戎，就是……就是……十三年前强暴过我的那个人。"

　　从激烈的内心挣扎中挤压出的最后一句话，似乎滤掉了全部情感，苍凉而纯净。虽然已知事实如此，听到她的亲口确认还是让我揪扯般地痛心。

　　"其实，在我把十三年前的那事说出来的时候，我同样也想把后来发生的事一起说出来。可是，我就怕那样一来——"索娅说着向我投来一瞥，"我就怕那样一来，不但得不到别人的理解，相反还会被看成一个自甘堕落的下贱女孩。"

　　"后来发生的事，就是你们两个人，你和姓杜的，又走到了一起？"

　　庆哥的话里透出一丝冷冷的讥诮。一支没点燃的香烟夹在指缝间，被捏得弯曲变形。

　　"是这样的：那时候我不在酒店干前台吗？有一段时间说是因为股权重组什么的，换了新的董事长，身边的同事们都在议论那人如何年轻有为。有一天，我正在当班，赶上新董事长来视察，看到他的第一眼我就认出了他。他的样子我怎么可能忘

掉呢？虽然比起中学那会儿高了一些、壮了一些，但轮廓一点
儿没变，肤色也跟从前一样黑。那件事对我心理伤害有多大，
你们不是不知道，所以认出他的那一刻我几乎惊呆了，头晕目
眩，摇摇晃晃，站都站不稳。我注意到他也在看我，而且从他
的眼神判断，他也认出了我是谁。但他面不改色地走过来，隔
着服务台，用特别温和的语气问我是不是病了，要不要先回去
休息。我难堪得只能把头扭向一边，一句话也说不出，弄得站
我旁边的两位姐妹不是踢我脚就是冲我挤眼，不明白我对董事
长怎么那么无礼。那一刻我脑子里闪过的念头就是马上辞职，
从这个地方永远消失！可是，要辞职总得向父母和其他人做出
解释吧，我怎么也找不到说得过去的理由啊！我只好决定先在
酒店继续干着，同时尽快另找工作。"

　　索娅的回忆中断了片刻，因为这时候我走过去关上店门，
把门上的牌子翻到"暂停营业"那面冲外。

　　"那之后，一连几天没见他露面，我心里稍稍安定了些，想
着他一个董事长，毕竟不可能天天往大堂跑。一天傍晚，下班
后走在回家的路上，有辆车忽然在我旁边停下，车门一开，下
来的人正是他。他说可以送我回去，我想也没想就拒绝了，加
快脚步奔向了公交车站。过了两天，又接到他一个电话，当然，
接之前不知道是他打的，而他不管要查哪位员工的号码都很方
便。他提出请我吃饭，我马上就把电话挂了。可他还不罢休，
紧接着又有一次，他在路上拦住我，追着我说，以前对我干那
事，实在是因为太喜欢我，而过了这么多年再见到我，他发现
比以前更喜欢我了。"

　　"你说什么？你是说，姓杜的这家伙居然告诉你，当年强暴

你只是因为喜欢你？”

庆哥抬高调门追问，完全置索娅的难堪于不顾。

索娅低下头，用一只脚的鞋尖轻轻蹭着柜台边沿。

“他是这么说的。他说要我给他一次机会，他一定把欠我的十倍百倍补偿给我。可是，那时候对我再好的男人碰我一下我都觉得恶心，我怎么可能答应他呢？那不等于，怎么说呢，让我去跟一条差点儿咬死我的毒蛇亲近吗？”

庆哥鼻孔哼哼两声，表明他多少还算认同这一比喻，所以才更有理由愤懑。

“可你不还照旧在他的酒店上班吗？”

“是，可我已经下定决心，只要再熬几天拿到当月的工资奖金，就坚决离开酒店。结果那天快下班时，餐厅部主任打来电话，说是贵宾间有桌客人请我过去一趟，要对我的服务当面致谢。进贵宾间一看，原来是他和几个客人在吃饭。我本想掉头就走，可又觉得那么做对客人很没礼貌。那些客人非要给我敬酒，我就推说我正在当班，况且喝酒超出了我工作范围。这时他站起来，以董事长身份发话，叫我不要辜负客人们一番好意。他把倒好的一杯红酒端到我跟前，说只要我喝了这杯就可以走。我想一杯红酒也不算什么啊，就接过来喝了。喝的时候，我注意到他两眼放光盯着我看，也没去多想。可一放杯子，立刻就觉得头昏脑沉，两腿发软。而且，客人们再向我敬酒，我竟然一杯杯全应承下来。”

“是不是那杯酒里下了什么药？”我问。

“这是唯一的可能！”庆哥狠狠掐断了手里的香烟，“这个杂种！”

索娅幽幽地苦笑一声。

"我也是过后才知道的。反正接下来我就像进入了梦幻状态，做了很多稀奇古怪的梦，都是做完就忘的梦。等到清醒过来，发现自己正赤身裸体睡在不知哪里的大床上，然后就见他光着身子只扎一条浴巾，从卫生间里出来。我吓得惊声尖叫，裹着被子跳下床，他却笑嘻嘻地叫我不要紧张，说是我已经跟他在一起过了一夜。我问他对我干了什么，他说，干的还是我们之间早就干过的事，只是这一回我完全顺从和配合他，很享受也很投入。他接着还说，已经给我吃了避孕药片，所以不用担心有什么不安全的后果。明白了他的意思，我差点儿没一下疯掉……"

我感到全身的血液正在升温，正在加速流动，正在撞击着内心那只一直拧得死死的阀门。

"这是什么时候的事？"庆哥分明也激动起来，但在努力控制情绪，"在你我认识之前多久？"

索娅略作思忖："两三个月吧。"

"也就是说，"庆哥总结道，"十几年前姓杜的强暴了你，过了十几年之后，这家伙又强暴了你一次，我说得对吗？"

索娅没有回答。

"事实就是如此！"庆哥斩钉截铁地补上一句。

索娅一只手按在胸口上，像是要把正从那里涌起的悲伤压抑下去。

"反正在这之后，他一遍遍跟我说他有多么多么喜欢我，只要我愿意跟他好，钱、别墅、跑车，什么都可以给我。可是我怎么可能答应他呢？我跑进了厨房，手腕上第一道刀疤就是那时候留下的，他看到了血才没再强迫我。可我哪里知道，就在前一天晚上，他已经害我染上了毒瘾，只要发作起来，难受得就像有千万只蚂蚁钻进骨头。每次都在我瘾头上来的时候，他带着药片出现在我面前。药片里含着催情的成分，所以每次吃下去后我都会不受控制地跟他上床，而且一点儿羞耻感都没有。一开始我还以为只要过段时间，等他对我腻味了就会把我甩开，毕竟围在他身边转的漂亮女孩实在太多了。可有一次他跟我说什么？他说他对我有种特别的感觉，那是任何一个别的女孩都给不了的，尤其在跟我做那事的时候，总会让他想起我们的第一次，让他在同时体验犯罪和悔罪的感觉中产生无比的兴奋和刺激。他还说，要是除了我的身体之外，他还能得到我的心，那就会给他更大的满足感。我寻思再这么下去，只会彻底毁在他手里，于是开始想尽办法摆脱他。"

"难怪呢，"庆哥若有所思，"那时候我刚认识你，你就问我能不能带你离开老家。"

"是，"索娅面有愧色地点点头，"当时我实在是……"

"不，"庆哥没让她再说下去，"我没有半点儿责备你的意思。我是说，就算你当时只是把我当作一根救命稻草，我也认为你做得对。就算我在你生活中只能充当一块帮你脱离苦海的跳板，我也心甘情愿，没有任何问题。我只是不能理解，"他晃晃脑袋，"既然你已经如你所愿，离开了那个……那个……"他斟酌一阵才找到一个让他解恨的词语，"那个变态狂魔，那为什么到现在还要跟他见面，还要……"他下唇被牙咬得泛白，"还要跟他一起过夜呢？"

索娅倒退半步，脸上出现了一种类似水面上几股不同方向的涟漪交汇在一起的复杂表情。

"来到这边以后，我以为从此可以不再受他摆布。我努力戒毒，开始新的生活，没想到他对我就是不肯放手。有一次，他跟我父母说是受我之托，开车把他们接到长沙，陪着他们在岳麓山橘子洲玩了一天，然后又送了回去。整件事我一点都不知道，还是过两天给家里打电话时才听父母说起的。我马上意识到，他这是在向我发出威胁信号，因为他曾说过，他这人有个最大特点，就是为了得到喜爱的东西可以不惜一切代价。所以，听父母说起那天他对他们照顾得无微不至，我真的特别特别心慌。这就是为什么后来有天突然接到他电话，说想见我一面，我也不敢拒绝。"

"这又是什么时候的事？"庆哥问。

"刚卖服装不久。"

"然后呢？就跟他见面了？"

"他开车接上我，来到一家歌厅的包房。他一进门就对我提出性要求，我不答应，他就让我看他手机上的照片，都是以前他跟我做那种事时给我拍下的，一张比一张不堪入目。他问我是不是恨他，如果恨他的话，可以给我一个出气的机会，骂他、打他、折磨他，怎么都行。那个包房是歌厅的贵宾间，客人进去后绝对不会受打扰。他把电视的音量调到最大，然后动手脱我的衣服。我真的很愤怒，真的开始一边骂他，一边出于反抗而打他。可是，我越骂、越打，他越来劲，一直死皮赖脸地缠住我。到最后我自己哭了起来，力气也在打他骂他的过程中耗尽了。结果，他又对我干了他想干的事……"

庆哥跟我对视一眼，可只能从我眼神中看到同样的困惑。

答案自然还得回索娅身上去找。

"从那之后，姓杜的再约你见面，你都从不拒绝吗？"

"我也不知道为什么。"索娅似乎对正在头脑中翻涌着的思维感到骇异，"就像他说的那样，我的的确确恨透了他，因为我觉得我的不幸都是他造成的。可是，这种仇恨的感受我不可能向其他任何人倾诉，只有每次见到他才可以在一通痛痛快快地臭骂，在拳打脚踢中发泄出来，对我来说也算一种莫大的解脱。不管我怎么打他，他都不会还手，不过有时候他会跟我对骂，这时我才知道我骂的远远没有他骂的那么下流、刻毒和伤人。想想看，两个人就在污言秽语的对骂中做着那事，多么变态和扭曲！可不管怎么说，有段时间我几乎对这种扭曲和变态的关系产生了依赖感。它既让我觉得其实我并没有那么不幸，又让我觉得我天生就该是这么不幸的。"

我和庆哥都听得敛息屏气，愕然无语，久久在心里咀嚼着索娅的话。

"慢慢地我才发觉，"索娅似笑非笑地摇摇头，"这种关系对我成了另一种毒瘾。每次跟他见完面我都难过得要命，有时候只好用割腕来发泄。我真的是差一点儿就要精神崩溃了，尽管在别人面前我还努力装作什么事都没有。知道我为什么那么爱看电视里的打架节目了吗？就因为我想检验一下自己的心理是不是还跟正常人一样，免得自己真疯掉。我就想摆脱他，可又不知道该怎么做。是的，我骗了你们，说不知道他叫什么名字，可这实在是因为我对庆哥要找他算账感到害怕。"她抬起手，将额前的刘海划向两边，"你们知道吗？就在昨晚，我告诉他我快要嫁人了，请他从今以后别再来打扰我的生活。"

203

"哦，他怎么说？"庆哥语气僵硬。

"我本意是叫他死心，可他问清庆哥现在的情况后马上说我疯了，还说我这样做目的只有一个，就是为了羞辱他，让他知道他的钱毫无价值。他还说他绝不会放手，一定要让我重新回到他身边。所以，我实在不敢设想接下去会发生什么。这些年我的生活已经够不平静了，我受不了还要看到它变得更不平静。"

我很为她难过，"可是，要是你一直抱着这样的心态，那你的生活或许永远平静不了。"

"一点儿没错！"深受挫伤之余，庆哥高声附和，但他说的跟我想的并不是一码事，"我算明白了，对这家伙来软的根本不管用，就得直接亮刀子。你等着，看我怎么处理他……"

说到酷爱的"处理"一词，庆哥两眼霍然发亮。他随即走到收银机旁，拉开下边的抽屉，翻出一张白纸铺到台面上。

"来吧，"他对索娅说，"按我说的写。"

索娅一愣："写什么？"

"一份授权书。"

"什么授权书？"

"当然是委托我全权代表你，去跟律师接洽。我带着律师函去跟姓杜的见面，看他还敢不敢那么神气？不过，既然他对你犯的罪不止一次，现在我要的赔偿费，可就远不止先前那个数喽！"

看起来，没有任何力量能够阻碍庆哥的意志，可他那副无所顾忌的样子深深刺痛了我。

"你把索娅当什么了？交易的筹码？敲诈的工具？"

在我并不十分有力的质问面前，庆哥仰起下巴，从齿缝间迸出一阵嘶嘶的干笑。

"得了，别在我面前装什么正人君子。你不也在打小娅的主意吗？你让她搬去你那里住，不就想趁机睡她吗？别以为我不知道。没错，我是想交易，是要敲诈，可我一点儿也不觉得亏心。为什么？就因为我相信这是解救她的最好方式。"

就在这时，索娅脸上出现了一种我从没见过的怪异表情，说不清她的意识是堕入无底深渊般的混沌，还是刹那间拨云见日般的大彻大悟。她上前抄起柜台上那张白纸，目光却视若无物地穿过它，落在了虚空中的某处。

庆哥将手上的签字笔拔下笔帽，转过头递过去，索娅一言不发接过来。

"这就对了嘛。"庆哥欣慰地舒了口气。

没想到，索娅将笔紧攥在手，用笔尖连续猛力戳向纸面——

"嚓，嚓，嚓……"

我脑中忽然闪过一个念头，眼下这快速而紧密的破裂声，比起那些她极力逃避的门铃、电话、手机之类的响声，听起来不知该更令她难受多少倍吧！

白纸顷刻间被戳得稀烂。

索娅把纸和笔向半空一抛。

随后，她快步冲出店门，消失在冬日阳光稀薄的大街上。

205

十五

从这天起，索娅就失踪了。

一开始还不确定就是失踪，电话欠费停机对她来说又不是头一次。但一天、两天、三天过去，耳边反复传来自动应答的语音，让我不能不担心起情况不妙。

再次回到白沙路上，杂货铺的招牌已摘除不见，屋内空余四壁，只有两个浑身污渍的工人在忙着粉刷装修。一打听才知，店面已由一家即将开张的皮货店接手。

询问花店的小惠，回答我的是一连串的摇头。重访那幢犹如小广告丛林的居民楼，敲开门来也只见到两眼充血、嘴里直冒酒气的庆哥。

"能找的地方都找遍了……"

就着一股打嗝的劲，他抖霍霍地摊开双手。

案台上那架乳白色的电动缝纫机还在，但环绕它的只有一堆东倒西歪的空酒瓶。除此之外，屋里再难找到索娅留下的痕迹。

"会不会回老家了？"我心存一丝侥幸。

"不可能。昨晚我还在电话里问过她父母，这对老糊涂，连女儿的铺子关张了都不知道。"

"但愿不会出什么事。"

"只要不回姓杜的身边去就好。"庆哥只顾照着自己的思路往下说，"如果姓杜的把她控制起来，那我的计划就只有泡汤了。"

"你的计划？"我听罢一惊，"你是说，你还想继续……？"

他仰头嘿嘿笑了起来，等头垂下的时候笑声断了，笑容却还原封不动留在脸上。

"如果你坚持这么做，"我满腹忧虑地问，"想没想过会给索娅带来更大危险，连她家人都会被牵扯进去？"

笑容霎时从庆哥脸上漏得精光。

"是吗？要是这么做会带来危险，那就更证明这么做的必要。因为我不相信只有屈服才能消除危险。小娅屈服是因为她不得不屈服，可是我怎么能屈服呢？尤其是那么多家伙，当你有钱的时候都对你一脸媚笑，当你没钱了又全拿白眼瞪你，我非得叫他们看看我会不会屈服。现在上天把一个机会摆到我面前，很可能是我最后一个机会。我要是不希望我的骨头被酒精泡烂，不希望别人骂我活该，不希望……那我就必须按自己的方式去处理！……处理！"

他的焦灼中已显露出不可预知的疯狂的端倪。可问题是，面对索娅深陷其中的困境一直碌碌无为的我，又有什么资格去指责他、有什么权利去制止他呢？

      *   *   *

记得索娅提过，杂货铺关门后，会把剩余的货品转移到某家格子店里寄卖。对她来说，最简便易行的谋生方式恐怕莫过于此。于是，连着周六周日两个全天，再搭上周一周二两个晚上，我跑遍了长沙城的主要商圈，横扫各处步行街、购物广场、潮流特区、创意市集，只要见到跟寄卖沾边的店铺概不放过。在每个地方都重复相同的程序：先是凭着对索娅手工风格还算鲜明的印象，一格一格巡视完整个铺面，接着又描述一番索娅的个头模样询问店员，直到详细翻查过卖家登记簿才算作罢。但眼看花了，两条腿也累到酸疼，到头来还是一无所获。

"死和活都各有利弊，只是死的好处可能更多一点儿……死在我眼里越来越温暖……有一天我肯定会死在自己手上……"

一想到她早就下过这样的断言，我就觉得她的失踪正在跟那不祥的后果无限接近。

*　　　　*　　　　*

春节过后开始上班的头一天中午，在漫天飞雪和稀稀拉拉的鞭炮声中，我和两位同事结束了对一座危楼拆除现场的采访，坐上了回报社的面包车。在一处红灯前等候时，我偶然往窗外一瞥，看见旁边一幢新近开张的商厦，三层玻璃上贴着"格格屋火热招租中"的字样。我心有所动，招呼司机一过路口就停下。踏雪折进商厦，在各色专卖店环绕的大厅中央乘自动扶梯直上三层。找到"格格屋"，一头扎进去。这里的格子一律安有带锁玻璃门，估计是开业不久的缘故，尚未完全租满。忽然，左侧居中稍显空疏的一格让我眼睛一亮——里边摆放的首饰绝对出自索娅之手！

最令人信服的证据，是格子靠里的两端各被一只密封的玻璃罐占据。没错，就是那两只索娅曾带到我公寓去的玻璃罐，一只装着青海湖的水，一只装着腾格里沙漠的沙子和黄河岸边的石头。

我激动地转身询问正用异样目光看着我的女店员：

"请问，租这一格的女孩，最近什么时间来过？"

"你说她呀？"女店员显然对索娅印象颇深，"大概有半个月没来了。按说上星期就该来结算和补货的。"

"这两只罐，怎么会放这里？"

"如果没标价，那就应当是装饰品吧。卖家租下格子后，怎么布置是他们自己的事，店里不会干涉。"

可是，几年来一直跟索娅朝夕相伴的两只玻璃罐，如今像是被遗弃似的出现在这里，怎么说也不能算个好兆头吧！

卖家登记簿上，索娅的名字后面只跟着一个陌生的手机号。

我掏出自己的手机，按动拨号键。

*　　　　*　　　　*

电话通了，但没人接。

走出店门再拨，结果还是一样。

第三次，第四次，第五次。终于，间隔均匀、感觉会要永远重复下去的铃声，戛然止于短促的"嘀"的一响。随后一片静默，犹如在越过无数道栅栏后出现了一片开阔地。

"索娅，是你吗？"

没有应答。

"你还好吧？"

没有应答。

"你现在在哪里？"

仍然没有应答。

"索娅，你在听吗？我有话对你说。我知道，这段时间你身上出了很多事，我能理解你的感受。可像现在这样躲起来不见人，也不是办法吧！"

这之后，静默中传来了索娅病恹恹的声音：

"你以为我愿意？说实话，我恨透了现在过的日子。我也觉得，再这样撑下去没什么意义，一切都该结束了……"

延宕几秒，我忍不住问：

"什么叫……一切都该结束了？"

"我只是觉得，该来的那天，终究会来的。"

绝望的语气令人心悸。

"索娅，千万别这么想。"

"那还能怎么想？"她的语调略有起伏，"庆哥去找过他了……然后我父母一下接到好几个匿名电话，说是只要他们的女儿敢乱吐一个字，他们马上就得遭殃。可他们压根不知道自己的女儿到底出了什么事呢。他们问我，我又不能说。现在我明白了，要想让我的生活回归平静，也许……死是唯一的方式……"

我停在三层大厅的顶头，透过玻璃墙看着外面冰封雪裹的世界和举步维艰的路人。我又想起了那些白色的砗磲珠、彩色的琉璃珠、原色的木珠。我想起了细细的皮绳、贝壳和贝母。我想起了她手腕上的伤疤，六道还是七道，真不希望还会变得更多。我想起了她爱用的亮色唇膏、香熏蜡的气味。我想起了她从没染过烫过的头发，盘起髻来是一种感觉，扎起马尾来是一种感觉，自然披散开来又是一种感觉。我想起了她小时候的种种趣事，砌墙、铲冰、做所谓的馅饼、迷失在大海上，等等。我想起了她说来就来的眼泪，还有飚泪之后睫毛黏成一束束的样子。我也想起了跟她紧紧搂抱，她在我怀中索索发抖的感觉，还有那一回做爱失败的经过。

　　我知道不能再有丝毫的犹疑和怯懦——错过此时此刻，再无机会。

　　"索娅，你听我说。你要想回到正常生活中，不再受威胁，不再被利用，不再忍气吞声，不再担惊受怕，只有一条路可走。"

　　"哪条路？"

　　"报警。"

　　索娅显然愣怔了片刻，随即发出孱弱无力的一笑。

　　"报警？报警有什么用？不管是过去的事还是后来的事，都没留下任何证据，告也告不倒他。"

　　"我知道报警很可能告不倒他，但至少可以对他产生威慑。如有必要，我也可以写篇报道，在报上发出来，当然隐去你的姓名，利用社会舆论对他施压。这样做的目的，只是帮你从此切断跟他的关系，走出过去的阴影，开始真正属于你自己的生活。而且，就算没有证据，"我突然感觉口腔干涸，好像有多处正在开裂，"那也至少可以找到一个证人，为当年的那事做证。"

　　"找到一个证人？"索娅语气惊诧，"谁？"

　　我终于松开了心里那只一直拧得死死的阀门——

　　"我。"

　　能感觉到索娅完全懵了。

　　"……你？"

　　"是。"

　　"怎么可能？"

　　"就是我。"

　　"可是……"

索娅难以置信地喃喃低语。毫无疑问，那种突然需要把我当作一个陌生人重新审视的念头，给她带来了近乎崩溃般的困扰。这一刻，她脑海中一定在一帧帧快速回放我俩交往的画面，但她的追忆最多止步于去年那个夏夜杂货铺里散落一地的碎瓷片，再也无法延伸到更远。

"对不起，我一直对你隐瞒了实情。十三年前，我和杜戎是同班同学……你出事那天，我也在场……还记得那天放学后，你经过一条小路，有人冲过来抢走你自行车吗？然后让你追到了那片小树林后……那个人，就是我……"

电话那头，再次陷入一片静默。

"后来的事，我完全没想到……到我发现时，已经晚了……"

索娅终于开腔，但声音变得生涩发哑，就像拿截树枝在一块硬泥地上用力写字。

"就是说，你早知道我是谁？"

"是。"

"就是说，在你第一次进我店里之前，你就知道我是谁了？"

"是。"

"怎么会这样？"她突兀地抬高嗓门。

"那事有我的责任……所以我，一直没勇气向你坦白……"

"那你现在坦白是什么意思？你叫我报警，就是为了满足你写篇报道的需要？庆哥要的是钱，你要的就是通过这个出名吗？这就是你们男人？！"

这下她彻底愤怒起来。

"索娅，你误会了，我……"

"别再说了！"她似乎把手机移到了嘴边，因为我感觉到她的呼吸突然加重，"知道吗？这些天每当我想到死的时候，都觉得人生中仅剩的一点儿美好回忆，就是跟你相处的那段日子。我以为你是真心喜欢我，却又没有被情欲左右的唯一一个男人，就是这一点让我觉得你比他，也比庆哥，都更值得信赖。可我没想到，原来那是因为你……因为你……原来……"

我听见她抽泣起来，随即湮没在断线后的连续嘀嘀声里。

再拨过去，已经关机。

十六

是的，我早就认识索娅。

不是在她以为的去年夏天，而是在那之前更早，早上十来年。

她一定没想到，那时的我跟她一样，每天都随着上学和放学的人流出入于同一校门。教学楼前高音喇叭播送的通知、附近铁道口过火车的轰鸣、远方江坞的轮渡汽笛，及至阵雨来临前掠过天空的每一声闷雷，都会在同一时间传入我和她的耳际。春天的香樟树、夏天的栀子树、秋天的桂花树，当它们的香气弥散于校园时，也从不会在两人之间厚此薄彼。更不用说，每天一次，我们还会走上操场，在嘹亮而无趣的乐曲声中，让肢体循着同样的节拍屈伸起落。

第一次注意到她，是在礼堂举行的文艺汇演上。她那个班的节目是支大合唱，在开头和中间的过门部分穿插由她朗诵的一首诗歌。伴奏渐起，她从前排移步出列，字正腔圆的嗓音一如表面抛光的金属。听身旁同学议论，才知她从小长在北方，所以能说一口在我们这个南方小城鹤立鸡群的、标准流利的普通话。那之后，她越来越频繁地进入我的视线：有时是在操场上体育课，跑在队列里，或是有些笨拙地运一只皮球；有时是在打扫某片区域的卫生，偶尔停下来喘口气，抬起手臂揩去脸上的汗水。进出校门的路上，我总会有意无意四下张望，为的是找寻她的身影。每当她骑在一辆半新不旧的自行车上从我身后冲到前边去，我总能一下从发式和背影辨认出来——不是顺溜的直发，就是扎得低低的马尾，几只亮彩的发夹点缀耳边，而那身原本稍嫌肥大的、蓝白相间的校服，随时会因鼓满了风而更显肥大。

偶尔，我们还会在走廊或者楼道擦肩而过。让我失落的是，即便两人目光瞬间交接，我从她的眼神中也感觉不出任何异样。在她眼里，我的面孔或许并不比一张随风飘过的落叶更为特别。如此说来，对她的那份喜欢，充其量不过是情窦初开的我对异性所怀有的缥缈无望，只能像泡沫一样随生随灭的幻念而已。

从初中开始，杜戎一直是我同班同学。外号"黑皮"的他，惯于随心所欲地捉弄和欺侮身边的人，而每当这类劣行汇报到校领导或老师那里，他们都只会将其作为同学之间开得有些过分的玩笑，形式化地处理一下了事。原因不言自明，他父亲是本市一家大企业的老总，每年都要给学校捐钱捐物，校方拼命巴结都来不及，无论如何也不敢得罪。这位富家公子经常把他的作业交给我做，他会在心情愉快的时候，随手从皮夹里抽出十块二十块的犒赏我一下。不过，一旦他认为我在模仿他那笔蚯蚓爬行般的字迹时并不专心，或者我代写的作文与他那外人根本无从揣测的志趣相悖，那就意味着我要大祸临头了。当然这时他只需发道号令，自有追随他左右的细毛和冬瓜两人代为执行。惩罚的方式包括拳打脚踢、吞吃粉笔头、往肛门里灌墨水、玩弄下体等，不一而足。

一天课间休息，我目睹到惊人一幕。索娅独自坐在篮球场边的长椅上，正喝着从小卖部买来的一杯冷饮，黑皮经过时认出她是谁，笑嘻嘻地从地上捡起几粒石子。

"哎，小北方！"他不知道她名字，随口这么一叫，"我扔三粒石头，看扔不扔得进你的杯子。要是一粒都扔不进，那就算你走运，等下放学，你想吃什么我都给你买！"

第一粒落在肩头，第二粒落在胸口。正要扔第三粒，索娅猛地起身，上前两步，将杯里的饮料一下泼到闪避不及的黑皮身上。

*　　　　*　　　　*

黑皮的一大爱好，就是凭着他自称一进初中就失去童男之身的经验，糅合从碟片和网络得来的知识，充当细毛和冬瓜在性方面的导师。这天，他为讲解手淫要领，叫他们两个扒光我的裤子，拿我下体来做示范。看到我被捣弄半天也没坚挺起来，他骂骂咧咧地揪住我头发，告诉我这时候脑子里应该想着一个喜欢的女人。

"你他妈总该有个喜欢的女人吧？"他问。

细毛说他喜欢班上的英文女老师，冬瓜说他喜欢一部美国片的女主角。我自己，这时却突然冒出一个有些阴暗的灵感。

"我喜欢……喜欢……"

"喜欢哪个？"

"喜欢小北方……"

是的，看到黑皮脸上露出的诧异和难堪，我心里顿时涌起前所未有的快意。这一回他没让细毛和冬瓜代劳，而是亲自对我动起拳脚。他把我打翻在地，一只脚狠狠踩住我脖子。

"你他妈再说一遍，喜欢谁？"

不知从哪里来的一股邪劲，我感觉快要窒息，但就是不改口。

"我就喜欢……小北方……"

黑皮朝我身上猛踢，每踢一脚都会配上一句："喜欢谁？"我抱着脑袋在地上打滚，每挨一脚都会应上一声："小北方……"

"喜欢谁？……喜欢谁？……啊，你他妈喜欢谁？……"

"小北方……小北方……就小北方……"

如果说这是场公然的示威，那索娅无异于我打出的横幅。没有退缩的余地，黑皮不得不当着细毛和冬瓜宣布，他一定会把索娅收拾服帖，叫我永远闭嘴。

从这时起，黑皮开始不断纠缠索娅：操场边、过道里、小卖部门口、出入校门路上。可每次都跟篮球场边那次一样，总以他落得灰头土脸收场。期末考试一完，再过两天就将开始漫长的暑假，急于挽回面子的黑皮越发狂躁起来。不过，当他表示要最后一次下手，彻底打掉索娅的傲气时，我一点儿都不怀疑，那只会在他失败的记录上再添一笔。

我答应照他说的去做。一方面，除了答应不可能有别的选择；另一方面，我自己对结果也很期待。

*　　　　*　　　　*

　　那天下午，冬瓜提前在索娅的自行车上动了手脚，这样等她放学回家，刚刚骑到一半前胎就漏光了气。周围没有修车点，索娅只好推着车，沿着一边是围墙、一边是护坡的林荫路往前走。刚到转弯处，藏在树丛后的我冲出来，从她汗津津的手里夺下车把。

　　"我帮你打气去！"

　　我头也不抬，推起车子就往前跑。

　　"喂，站住，站住！"

　　这还是索娅第一次跟我说话，虽然连我的面孔都没看清，只能从同样蓝白相间的校服上知道是位同学。

　　就这样，她追着我来到废弃的制药厂后门。我看到黑皮从多半人高的草丛里探出头，于是把自行车放倒在地上，径自跑开。我想当然地以为，黑皮之所以挑这个偏僻的地方，就因为害怕在大庭广众之下再一次丢脸。

　　我跑到一个没人能看到的地方蹲下，等着事情出一个结果。我听到有些声音断断续续地飘来，时而激烈又时而模糊，但相对于夕阳下这片荒凉的环境都显得不太真切。渐渐地，一种不祥的疑窦涌上心头，我又一步步折回原路。自行车依然倒伏在地上，在我跑开之前是什么样子，此刻还是什么样子，但它旁边的草丛在紊乱地歪斜和颤抖。再走近些，在喘气和挣扎的声音之外，分明还能听到一种从被堵住的嘴里发出的呜咽。忽然，我看到黑皮的脑袋出露了一下。

　　"看你以后还敢不敢，还敢不敢，还敢不敢那么神气！"

　　黑皮咬牙切齿，说得像是很有节奏。旁边同时传来细毛和冬瓜亢奋的笑声。

无法用言语形容那一刻我的震惊。我只感到浑身麻木，举不起手也挪不动腿。我想叫喊，喉咙却像失去了机能。我知道我必须做点儿什么，无论什么，而且一秒也不能耽搁，但事实上我一直僵在那里，什么都没做。

*　　　　*　　　　*

这件事可能在多大程度上改变一个人，那它就真的在多大程度上改变了我。不过，当时的我还不会马上明白这一点。

整个暑假，我都无法摆脱懊悔和自责。黑皮几次找到我，警告我绝不许把那天下午发生的事泄露出去。秋季开学头两天，校园里见不到索娅的身影，黑皮一下紧张起来，等打听清楚她已悄然转学，一场虚惊才算过去。没过多久，高三学生重新编班，我和黑皮分到了不同班级，从此他再想拿我折磨取乐就没那么方便，而代他应付功课的差事也摊到了某个新的倒霉蛋头上。高考一过，我拿到省城一所大学中文系的录取通知书，我很庆幸在离开老家的同时，终于可以把一段阴郁的记忆抛到脑后。

是啊，噩梦只是在刚醒来时才可怕，时间一久，谁还会把它放在心上？后来的好些年里，我似乎选择性地遗忘了那事，即便不经意间回想起来，也能娴熟地装作与己无关，漠然以对。偶尔像小火星似的冒出跟索娅有关的疑问，譬如现在她人在何处，正在做些什么，也会顷刻间被脑海中自行刮起的风暴不留痕迹地扑灭。

*　　　　*　　　　*

　　三年前，杜戎被父亲扶上位，成为当地广受瞩目的年轻富豪，他的名字开始不时见诸报端。这时，那件我以为早已湮没在记忆深处的往事，又被重新勾起，不断压迫我的神经。与女友方晴的分手，更是让我省悟，其实这些年来我一直都活在那件事的阴影下。正是它造成了我个性的扭曲，还有面对他人一贯淡漠疏离的态度。

　　寻找索娅的决定，就是在这样的心境下做出的。当然，我只想知道她现在人在何处，正在做些什么，除此之外的念头一概没有。

　　于是，借着一次出差，我重返家乡的母校。

　　学生名册当然不会详细到记录学生的家庭住址，更不用说父母的姓名和工作单位之类。不过几经辗转，找到当年与索娅同班的一位女孩，还是探清了她初中毕业后的去向。

　　事实上，索娅后来向我提过的标示着她人生轨迹的那些地方，我几乎一个不漏地光顾过。我曾在她就读过的职高的校园里游走，也曾在她工作过的酒店的大堂中驻足。不用说，当我得知她已来到省城，每天都跟我生活在同一片天空下，找到她的意愿自然更加强烈。我去过韶山北路她卖手表的商场，也去过火车站附近她卖服装的摊位。最终，寻找的箭头一路蜿蜒停在她开店的白沙路上——这就是三月里的那个黄昏，我心怀忐忑地来到杂货铺门外的缘故。

　　恰在那时，暴雨骤降，强大的雨势逼得我在街上无法立足，只好钻进了一眼看到的"新桥"咖啡馆。坐在三层的窗台边，透过茫茫雨幕，我依稀辨认出对面店里的索娅，一种触电般的战栗瞬间传遍我的全身。

　　是的，一开始我仅仅满足于隔街观望，绝无介入她生活中去。从那次街头尾随开始，到进入小店跟她搭话，都是我明知不该却又忍不住去做的。我装作无意间发现跟她是同乡，却又撒了一串谎，说我家住另一片城区，念的也是一所跟她不同的中学。

"对了，我叫索娅，你呢？"

索娅已经完全忘记了当年那个暗暗钟情于她的少年。但这也再正常不过吧？

十七

再一次见到索娅，已是跟她上次通话后将近一个月。在公安分局的一间小会议室里，刚刚做完笔录的她坐到了我的对面。和她的一头齐耳短发相比，我甚至不觉得她瘦削到拖出两条淡淡阴影的脸颊有多叫人吃惊了，关键是它短到那样的地步，似乎毅然决然地要跟从前那个秀发飘飘的索娅划清界限。

毫无疑问笔录做得非常累人，她像是有种身体快被掏空的虚弱。

"这段日子，你都去了哪里？"

"我还有哪里可去？"

她反问一句，不带一点感情色彩。或许是因为她还没有摆脱接受讯问时的紧张气氛，又或许是因为在她眼里，我再也不是从前的那个我了。

"住怎么解决？"

"没固定地方。有时候找那种最便宜的小旅馆凑合一宿，有时候去网吧要个小隔间，一整夜泡在里面。"

"那吃呢？"

"也是有一顿没一顿的，逮什么吃什么。反正抱着过一天算一天的心态，根本不去想第二天怎么过。"

她甩甩头，不过以往做同样动作总会跟着飘荡起来的刘海，此刻只能存留于我记忆中了。

"但你总算挺过来了，不是吗？"

"是啊，是。但就差一步。"

"什么？"

"就差一步，我就走上那条路了。"

"我一直担心的就是这个。"

确实，过去一个月里我天天心都悬着，随时做好噩耗降临的准备。有两回报社接到报料电话说城区某处发现无名女尸，我都撇下手头工作主动请缨，飞速赶往出事地点一探究竟。

"我想到过会有人为我担心。"说这话时她没有看我，"我想到过。可我不知道有人在为我担心，是不是我应该继续活下去的理由。我甚至觉得，我已经成了所有为我担心的人的一种负累。一直煎熬到上个星期的一天，当我迷迷糊糊地在网吧的椅子上睁开眼，看到清晨的窗外阳光明晃晃的，那一刻我忽然绝望到了极点。出了网吧，我就想找一个地方，但不想用割腕的方式。我上了辆出租车，开过湘江大桥，来到北边一座山的山脚下。下了车，我一个人继续往山里走。那地方我以前去过一次，知道有一片面积不大但很漂亮的湖。到了湖边，四周静悄悄的，一个人影都看不到，我放心地凑近湖面，伸手试了试水温。水确实很凉，不过比起割腕流得到处是血来，还是容易接受多了。我选好一个位置，准备从那里下水。但就在这时——"

　　她停下来深深吸了口气。她那散淡无神的目光，给人一种慢慢聚敛起来的感觉。

　　"就在这时，出了一件奇怪的事。"

　　"什么？"

　　"我身边忽然冒出来一只蝴蝶。"

　　"一只蝴蝶？"

　　"我不是正准备下水吗？一抬头，忽然看见有只蝴蝶在飞。我还怪纳闷呢，按季节来说，应该还不到出现蝴蝶的时候吧？怎么在这荒郊野外会有一只蝴蝶冒出来呢？它的外形倒是普普通通的，粉白色的翅膀边缘带着好些深深浅浅的褐色斑纹，不过，它飞起来的样子很特别。怎么说呢？它那不是在飞，而是在跳，在空中扑扇着翅膀，一跳一跳的。它飞也飞不很高，跳也跳不多远，但就在我头顶上，高高低低、来来回回地跳着飞。"

　　她仰起头，眸子微微转动，俨然那只蝴蝶已经驾临这间会议室的上空。

　　"嗯，然后呢？"

　　"它就在我头顶上不远，我一伸手去够它，它马上加快翅膀的频率，躲开我的指尖，可又没有飞跑，还是在我头顶上盘旋。我被这只蝴蝶吸引住了，一次次伸手去够它。我并不是真要抓它，只是做出个要抓它的样子。这蝴蝶呢，好像也完全明白我的心思，一次次躲开我，又一次次重新飞近来。它还是那么一跳一跳的，很动感，好像在循着只有它自己才听得见的一支曲子在舞蹈。我就这样追在它后面，它跳慢了我就走几步，它跳快了我就跑几步。它似乎很享受被人追的感觉，更奇怪的是，不管我怎么追，它就是不飞跑，只是一门心思绕着湖边飞。不知不觉，我围着湖面转了好几圈，那一圈少说也有上千米吧，可我一点儿没觉得累，真的。等到汗水都浸湿内衣的时候，我才发现，刚才还那么强烈的非死不可的劲头，到这会儿已完全消失了。"

"这蝴蝶，还真是奇怪呢。"我说，"说笨像是世上最笨的蝴蝶，说聪明又像是世上最聪明的蝴蝶。"

她抿起嘴角浅浅一笑，这还是重逢后第一次见她展露笑颜。

"是有点儿不可思议，对吧？反正我一下觉得神定住了，魂回来了。我对自己说，还是要活下去，活下去，好好活下去。不管是我的经历把我变复杂了，还是我天生就是个复杂的人，我都要努力把活着当成一件简单的事去做。于是我挥手跟这只蝴蝶告别，离开湖边往山外走。"

当然，这时的她不再彷徨，因为明确了要去的方向。

*　　　　*　　　　*

积压在我心里的话，终于向她倾吐出来。

"知道吗？就在上次跟你通完电话后，我也想明白了一件事——我和你，我们两个其实是一样的。"

"什么一样？"

"就像佛经《杂阿含经》里那个比喻说的，我们都是中了第二支箭的人。"

"第二支箭？"

"对啊，在第一支箭之后紧接着又射来的第二支箭，扎得更深、更痛的第二支箭。"

"为什么这么说？"

"因为十三年前发生的那件事不光改变了你，也同样改变了我。"

"哦,"她眉梢一挑,多少有些惊奇,"是吗?"

"就是这样。"我的心如鼓点般激越地跳动,"我喜欢过你,我是说,在中学那段时间我喜欢过你。虽然只是偷偷地喜欢,但毕竟也是喜欢,不是吗?虽然从没跟你说过话,更谈不上有勇气表白,但毕竟也是喜欢,不是吗?但是,那年夏天发生那事之后,我认为正是我对你的喜欢给你带去了厄运。我拼命想要忘记,我一度以为我忘记了,但是我没有忘记,它就像一直追着你一样也一直在追着我,只是从不显露痕迹。等到我发现根本就没甩得掉它,我的生活早已深深地打下了它的印迹。就像你看到的那样,我习惯随波逐流,得过且过,因为我没有真正信守的原则。我对工作缺乏热情,甚至怀疑自己从事记者这行完全是个错误,因为在真相面前我一遇压力就会逃避。记得你也说过,在别人面前我宁愿把自己的内心包裹起来,确实如此。跟女孩在一起我总相处不好,总觉得跟她们之间隔着一层什么,总觉得自己对纯真的感情受之有愧。当然,不能说那事就是造成这一切的唯一原因,但一定有着不可分隔的关系。我承认,到后来我回过头去找你,一开始完全是出于私心。看起来我是想帮你解脱,说穿了更多是为我自己解脱。"

索娅静静思索一番。她的目光就像深涧里的溪水,在浑浊的山洪退尽后又恢复到清澈见底的纯净。

"如果不是你回过头来找我,"她似乎在宽慰我,"那我可能永远也不会出现在今天的这个地方了。"

*　　　*　　　*

接下去发生的事纷纭密集。细毛和冬瓜的下落很快查明,前者现为当地公路局的办公室副主任，后者则是杜戎下属一家公司的采购部经理。在公诉方的争取下，两人的立场都从一开始的矢口否认，渐渐转向同意交代事实。鉴于索娅的人身安全受到威胁，警方为她安排了一处隐秘的住所，但直到杜戎被拘捕之后，我都没再得到她的消息。在这期间的一个深夜，如意算盘落空的庆哥醉醺醺地登上住处附近一座尚未完工的建筑物顶部，从那里纵身跳下。这个平日里总爱把"处理"一词挂在嘴边的家伙，到头来还是自己处理了自己。第二天我供职的那家报纸的社会版上刊出一则新闻，标题就是"经商失败欠下巨额债务，一男子无奈走上绝路"。

其实，中了第二支箭的人不止我和索娅，杜戎和庆哥也是如此。放眼泱泱红尘，谁又能够幸免？

　　　　　　＊　　　　　＊　　　　　＊

这之后，我一如既往地忙于采访和写稿，间或去外地出差，然后回到公寓继续一个人的寂寞日子。

初春时节，一个阳光有如鲜榨橙汁般倾洒整个城市的周六下午，我结束加班，刚刚走出报社大楼，手机响了。一看显示，是索娅那个只拨通过一次的号码。

按下通话键，果然是索娅。

"不光我的杂货铺变成了皮件店，旁边那家音像店也变成了渔具店。茶庄的门口多了只金环鹩哥，会用英汉两门语言问候客人。茶餐厅的蟹粉西蓝花做得再也没有从前的那个味儿了，主要是蟹粉汁的味道有点儿发涩，我一问才知道新换了厨师。"

她的语调貌似有种小鸟在枝头蹑足般的轻快。

"索娅，你在哪儿？"我听出她周围有些嘈杂。

"就在你老去的咖啡馆啊，还坐窗边，一杯柠檬草奶茶都快喝完了。"

一股激动的暖流瞬间涌过我全身。就好比我们共用的某只钟摆已锈蚀多时，静阒无声，从这一刻起却又抖落尘埃，重新滴滴答答、清清亮亮地转动起来。在共同见证了对方心灵的剧变之后，我想告诉她，我们完全能够走到一起，但绝不是出于互相怜悯。我急于向她传达这样一种信念：不能因为过往在我们身上发生过某件事，或者某些事，就让未来的人生永远失控；就像她说过的那样，无论我们自身有多复杂，都要努力把活着当成一件简单的事去做；关键在于，只要我们清楚自己到底该成为怎样的人，也就会清楚自己到底该怎样去活着。

"那你等着，"我大声说，"我马上就到。"

"可是……"索娅忽然有些难为情起来，"我已经准备离开了，马上要去赶高铁。打这个电话，只是想向你告个别。"

"告别？"我心一沉，"去哪儿？"

"有个表姐在北方老家开了家成衣店，早就邀我过去帮忙。"

"这么说，你要回北方去？"

"我不打根上就是个北方人吗？"

挂断电话，我能感觉出来，这一刻索娅的心情跟我一样落寞。她也明白我们不该出于相互怜悯才走到一起？她还是更愿意相信只有当我们摆脱对方，才能最终摆脱过去的阴影？

指尖触地

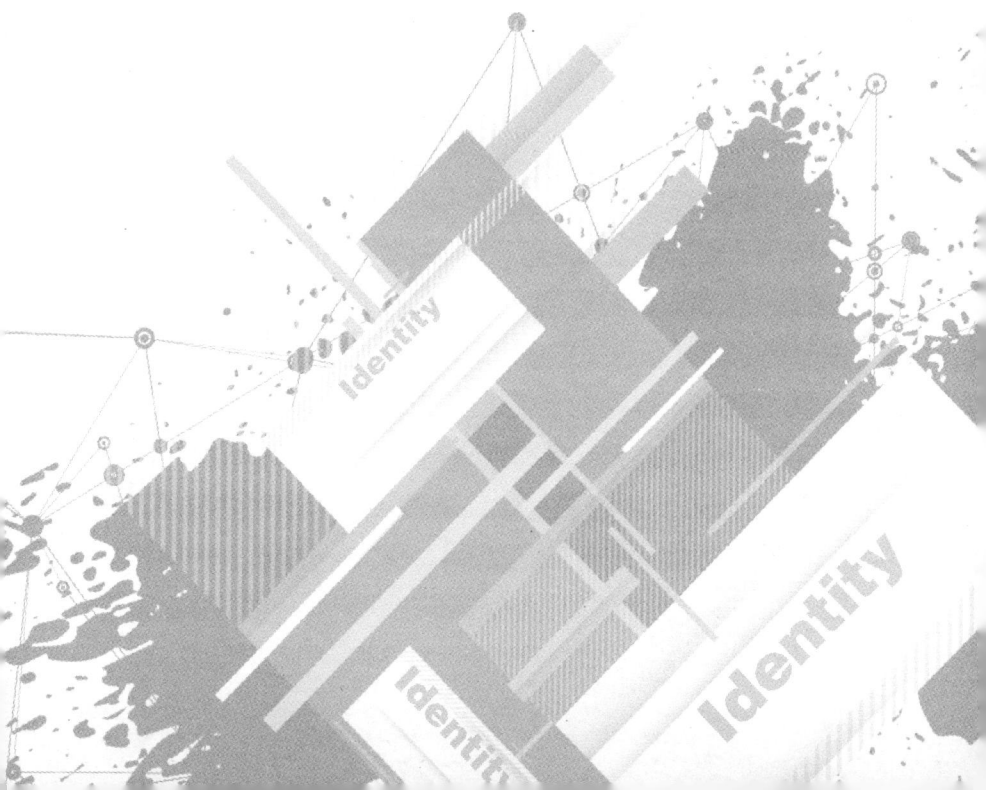

一

这所大学的留学生公寓楼一共两座，但其中一座，严格说来有些名不副实。原因在于，校方将它的第一层作为临时宿舍，分给了一批未婚的青年教师。我虽不在其列，但仗着跟董蒙的关系，也得以在他宿舍里蹭住，且一住就是小半年。临到研究生毕业，不知这家伙使出什么能耐，居然轻松敲定了留校任教，把那些一贯对他看不顺眼、因为留京无望只能卷铺盖回老家的同学气得够呛。大概是三年读研期间只有我主动搭理他的缘故，如今他才投桃报李，愿意收留毕业后一直居无定所的我。当初我搭理他只是出于对他遭人嫌弃的同情，没想到到头来，我倒成了他的同情对象。

还在做学生时，留学生公寓楼在我们眼里简直有如一块天外飞地，多少令人神驰的传奇故事发源于此。那些故事中与性有关的内容占据了绝大部分，害得当初我们很多人入夜熄灯后依然心潮起伏、辗转难眠。大家都认定这两座楼里性观念的开放程度已和国际最高水平接轨，即便光天化日之下，那种亢奋而有节奏的喘吁声也随处可闻。许多故事把金发碧眼的老外描绘成一天到晚寻机交媾的动物，甚至为此不惜打着学习汉语的幌子，千里迢迢远渡重洋来到中国。撇开这些，这里还流传出不少留学生和中国异性通过闪电式恋爱喜结良缘，随后乘云驾雾消失在国境线外的神话。只有等我住进来后，才算明白以前的想象中包含了多少水分。

话虽如此，这里倒也不乏各种足以作为饭后谈资的逸闻趣事。公寓楼最初启用时，入住过一批来自非洲的留学生，他们刚学一个月就找到校长闹事，质问为什么汉语要搞种族歧视，把非洲翻译成"是非"的"非"，却把美国翻译成"美丑"的"美"。这里还入住过一位某太平洋岛国总统的公子，父亲因政变被反对派推翻，公子突然失踪，引得警方动用多条警犬来查找去向。有一年还出过一个变态，在男厕所里趁人撒尿时，把头伸到胯下接尿喝。还有一年，有位留学生骑电动车在西直门立交桥上转悠半天，愣没找到回学校的路口，一怒之下从十几米高的桥上驾车飞下，结果活活摔死。此外，校医院的院花女医师，嫁给了来自中东某国酋长的孙子，去到那边后才知只是男人的第八位妻子，从此受尽欺凌，终日以泪洗面。诸如此类，不一而足。

当然，我也知道在这里天天打地铺不是长久之计。我看过一篇文章，把我这种毕了业仍滞留在学校的人称为"校漂族"，并说这是心灵脆弱、逃避社会现实的表现。我向董蒙保证过，一旦找到工作马上租房搬走，可毕业这半年来，我不断投递简历、频频参加面试，到现在还是没能如愿。我只能靠接些翻译的零活，或者给楼里的留学生辅导汉语，来挣点生活费。最近一段时间，董蒙不时带不同的女孩回宿舍过夜，这个时候，我自然只能识趣地闪开。有好几晚，我都是在学校旁边 24 小时书店的咖啡台上趴到了天亮。我终于痛下决心，如果最后投出的这批简历再无结果，我就彻底打消留京梦，回老家找活路。

从邮局回来，还没进门，就听见屋里的座机在响。等我抓起听筒，里边传来一个姑娘暗哑并且略带哭腔的声音。她误以为我是董蒙，劈头盖脸地责备我为什么不接手机，发现弄错人后，又以同样强硬的口气追问我是谁。我只好说董蒙不在，如果有什么急事，我可以代为转达。

"我打电话找过他好几次，可他存心躲着我。"姑娘说得有些喘不过气，"他怎么那么无赖呢？一点都不顾别人的死活。"

我有些吃惊，连忙把听筒换给另一只耳朵。

"那么严重吗？什么事情？"

我揣摩她或许是被董蒙带到这里讨过夜的某个女孩，当即寻思起如何编造借口为他开脱。就在这时，听筒里响起电流滋滋啦啦的杂音，姑娘的话语变得混沌起来，仿佛来自脚下大地的岩层中某个难以探掘的深处。我根本没听清她到底说了什么，除了末尾的几句。

"这下他可把我害惨了。"电流恢复正常之后我听到姑娘这样说，她悲痛欲绝，不清楚是不是正在流泪，"他害我彻底地、彻彻底底地完蛋啦！"

二

　　我和董蒙的关系，可以追溯到我们各自怀揣入学通知书来到北京的第一天。在迎接新生的校车上，在汇聚天南海北不同口音的短暂行程中，我和他正好坐在一起。通过交谈很快发现，我们的人生履历完全不能相提并论。二十多年来我循规蹈矩、按部就班，从学习尖子三好标兵一直到免试直升大学，尔后又以出色成绩考上现在这所大学的研究生。相比之下，较我年长五岁的董蒙却历经坎坷。自从高一那年父亲患肝癌病故，在母亲和妹妹心目中他便成了破碎家庭的主心骨。他先是辍学南下，在一家亲戚开的小印刷厂里当帮工。一连四年时间，他没日没夜地泡在光线昏暗、油墨呛鼻的厂房里，往返于从制版到印刷的各项工序间。在机器震耳欲聋的轰鸣声中，往昔的校园生活渐渐引起他的怀念。等到妹妹从中专毕业参加工作，可以保证母亲的基本生活，他又回头来重拾课本。凭着过人的聪明，他先是顺利通过成人高考，继而又在激烈竞争中脱颖而出，最终在这所名牌学府的研究生院占据一席之地。

　　或许是为彼此气质上的差异所吸引，车进校园时我们俨然已成故交。实际上，那算得上迄今为止我们谈得最为深入的一次。我们虽然同在中文系，但学的是不同专业，宿舍也不在一起，只在上一些公共课时才会碰到一起。在所有同学看来，他是个典型的投机分子，他自己对这点也从不掩饰。他发起过学生社团、组织过专题辩论，还竞选过校研会主席，尽管预选即遭淘汰。他那段荒废学业四处流徙的经历，显然无法打动周围那些更看重分数、称号、荣誉、资历的学子。随后，他的政治雄心迅速淡薄，在各种论坛和集会上再也看不见他的身影，显然将热情转移到了其他领域。有人传言他在跟人合伙倒腾高考复习资料，也有人说他在拉枪手为书商炮制畅销书稿。后一点倒是得到过他本人的亲口证实，因为有一次在大礼堂门口电影散场的人流中相遇，他曾问我能不能帮他编纂一本世界上大艺术家与其情妇们的逸闻集。他边说还边将手伸进上衣口袋，只等我一点头就付给我启动资金，好让我立刻购买一张进入艺术家私生活园地的门票。

从那时起，不论在哪里遇见董蒙，他身边总有不断更迭的异性伴侣。在女人这个问题上，他或许比我认识的任何人都更有发言权。他身材挺拔、相貌英俊，即便不把他洒脱自如地与人谈笑戏谑的本领考虑在内，光凭外表已足令众多女生为他倾倒。他与异性相处的方式也别具一格，总是以不无亵慢和讥诮的口吻告诉对方，他并不指望与她们维持长久的关系。一个夜晚，一场约会，萍水相逢，风过无痕。董蒙把自己装点成一片充满风险和生趣盎然的野地，并且公然昭示不为任何入内游逛者的安全担保。不知为什么，这反而使他对异性那种消费品式的吸引力有增无减。

"不瞒你说，"有一次他对我直言相告，"多年来，在女人方面我一直把自己视为一个孜孜不倦的地质勘探家，并且，我总是能够不断有新的发现。"

"是吗？"我回答，"跟你一比，我就顶多只能算是一个天文爱好者了。"

"正如常言所说的那样，大自然的奥秘是无穷的。"

"人的认知能力不也是无限的么？"

毕业典礼前夕他请我吃饭，得知我找工作一直不顺，正为去留问题踌躇，他主动提出让我跟他同住一段时间作为过渡。一个偶然的机缘，我们成了彼此来这座城市结识的第一人，他显然将这视为一种情谊，令我在感动之余又不无自愧。

同住以来，我才发现董蒙远比给人留下的表面印象复杂。有时他身上会体现出一种超越年龄的干练气度，有时又会在头脑发热时干出一些不计后果的糊涂事。他能言善辩，但在大的利害关系面前常常不明取舍。特别让人费解的是，他对待公寓楼里外国学生的态度。有时他会慨然抨击他们对于中国历史文化的无知和曲解，立场坚定、旗帜鲜明，言辞激烈大有压倒党报社论之势，有时又会向他们条剖缕析中国的种种弊端，循循善诱地引导他们得出比现有观点更加悲观和绝望的结论。他那不容置疑的口吻，仿佛只是在陈述类似秋天草木凋零、月有阴晴圆缺等自然现象。可就算他对老外们再怎样心怀不满，也不影响他成为楼里各种小型派对的常客，而且他往往还是为那些狂欢之夜营造气氛的主力。他和他们一起听重金属和雷鬼乐，喝加冰的苏格兰威士忌或兑苹果汁的杜松子酒，跳摇摆舞，跟金发女郎搂搂抱抱。用他自己的话说，这时母语反倒成了他身上最大的累赘。他就这样毫无挂碍地在两个极端之间穿梭往还，弄得我怎么也跟不上他的节奏。

傍晚时分，我正要出门吃饭，董蒙刚好上完课回来。听我提到那位姑娘的来电，他马上紧蹙眉头。我打趣地问他是不是搞大了对方的肚子，他连说不是，脸上却依然愁容不散。

追问之下，董蒙终于向我透露了那姑娘的实情。她叫毕菡，在本市一家合资广告公司当文秘，上学期经董蒙介绍，跟一位名叫白崇德、在硅谷工作的美国留学生相识，两人一来二去很快打得火热。白崇德回国前答应毕菡过不久将她接去，等他一租好新房就结婚，谁料当初信誓旦旦，白崇德这会儿却不知何故改变初衷了。于是姑娘回过头来揪住董蒙不放，硬栽他是酿成这一悲剧的罪魁祸首。最近一段时间，姑娘给他打过不知多少次电话，有一天还径自跑到教学楼来找他。据董蒙说，姑娘来时两眼浮肿、神情可怖、说话语无伦次，而且毫无惧色地用上了像死一类的极端字眼。显而易见，姑娘的精神处在崩溃边缘。她的亲朋好友，甚至所有认识她的人都知道她马上就要远嫁美国，可突然发生的变故让她那人人妒羡的锦绣前程化为一场噩梦。她一下子懵了，变得失魂落魄。直到现在，她还在极力隐瞒真相，因此，旁人的关注和询问对她来说无异于煎逼和折磨。她一次次挂电话，向着大洋彼岸倾泻她的哀求和泪水，可是那个心肠已经发烂的白崇德不仅没有回心转意，到头来还从电话那端消失了。

"这和你有什么关系？"我替董蒙鸣不平，"帽子给风刮跑了，怎么能怪卖帽子的人呢？"

但我很快明白过来，董蒙的介绍人身份并不像我以为的那样单纯。如果把跨国恋爱比作一场充满刺激的狩猎活动，那董蒙在其中扮演的是一种高难度的双重角色：既要充当向导，代猎手找寻猎物；又要铺设诱饵，将猎物一步步引入猎手射程。入住留学生公寓楼半年来，他居然白手起家，逐步将这种行为拓展成一门蒸蒸日上的业务。他的主顾以年轻女性居多，从外企白领到机关办事员，从大学生到个体餐馆老板，形形色色，遍布社会各个层面。据董蒙介绍，在世界上所有现存事物当中，这些女人仅对两样东西抱有信心，那就是异国的生活以及本人的姿色。他们无不坚信两者之间存在着某种必然联系，并且只会相得益彰。她们通过不同渠道找到董蒙，或是倾吐对于身边中国男人的绝望，或是表达对于生个混血孩子的痴迷，同时担心青春美貌正在白白流失，不能物尽其用。董蒙声称，她们看起来发自肺腑的表白，每次都有效地博得了他的怜悯，倘若不竭尽全力把她们从水深火热中解救出去，他只会落得寝食不安。他发给每位女人一份预制的表格，除了姓名、年龄、身高、体重、住址、联络方式外，每人还必须写明自己的详细要求。表格里包括这样的栏目："你愿意选择哪国男性作为未来的恋爱或婚姻对象（数目不限）？"以及"海外华人是否也在你考虑范围之列（回答是或否）？"董蒙敦促她们尽量放宽标准，以增大成功的可能性，然后根据难易程度确定费用的高低。好在公寓楼里的留学生并非全是年轻的在读大学生，而是涵盖各年龄层和多种身份职业，这就保证了女人们总有相应的选择余地。董蒙一再声明他绝非一般意义上的婚托，他从不依靠失真的美颜照片和失实的文字材料替人撮合。他总是先在留学生中大致确定合乎女方口味的目标，然后想方设法和对方接近并混熟，接下去再找一个适当时机安排两人会面。在双方加深接触的过程中，他还会不断探听留学生方面的反应，及时将关键信息反馈给女方，帮助后者对大到战略战术、小到着装式样进行调整。自然，如果日后女方心愿得遂，他还将依约得到一笔数目可观的酬金。

我这才恍悟，难怪董蒙平时总是行踪不定，除了睡觉很少在宿舍落脚。我也见过他桌上不时堆放着档案袋，有一次还露出一沓表格，不过我还以为那是他班上学生的资料，从没多去在意。

"当然，有些女人并不是铁了心要嫁老外，只是借此品尝一下异国情调，给生活找点刺激。还有些女人，跟老外接触一段时间后发现，不是想象中那回事，也就打起了退堂鼓。"他又补充说。

"那你带到这里来的女孩……？"我自以为发现了这背后的联系。

他摇头否认道：

"生意是生意，个人生活是个人生活，这两者我从不混淆。"

"你弄成了多少对？"

"你的意思是我捞了多少油水？我这份工作的价值，可不是钱能衡量得了的。"

"你怎么保证，事成之后她们还会付你钱呢？"

"你忘了，她们填的表还攥在我手里呢！她们可不希望老外看到它。她们可不希望，最后老外发现，自己只不过是她们很多想法里实现得特别勉强的一个。"

"她们来找你的时候，就不害臊吗？"

"哦，她们可有点特别。一般来说，她们在害臊这方面享有豁免权。"

"那你呢？"我问，"你也不害臊吗？"

董蒙斜睨了我一眼，"你以为我这份活干得容易？有时我觉得就跟路边摆摊算命的瞎老头子一个样，自己潦倒不堪，可还在装模作样为别人指点辉煌未来。说穿了，有时根本就是闲极无聊，自己给自己找点乐子罢了。可说是找乐子，冷不丁就惹出一堆麻烦，推都没处推掉。"

他沉吟片刻，仿佛在暗暗给他以往碰到的麻烦事点数似的。

"就说那毕菡吧，你不知道，从前我为她费了多大的心思，可现在全成了泼到她身上的脏水啦！你说这能怪谁？只能怪她自己。我早就提醒过她，护照签证办下来以前少跟外面张扬，可她就是藏掖不住，连走廊柱子都得告诉一声，非要弄到满世界都知道她马上就要嫁个美国精英IT男，非要让别人嫉妒得要杀了她才心里痛快。好啦，这下事情黄了，她才发现自己把自己逼上了绝路，回过头来在我这儿寻死觅活。妈的，我有什么辙？我总不能飞过太平洋把白崇德那个王八蛋给她拎回来吧？"

"你就不能好好安慰安慰她，仁至义尽？"

"安慰，安慰顶个屁用？除非马上另起炉灶找一老外，让那老外火速对她产生爱慕之情，还半点犹豫没有，就想赶紧把她带出国……"

这一假想实在过于荒诞，说得董蒙自己都摇起头来。

姑娘那抽抽搭搭的嗓音又在我耳边回旋，我的情绪受到感染。

"别到头来弄出什么意外。"我说。

"真要出什么意外，"董蒙咬咬牙，"我也没办法。"

董蒙从抽屉里翻出两张毕菡的照片。一张是黑白小照，就是人们一般在办理各种证件时提供的那种。显然它是姑娘照得特别满意的一张，否则也不会交给董蒙，让他放进为每位主顾建立的档案里。照片上的毕菡留一头看上去湿漉漉的披肩发，脸上异常光洁，五官似乎通过秘密达成的契约显出一种无可争议的俏丽。她的表情在不同局部存在着微妙的差别：嘴角的一侧带着温婉的浅笑，另一侧则保持着冷漠和矜持。我很难把照片和电话里那个焦灼的声音联系在一起。另一张彩照则是一大堆人簇拥在一间屋子里的合影。董蒙告诉我一只手搭在她肩头的那个络腮胡须的老外就是白崇德（现在，这只草率伸出的手又被他草率地抽走了）。像是刚刚经过一场醉酒狂欢，姑娘面色酡红，头发有点凌乱。

"长得不赖，"我道出自己的感想，"就是性情有点难以捉摸。"

"就脸盘来讲，"董蒙说，"在那些托我的姑娘里只能算一般吧！"

"难道除了嫁老外出国，她就再没别的想法了吗？"

董蒙无奈地将手一摊。"她以前也交过两个中国男朋友，都他妈特有钱，可也都他妈特花心，把她心伤透了。所以她对中国有钱男人的德性已经彻底绝望。"

"那你打算怎么帮她呢？"沉默片刻后我问。

"这会儿谁也帮不了她。"

"如果她现在确实陷入绝望，那起码应该帮她减轻一下痛苦吧！"

董蒙满脸狐疑地盯着我看，"呵呵，你小子什么时候变得怜香惜玉起来了？"他搔搔自己的后脑勺，像是在向那儿征求答案，"我说，是不是看了她照片让你一下动心啦？"

"胡说什么？"我矢口否认。

"别以为瞒得了我，就瞧你脸红的这模样！"他旋即换了副一本正经的口吻，"喂，我劝你还是趁早别做这样的梦，你压根就入不了人家的眼。人家要的是老外、想的是移民，你算什么？黄皮肤，黑眼珠，胸脯上还是一片不毛之地，你——"

但是忽然，他的喉头像被什么东西梗塞住，眼睛通电似的蓦然一亮。他半咧着嘴，一动不动将这副怪异的样子保持了好几秒钟。

"哎呀，怎么刚才我没想到呢？"董蒙兀自笑起来，"我完全可以把你介绍给她啊！"

我听得莫名其妙。

"把我介绍给她？什么意思？"

他似乎为某个突如其来的灵感所振奋，不由分说，拉起我就往门外走。在随他进电梯上楼时，无论我提什么问题，他都只是诡秘地一笑，不作回答。来到三层的一扇房门前，他从口袋里掏出一把钥匙，将门打开。眼前的房间跟楼下他的宿舍一般大小，正对门的窗台上下，养着七八盆长势茂盛的植物，顶墙放着一张床，几块拼合起来的草席从床下一直铺展到门口。草席中央有张薄饼似的木制矮几，上面摆着一只笔筒、一架台灯、几只杯子、一个可以逐月翻动的风景台历，还有一些零碎东西。我跟着董蒙脱掉鞋子走上草席，一时丝丝凉意渗入脚底。靠墙立着一张简易书架，除了一些汉语教材外，一多半都是日文书籍。

"没错，"董蒙迎着我的目光说，"住这儿的是个日本人，名叫三浦英史，他家里有些急事要处理，刚刚回国。这不跟我混熟了嘛，就把钥匙给了我，叫我这段时间替他给植物浇水。"

"那又怎样？跟我有什么关系？"

我还是一头雾水。

董蒙依然诡秘地一笑，掏出手机拨号。线路通了，他马上按下免提键。

接线小姐的声音好像是从麦芽糖做成的牙齿间发出的："Hello，IGB公司。"

"请找毕菡。"

等候转线时董蒙仍然兴奋地拿眼瞄着我。不大一会儿，手机里传来毕菡无精打采的应答声：

"请问哪位？"

"猜猜。"

"少来啦，还有谁会对我幸灾乐祸？"

"看你说的。"董蒙大笑两声，"我要幸灾乐祸，我早掉沟里了。你不知道我每天都在怎样地在为你牵肠挂肚和忧心如焚。好啦不开玩笑，边上有人么？"

毕菡回答没有。一个同事请了病假，另外两个去了报社和印刷厂。经理刚才倒是在这儿来着，她差点没跟他吵上一架，就因为她打一份材料拼错了一个单词，经理暴跳如雷地训斥了她一通，说是如果她认为反正就要离开公司了，所以工作就不用那么认真负责，那他现在就可以炒她鱿鱼。

"他要真敢炒你鱿鱼，我就托一帮哥们儿把他就地正法。"董蒙接口道，"别扯远啦，听我说，我这会儿倒有一个对你满不错的主意。"

"你还嫌害我不够吗？"

"阿弥陀佛，天地良心，我可是真心实意为你着想。这几天我一直都在琢磨，怎么再给你介绍一个真正合适的人选，当然得要——喂别挂！喂，喂喂！"

电话那头只剩一片沉寂。董蒙和我面面相觑。良久过去，才听里边传来一阵微弱的、一起一伏的啜泣声。"别啊姑娘。"董蒙说，"哭得人心里头酸溜溜的。"

毕菡声音发颤：

"你把我看成什么人了？是个男人就行吗？"

董蒙压低嗓音，强调说完全是为她着想。他解释道，那天他把她的照片搁在桌上，刚巧被进门来的一个留学生撞见，谁知那人一看就着了迷。打那以后，那人不断缠着他问这问那，全都是关于她的问题。看样子，她的照片已经把那人弄到茶不思饭不想的地步了。"我的意思是说，"董蒙按捺不住激动，"你知道吗，我想他已经，我想他可能已经爱上你了……"

"我不会傻到再上你的当。"毕菡话里带着很重的鼻音。

"别急着不答应，我想你可以先跟人接触一下再说。就是不成，见一面也没什么要紧嘛。总得想开点才对，整天耷拉个脸跟经理拧着劲那也不是办法。"董蒙舔舔嘴唇，"再说这回真是个实诚可靠的主儿，"他随即投给我意味深长的一笑，"是个日本人，名叫三浦英史，父亲是外务省高官，家境没得说，单身，中等个，长方脸，长相嘛你要见了准保满意，尤其得提一下他的汉语，是我见过的留学生当中说得最棒的……"

"不，不行！"董蒙一挂断电话我就嚷起来，"这玩笑开得没边了！"

董蒙总算从连蒙带骗的长篇大论中缓过劲来，"就知道你会这么说，所以刚才才没明着告诉你。"

"那我现在就明着告诉你，我不干！"

"可时间都已经敲定了啊！"董蒙冲我眨眨眼，表示事已至此，已不可能以我个人的意志为转移。他为自己又亲手拉开一幕滑稽剧的序幕而扬扬得意。

"叫我冒充日本人去哄她，你当我们两个都是傻瓜？"

"这也是你自己的提议啊，说什么总得想办法帮她减轻一下痛苦，不至于闹到最后出什么意外。"

"这不是纯粹的骗局吗？"

"就算是骗局又怎么样？再说你也从电话里听到了，现如今她是一种什么样的情绪。求求你帮帮她，只当发发慈悲，算是行善积德不行吗？"

"可这等于又一次把她往绝路上赶。第一，我不可能冒充得像这个什么三浦。第二，即便我冒充得滴水不漏，他本人迟早也要回来的，到时事情穿帮了怎么办？"

"那你听听我的。第一，我记得你二外学的就是日语，冒充三浦基本上不成问题。第二，三浦回国是因为单亲老妈生病住院，需要他去照顾，一时半会儿且回不来呢。第三，我并不是要你整天缠住毕菡不放，我还会再替她操办一桩货真价实的买卖的。难道你不明白吗？你只是个过渡。给她一点希望就成，希望！让她觉得只要活着就还有奔头。让她觉得世界上男人多的是，一个不成可以换一个再来。我知道你难，可你的难处跟她的难处相比，哪一个更大呢？"

三

和毕菡初次见面约在一个周六下午。我最终还是没能抗拒得了董蒙的怂恿和劝诱。我敢断言这是一出再拙劣不过的把戏，成功的希望微乎其微，并且其结果极有可能不是把毕菡从绝望厌世中拯救出来，而是将她面对未来仅剩的一点勇气也彻底葬送。董蒙想方设法唤起我内心深处悲天悯人的情怀，他竭力使我相信，我和他同样负有拯救这位遭人遗弃，以致百无聊赖的姑娘的使命。这一使命要求我们——当然主要是我——付出美德和善心，并将自身的畏怯抛诸脑后。我自然清楚，其实董蒙担心一旦姑娘发生什么意外，他所从事的地下交易将随之曝光，那样一来他势必受到学校的惩处，连饭碗都很难保住。

为了打消我的顾虑，董蒙向我详细说明了计划细节，并针对可能出现的各种意外做好相应预案。他设法把我安插到一个由清一色日本留学生组成的短期班里，旁听了两节口语课，并且为我总结出日本人说汉语时语音语调上常犯的一些毛病。以他之见，只要用这些规律性的错误点缀我的南方口音，就一定能收到以假乱真的效果。我想，如果条件许可，他甚至会不惜给我的舌头和声带做一次矫形手术。不过，不管他如何拼命给我打气，还是无法阻止我的信心一次次跌落到最低点。

果然，见到毕菡的第一眼就差点让我做的准备全盘报废。当她出现在三浦房间门口，她的眼睛就像给什么东西刺痛那样半眯起来。在顷刻的对视中，我们似乎同时洞穿对方意识最隐秘的深处，却又在稍纵即逝之间把得到的领悟当作不足为凭的错觉。毕菡的头发没有像照片上那样披散开来，而是用一只绛红色的木制发卡在脑后收成一束。相比照片的另一区别，是她脸颊上散布着一些淡淡的，像是过敏反应留下的红斑。在她黑色紧身内衣外，罩着一件色调素雅的大花格衬衫，深灰色水洗

244

布裤子的裤脚从皮鞋鞋帮处向上卷起一段。假如在她脸上暂时占据主导地位的郁闷可以刨除不计，我猜她一定比现在的样子更加机敏、好动、轻盈。

一时间我有点喘不上气，脉搏跳动的声音结成一记记浪头覆过我的耳膜。我在微微战栗的体内搜索着几天来苦苦积攒的勇气，然而这时它们早已分成无数小股，倏乎间消散在屋内近乎淤滞的空气中。倘若没有董蒙在场，从毕菡一进门便使出浑身解数，不停地朗声说笑以营造貌似热烈的氛围，我真不知道该怎么做。毕菡随着我和董蒙席地而坐，三浦走前卷好收在床下的一床毛毯，这会儿已经被我擅自搬出来铺在草席上。要知道，这只不过是我一系列僭越行为中的一例罢了。早在中午，我就对房间固有秩序做了一次肆无忌惮的破坏。除了两只上锁的抽屉，我差不多动过了这位未曾谋面的三浦几乎所有的东西。我把他床上叠得整整齐齐的被褥打散，弄成有人刚刚睡过的样子，把一条裤了随意搭在床沿，又在矮几边摊开一本大部头的日汉辞典。像是为了直接沾染主人的一点脾性，我还换上了衣柜里三浦留下的一件麂皮夹克，又在进门处摆上从他床下翻出的一双八九成新的运动鞋——试穿的结果果然如董蒙所说，我和三浦的体型及高度接近。我煞费苦心地将房间里营造出一幅稍显凌乱的景象，这样面对毕菡正好可以用道歉作为开场白：

"真对不起，呃，来不及好好收拾。"

尽管董蒙事先一再向我强调，说话一定要慢，词与词之间要留出足以让卡车通过的空隙，隔三差五还得不忘跑跑调，可要我在一时间扭转根深蒂固的习性谈何容易。这位所谓的三浦英史一开口，说出的话就像齿缝间的食物残渣被漱口水咕隆一下冲出那般顺溜。毕菡听了不禁一愣。"想不到你汉语说得这么好，"她惊道，"简直听不出跟中国人有什么区别。"

这话似乎自带一股热浪扑来，我都能感觉到面颊滚烫。

董蒙赶紧哈哈一笑，"嗨，谁都这么说来着。三浦就一点不好，人家一夸他就脸红。干吗这样呢三浦？人家夸你那都是真心诚意。再说人家不知道你的底儿，要不然只会觉得你这口中国话也太稀松平常啦！"

他又转向一脸困惑的毕菡，对他这番话做出解释。

"实话告诉你吧毕菡，三浦在中国待的年头不算短啦。他父亲早在二十年前就是派驻中国的外交官，那时三浦只有五六岁大，就跟随父母一起来到中国。他整个小学五年连同初一大半截都是在中国念的，所以能说一口流利的汉语实在不值得大惊小怪。幸运的是，还没等他彻底毁在我国教育制度的魔掌下，他父亲的任期就满了。"

"这么说，你这是第二次来中国？"

我摇摇头。"第三次。"说这话时，我朝毕菡的胸前瞟去一眼。黑色内衣衬出两道微微泛白的饱满的轮廓，它们就像是这个下午素描般的光线费了很多笔触才勾画出来的。

"中间还有一次？"

"是的。那是，呃，三年前，我刚刚高中毕业，为了庆祝我考上大学，父亲带我来中国旅游。"

"玩了多久？"

"很短，呃，只有一个星期。"我做出沉浸在回忆中的样子。

"正是在这次故地重游之后，"董蒙补充道，"三浦才下定决心，要回中国留学。"

　　"我实在不明白，"毕菡说，"你汉语说得这么好，还有什么必要继续留学？"

　　董蒙一听连连摆手。"汉语说得好就不兴来中国？照你这么说，那英语说得溜的人也都没必要去美国啦？这不是……"他马上意识到自己说漏了嘴，因为后半截话肯定触到了毕菡心头的痛处。董蒙喉结上下抖动几下，紧跟着就采取补救措施。"唉，你这么问下去，只怕又要勾起三浦的伤心往事了。"他深深叹一口气，"毕菡啊你是不知道，其实三浦的奶奶也是我们中国人。"

　　"是吗？"毕菡望望我又望望董蒙，就好像她从董蒙的话里得出一个朦朦胧胧的印象，她想把这一印象套回到我身上，看看二者是不是刚好吻合。

　　"只能说是中国血统。"我接口道，"我奶奶的妈妈，也就是外曾祖母吧，我外曾祖母才是真正的中国人。她那时候在满洲，也就是你们现在说的东北，她在那里认识了我外曾祖父，后来结婚生下我奶奶。"

　　我完全是一种在雷场上匍匐前进的感觉，毛骨悚然地随时等待着触响引信的一刻。

　　"那你奶奶也会汉语？"毕菡问。

　　我努力回想着董蒙教过我的说法，脑子里却突然一片空白。

　　"我奶奶嘛……"

　　亏得董蒙接口道：

　　"那是当然啦，战争结束后他外曾祖父一家才回日本，那时他奶奶差不多七岁了。"

　　"那你妈妈呢？"毕菡接着问。

"他妈妈的汉语也说得不赖。"还是董蒙替我回答。

毕菡这下释然，望着我说："我明白啦，你说汉语这么地道，原来跟你的家庭环境有关。那你们一家人在一起也会常常说点汉语吗？"

"那还用说？"董蒙对于三浦的一切家事显得熟稔于心，"不然三浦父亲也不会老为这点发脾气了。"

"你父亲反感你们说汉语？"毕菡很是错愕，"这是为什么？"

我五指箕张，顺着缓缓下垂的额头插入发间，充分酝酿了一番感伤的情绪。

"其实，父亲对中国怀有很深的感情。他喜欢中国文化，又来中国工作过好几年。我小的时候，他从不反对奶奶教我汉语。可是去年我告诉他我想到中国留学的时候，他却突然改变了态度。呃，父亲更希望我去美国或是欧洲，上那里的一所名牌大学。"

"就因为这个，他连你在家里说汉语都不许？"

"不只是这个原因。父亲的同事朋友常常来我们家，父亲不希望他们认为，我们家受中国的影响很大。那对父亲的政治前途是没有好处的。你不知道，父亲有大和民族很强的自尊心。"

"可是，最后他还是同意你来中国了？"

"没有。离开日本以前，我和父亲吵过很多次，他坚决反对我的决定。所以，我来中国的钱大部分是自己打工挣的，另外还有妈妈偷偷给我的一点。"

毕菡嘴唇微微咧开，沉思地看着我，总算把缠绕在我身上纷乱如麻的家世背景理出个大致头绪。

就这样，我和董蒙你一言我一语，粗针大线地飞速缝补着我那身行头上时时露出的破绽。不过，毕菡对眼前的这出双簧似乎显得心不在焉。她偶尔被笑意荡开的眉头，她且行且止飘浮不定的目光，她每当表示领会时“哦”的一声轻叹，还有她将垂下的头发轻甩到耳后去慵倦的姿态，都可以确凿无疑地证明这点。她的游思还在某个遥远的异地徘徊。即便真被某句话触动，她心绪的滞顿也几乎不超过一滴水坠落的时间，随之就呈现为一种无条件接受的慨然神色。

说实话，从毕菡的蒙昧中，我不但没有尝到半点计谋得逞的快感，相反只有更加忐忑。有那么一刻，受偏激的负疚心驱使，我甚至想通过某种暗示来激发毕菡对我身份的怀疑。也有那么几回，毕菡随口提的问题已经把我们的谎言逼到不攻自破的地步；但是，要么由于她的天真与轻信，要么由于她的散淡和粗疏，她一无例外地错过了一次次让我原形毕露的机会，我也因而一次次在眼看走投无路的关头侥幸地起死回生。

当董蒙自认为铺垫成功，借口有事起身告辞时，我才意识到眼前的局面，连同弥漫在我内心的一种作恶的悔疚已经无法挽回。除了铤而走险之外我别无选择。我只能寄居在一个脆薄得岌岌可危的蜗壳中，直到最后的倾覆。

“你好像不太高兴啊！”半天我才蹦出一句。

“没有啊。”毕菡不自然地笑笑，“我挺好。”

她噘起下唇，吹开额前几绺柔软却又固执的垂发，像是随口问起董蒙是否跟我说起过她什么。显然，她对此心存疑虑。我只好敷衍地说董蒙说是说过一些，但似乎对她也了解不多。

“哦，他是这么告诉你的吗？”她似乎松了口气。

"想要了解你是不是很难？"

不知为什么，我突然有种用话撩拨她的冲动。

她微微一愣。"为什么这么说？"

"感觉上如此。"

她摇摇头，"我其实……一直就是别人看见的这样。"

"不会吧？"我按捺不住，就想一探她的内心世界，"人总在变，每个人都可以改变自己。你不可能从来不想将来吧？"

"哦，将来？"

她的眼睑像两片翻转的羽毛一样垂下。她不愿意正视"将来"一词在她面前展现出的朦胧远景以及流云般的无限奥秘。对她来说，将来到底意味着什么？是在午后阳光转淡的窗台前随手翻开一本发黄的相册？是在寒风卷起的尘土中踽踽独行？是一个被镜子、灯光、旧家具和杂物包围起来的角落？还是一种低沉、含混，犹如从深渊里发出的声音？

"将来我就老了。"她想想之后，只好这样说。

"人人都会变老，我说的将来不是那个时候。"

"谁知道呢？我爸老对我说一句话，看得太远，就等于什么都没看到。"

毕菡无意向我暴露她的隐衷。她想装出一副对这话题不感兴趣的样子，可其实又做不到。大概她想使我觉得她的过往生活不会比一个普通姑娘有着更多的内容。这种姑娘走在街头随时都能撞见，只消花上三五分钟和她们闲聊，马上就会发现她们的成长历程和对生活的理解几乎大同小异。就毕菡来说，她的忧愁不比她们少，快乐不比她们多。跟她们一样，她也会在服装专卖店的橱窗前驻足停留，会在独处时随口哼哼某支喜爱的流行歌，会在冬天的早晨赖在被子里睡睡懒觉。为什么她非要让自己淹没在她们的群像当中呢？难道她想用平庸做她的护身符吗？

她简略地说起她的过去。我渐渐发现，她之所以不愿显出她有丝毫的与众不同，是因为她担心那样做会被我当成带有鼓励成分的暗示。她来自大西北一座偏远的四线小城市，作为毕业那年全市仅有的几位考上北京名牌高校的学生之一，她的未来曾被身边所有人寄予厚望。因此，如果那些人知道她如今的状况，知道她的工作无非是在两次电话的间隔中开开小差，知道她平时的生活不过是宅在租来的小房里上上网、听听音乐，偶尔出门逛逛街，那一定会被当作一个笑话。说这些时，她依然用平铺直叙的口气，不带多少感情色彩，而且完全滤去了不久前那桩对她打击痛深的痕迹。

不过，连我自己也感到骇异的是，在一连串梦呓般的对话中，我仿佛真的变成了一个跟我素昧平生的人。我身上那种与生俱来的忧郁气质，恰好成了一种烘托形象的绝佳道具。连篇的谎言很快具有了自身的惯性，源源不断地从我嘴里喷涌出来。我煞有其事地说起对中国的观感，从我的话里不难看出，与大多数正直、善良、爱好和平的异邦朋友一样，三浦英史也深深崇敬伟大而质朴的中国人民，惊羡中国有籍可查的悠久历史，迷恋旅游手册上鳞次栉比的山川名胜、宫府墓陵，同时也对履足中土后日常生活习惯不得不做出的更改和迁就备感苦恼和无奈。由于连日来挑灯夜读，我脑子里已经嵌满那个东方岛国支离破碎的各种影像，说起那里的风土人情习俗流变也近乎如数家珍。不仅如此，为了比较中日两国的差别，我还搬出了以前

251

从别人那里听来的一些小笑话。

"日本料理比较清淡，有的菜吃起来根本没味道，炒菜用的油非常少。可你们中国菜不一样，油很大，尤其是学校食堂的饭菜。第一次去食堂，看所有菜都炒得油光光的，特别漂亮，马上就特别想尝，但吃了不久就开始觉得胃难受。刚来北京的时候，闹了两个星期肚子。可怕的是，过了些日子，我的胃慢慢适应了中国饭菜，等放假回到日本，反倒吃完日餐闹起肚子来了……"

"一开始去中国人家里吃饭，出于礼貌，我会把碗里盘里的东西吃干净。主人马上给我添，我接着吃完，主人觉得我还没吃饱，继续添给我。我以为剩下食物是不礼貌，所以不断地吃完，主人却不断地以为我还没吃饱，又不断地添给我。到最后我都有些生气了，但又不好表示，明明吃不下去了，还得尽力去吃。现在我有经验了，再去中国人家里吃饭，我会适当地在碗或盘里剩下一些东西，这样主人就不会再给我添了……"

"我认识的一位德国男生，也住这楼，刚来北京时，一个汉字不认识。去饭馆吃饭，菜谱没有图片，就随便点了上面三个菜，因为他觉得中国菜都好吃。结果三个菜上来都是汤，想退退不掉，喝到肚子都快胀破了……"

"上个周末，留学生举办汉语节目表演，我们班演的是《梁山伯与祝英台》里的一段。扮演祝英台的是个巴西女生，演到她要向梁山伯暗示自己是女的，说的是：'梁兄，和你做朋友这么多年，难道你不知道我有秘密吗？'因为她发音不准，又配上手势，听起来成了'梁兄，和你做朋友这么多年，难道你不知道我有咪咪吗？'结果，台下看表演的所有中国人都笑得直不起腰……"

听到最后一段，毕菡忍不住大笑起来。不过笑过之后，眉宇间很快又笼上一层淡淡的阴郁。

四

每天早上，纵使天光大亮，酣沉的睡梦依然弥漫于整座公寓楼。只有当门厅的落地式玻璃窗被阳光炙烤到微微温热，楼里才会出现一阵短暂而稠密的喧嚣。人人都在抓紧上课前的最后十来分钟，匆匆洗漱、着装，然后踏着急促的步伐往教学区赶去。接下来漫长的一个上午，楼里阒若无人，偶尔能听到盥洗间没关紧的水龙头在滴滴答答，或者更换寝具的服务员出入房间弄出的琐碎声响。到了正午，当校园被淹没在下课后的人流中，远远听去就像丛林里的一条瀑布，公寓楼才会真正迎来异彩纷呈的时刻。留学生们的身影点缀在门前的水泥台阶、路边的长椅和小树林的石桌旁，在从大楼去往食堂和校外的路上密集穿行，或是在网球场上化为一道道弧线闪动。天气晴好的时候，不同肤色的女孩会在草坪上铺开毛毯，躺在上面静浴阳光。下午三点是会客时间的开始，值班台前不时有人头晃动。黄昏时分，时常可以看见日韩男生戴着巨蹼似的棒球手套，站在路边银杏树下练习掷接技术。来自东南亚的姑娘们则习惯从菜市场买回肉和蔬菜，开始在公用厨房里准备家乡风味的晚餐。整个下午都可以看作向着夜晚高潮部分的过渡，虽然高潮不一定真的到来。

253

入夜后，最热闹的去处不在楼内，而是转移到了与学校南门一街之隔的一家小咖啡馆。那儿麇集着一大堆在酒杯边缘消磨时光的人，作陪的则是永远不知疲倦的平克·佛洛伊德、邦乔维、枪炮玫瑰，还包括肯尼·吉和 Lady Gaga。每张桌上一律用一截浮在高脚酒杯里的红烛照明。墙壁和天花板上糊满英文报纸，音乐一起就随着节拍瑟瑟作响。

董蒙自然是咖啡馆的老主顾。他拉我去过几次，他很喜欢在这家名叫"Moon House"的咖啡馆安排他的主顾与老外见面。一到这种时候，他总会如鱼得水一般活跃。有时，似乎出于爱好恶作剧的天性，他忍不住还要胡来一通。我曾亲眼见他如何给一个口腔医院的小护士和一个委内瑞拉学生充当翻译。当姑娘说"真羡慕你们外国人这么活泼"，董蒙翻成"她特别欣赏你们外国人那样开放"；而当青年踌躇着回答"也得看什么人，不同的人不一样"时，董蒙又一扭头冲着姑娘道："噢，他说那主要在于女的一方会不会采取主动。"即便我从桌下踹他一脚，他也毫不理会，接下去又撮合着他们扭捏地谈起对艾滋病的预防问题。

看到我和毕菡第一次见面，冒充三浦总算蒙混过关，董蒙乐得合不拢嘴。他那被各种歪门邪道交织缠绕的脑筋也因此变得豁然开朗。他要求我跟毕菡加大接触密度，逐步在言谈中向她灌输西方世界的阴暗面，诸如世风败坏、道德沦丧、人情冷漠之类，让她在心目中逐渐把出国视为畏途，觉得生活在中国也不赖。可转眼我又发现，这远不是他的目的所在。这些日子以来，一个更险恶、更惊心的计划正在他头脑中迅速成型。说穿了，他想把我变成他展开更大一轮赌博的筹码。

直到这时我才知道，董蒙不仅自己招徕顾客，也跟本市好几家处于半地下状态的涉外婚姻介绍所建立起松散的协作关系。那些婚姻介绍所借助网络和传真，与欧美日韩新马泰等地的婚姻服务机构随时交换求偶者资料，然后通过邮件和视频等途径介绍男女双方相识。可惜的是，毕竟只是文字和照片相互了解，这种方式成功率很低，哪怕就是通过视频沟通，也与真人实体之间存在不小的差距。相形之下，经董蒙安排直接进行面对面的接触，自然靠谱得多。只要能为主顾提供与有求偶意向的老外见面认识的机会，不论事成与否，他都可以按人次收取为数不菲的佣金。

可惜的是，董蒙这种方式虽然机动灵活，却也有一个颇为致命的缺陷，那就是长久以来一直苦于外方货源严重不足。一方面，老外们无不深明一场跨国婚姻将给未来带来无穷变数，除非中国女人能让他们爱入膏肓、神志错乱，否则轻易不会染指钻戒婚纱。另一方面，社会上大行其道的攀比风气，也让中国女人的口味越来越刁。以前港澳台同胞连同新马泰华人都很抢手，如今不少女人急于一步登天，非欧美人或日本人不嫁，这无疑大大削弱了结对的可能。现在好了，既然我能够成功地把自己装扮成一位来者不拒的日本人，董蒙顿感多日来困扰他的难题迎刃而解。他急不可耐地劝说我跟他携起手来，从那些渴望美色铺开幸福路、青春搭起梦幻桥的姑娘身上大捞一把。

"我们可以四六分账，"董蒙说，"当然你拿大头。"

"这不是昧着良心挣钱吗？"我没有松口。

"嗨，什么叫昧着良心？爱国心才是最大的良心，那些女人连国都不爱，你还跟她们讲什么良心？"

"这话我不同意。你凭什么肯定你就是爱国的，而她们就对国家一点感情没有？找老公是找老公，跟爱不爱国不一定有必然联系吧！"

"噢，那就得看你说的爱国是个什么意思啦！爱国就跟爱一个人一样，你不能把一个人分作好的坏的两半，只爱好的不爱坏的，你只能好的坏的一把爱。那帮女人就是只爱好的不爱坏的，弄到后来好的坏的统统不爱了。我可不一样，我是既爱好的也爱坏的，而且爱坏的还胜过爱好的。我的意思你明白吧？爱国就跟爱他妈一个人一样，爱他也是爱他残缺的肢体，爱他脑子里的毒瘤，爱他骨头里的癌，还有他身上的腐肉。"

为了说服我接受他那伤天害理的鬼主意，董蒙几乎磨破了嘴皮。他看出我在犹豫。如果按照他说的去做，那对我来说意味着什么呢？那不仅仅是钱或者风险，或者两者简单相加的问题；那也跟我对亲爱的祖国的感情毫无瓜葛。我问自己，难道不是从见到毕菡的第一眼起，我就已经变成了一个赌徒？难道不是在我觉得可以躲在一个冒牌身份下接近她的时候，我就已经开始了堕落？

五

尽管我的表演非常拙劣，常常破绽百出，董蒙仍然满怀信心要把我打造成他的黄金搭档。我原以为，对这种不光彩的勾当我一定会浅尝辄止，会在挨近悬崖边沿前将迈出去的脚毫发无损地收回，但始料未及的是，我很快发现自己甘于沉溺其中，渐至欲罢不能的地步。我似乎迷上了设置骗局带来的激动人心的体验，也无力拒绝董蒙每次事后塞到我手上的钱。说实话，这可比我接私活或者干辅导来得轻松来得快多了。钱落进我的口袋，总是显得沉甸甸的。如果可能，我多想通过某种渠道把它用在修复良心的投资上啊！

随着落入陷阱的女人越来越多，我和董蒙的配合也更趋娴熟。无可否认，我俩之间正在产生一种类似一对共犯同舟共济般的情谊。

"这位是倪景超先生，祖籍台湾，在多伦多大学东亚系当助教。这位是殷禾小姐，广播电台《良宵共度》栏目主持人。倪先生，听听殷小姐甜美的嗓音，你就知道为什么本市很多男人通晚睡不着觉啦！"

"这位是杰佛里方先生，家在荷兰开中餐馆，这位是孙颂红小姐，在银行金融部门工作。方先生，你不是一直说想学习怎么理财，将来好接管家族企业么？孙小姐正好是这方面专家，可以教你。"

"这位是三浦英史先生，日本一大型株式会社职员，公派来华学习汉语。这位是朱乐琴小姐，在本市环保局污染治理研究所工作。每回见着她的时候我都自惭形秽，总担心自己也成了她的研究对象之一，但愿三浦先生不会有同样感受。"

我的身份背景可以依照主顾们不同的要求随时调整。不管她们设定的条件多么苛刻，董蒙总有办法找到一个刚好把我安插进去的罅隙。最基本的原则是，怎样才能把穿帮的风险降到最低。比方说，虽然我的英语还算不错，但如果要见的是在外企工作的女人，那就必须避免冒充北美或澳洲的华裔，因为她们一听就知我发音不纯。再比方说，如果女人来自南方，那就不能轻易跟香港、澳门扯上关系，因为她们一说广东话就会把我难倒。董蒙每回总是提前用手机偷录下他和某位女人的谈话，好让我从中仔细揣摩对方的心态，做到心中有底。当然，我时常不得不多花些工夫，从网络上匆匆恶补一番某个被我说成出生地或居住地的国家，以便在解答那些女人层出不穷的疑问时不至于全然凭空臆想。

如果说当初，面对我的所作所为我还有些扭捏和羞怯，那么现在却渐渐体会到一种犹如轻舟解缆、随波逐浪的肆意和逍遥；如果说当初，我的举止还显得那样矫揉和生涩，那么现在却变得像是发自本心一般纯熟而自然。让我感到困惑的是，发生在我身上的这一变化，究竟是灵魂中的潜质得以释放，还是仅仅来自一具暂时窃居其中的躯壳呢？如果是前者，那是不是证明我的过去只是误入歧途？我以牺牲感官享乐获得的心境纯洁，归根结底只能算一种自欺欺人的假象？当沦入一种我曾经极度鄙夷的纵情声色的生活，我居然如此神迷心醉，是否只能说明我过去的清高，恰恰代表我的虚伪？反过来，如果是后者呢？那是不是又意味着这一令人惊骇的变化，至多只能算我人生历程中一段小小的插曲？乐于采取如此下作的方式，是不是正好暴露出我固有的怯懦？没错，我依然是从前那个面对世界心性不定的青年，我不可能跳出命中注定的窠臼……

这种内心分裂的苦恼一直纠缠着我，只要想起毕菡就会变得愈发强烈。见面后的那些天里，我眼前老是浮现出她那张敷着淡淡哀愁的面容。即便是在和董蒙安排的别的女人相处的时候，我也总是隐隐有不安的感觉，毕菡就站在我的身后，就站在一个可以对我的罪孽直接加以审视的角度。为了平息这种感觉，我几次打电话找她，而每次她都要延宕片刻，然后才在一声稍纵即逝的惊叹声中想起我是谁来，仿佛她记忆的线路需要临时接通一样。她那游丝般时断时续的语气，总让我怀疑她把话筒夹在下颚和肩膀之间，一边干着手头的活儿，一边有一搭没一搭地跟我说话。我问她什么时候可以再见面，她总答复我这段时间实在抽不开身。是啊，有会要开，有文案要写，有客户要见。当她陈述着这些理由时，她的声音似乎显得不堪重负。

心血来潮驱使我当机立断。这就是为什么这天傍晚，我会站在毕菡公司所在大厦富丽堂皇的前厅，在电梯口一旁的拐角守候她的出现。下班时人流熙攘，一时让我目不暇接。不知过去多久，到最后大厅里只剩下我和两位穿制服的值班员。间隔时间越来越长，电梯里才会走出几个面容疲惫、脚步匆匆的职员，不过都是男性。再晚一点，一位清洁工大妈从绿植区推着一只黑不溜秋的宽幅墩布向我脚下缓缓进发。我不由得担心自己在高峰时间看花了眼，没准毕菡早已跟我交臂错过。在公司分布栏上确认毕菡所在的楼层后，我独自走进空空荡荡的电梯，面对镜子匆匆调整了一下即将进入角色的心理状态。等到站在第17层过道上，我看到一位将深绿色衬衫下摆扎进灰色条绒裤裤口，挎一只米色帆布挎包的姑娘，正背对着我锁门。她用力推了推门把手，确定门牢不可撼，这才顺着将头发甩到背后去的劲势转过身来。还好，她马上认出了我。

"怎么是你？"毕菡有些不敢相信。

"我来没别的意思，就想看看你。"不知是不是灯光从头顶直射下来的缘故，她的脸要比上次见面时略显削瘦，"如果你急着回家，那我马上走。"

但是毕菡已经把刚刚塞进挎包的钥匙又掏了出来，我跟在她身后走进空气有些滞闷的办公区。齐肩高的青灰色塑料板隔出一格格工作间，每张桌上都摆着电脑、座机、文具架以及规格统一的卷宗夹。沿着墙上一幅幅构图如出一辙、色彩斑斓明快的抽象画往里走，深入到由一条短过道连接着的逼仄空间。这里放着四张同样的桌子，桌上摆着同样的东西，唯一不同的是没有隔板将它们分开。从窗口望出去，可以看到高楼顶端装点得绚烂夺目的广告牌，看到犹如地摊上出售的廉价珠链般铺满大街的串串车流，看到城市四周漂浮在茫茫夜色中的万家灯火。

毕菡把我让到她的座位上，不顾我的劝阻去休息室给我沏茶。我趁机在桌面上搜寻一番，却并没什么发现可以增进对她的了解。

很快她端着茶杯回来了。"多亏你来，我刚发现忘关前面的复印机了。"

她在我对面的椅子上坐下，左手肘关节立在桌面，用掌背托住面颊。我问她是不是经常需要加班。她回答说在外企里干就是这样，虽说挣得比一般公司高些，可是搭进去的也不知道多了多少，有时差不多就跟玩命一样。不过，她又说，就算有时不用加班，她也宁愿在公司待晚一点，反正总比回到那处条件简陋、住户杂乱的出租房要强。

"你打算这样一直干下去吗？"我把身体在椅子上放低，想要更深入地体会一下她每天坐在上面忙这忙那的滋味。

毕菡的手掌离开了脸颊，失去支撑的脑袋稍稍前倾。

"我承认，我并不是很喜欢这份工作，有很多次都想甩手不干，一个月前甚至差点走到这一步。"说到这里她垂下眼睑，避免与我对视，"说真的，这份工作之所以让我能够忍受，是因为我总觉得自己想丢开它就可以丢开它，随便什么时候。但现在我的想法有所不同了。我很庆幸在这儿多少有些事可做，虽然意思不大，但起码能让我沉浸其中。现在我宁愿自己变得更忙更累点，这样就再没时间去考虑其他的烦心事了。"

"你说一个月前差点不干这份工作了，呃，是去哪里？"我装作像是随口一问，尽量显得语气自然。

毕菡有些窘迫地看着我，一时拿不定我是不是已经赢得她的信任。

"我在一个地方待久了，就总是想要离开……"她红着脸，声音低得几乎听不见。

"对中国的很多年轻人来说，这种想法不是很正常吗？"

我故意停在泛泛而论的层面上。

"可我不太一样。"她下意识地用指甲刮着桌面上的一点积垢，语气仍然轻飘飘的，好像说的只是一个她已经记不真切的梦境，"我是在闭塞的西北内地长大的，我住的那个城市只有一巴掌大，在那里每天见的都是同样的人，这些人过的都是同样的生活，而且到死也不会有什么改变。所以小时候只要面对电视或是收音机，我就会很失望。因为我想不通世界上每时每刻都在发生那么多的事，可这些事跟我的生活居然没半点关系。从那时起，我就发誓长大了一定要离开老家，去到外面的世界。我就想看看，别的地方的人过的生活跟我到底有什么不一样。"

"我听董蒙说，当年你是以最优秀的成绩走出来的，对吗？"

她仰起脸来，一对眸子忽闪了两下，又随即黯淡下去。

"那又怎样呢？今年过年回家，中学同学聚会，我才发现，但凡留在家乡的同学，比起像我这样因为不甘平庸离开家乡去外面闯的，过得不知舒坦了多少。要是赶上家里有点背景，那就更了不得，都能自己当个老板，大房子住着，小汽车开着。就算是结了婚当起家庭主妇的女生，一见面不是交流育儿经就是讨论哪儿有好吃的，完全感受不到生活有什么压力。可你知道吗？他们一个个还带着羡慕和向往的口气，问我这个以往他们眼里所谓的学霸、女神，以为我在北京过得有多风光和体面呢，我都不知道该怎么跟他们说。所以我也在想，从小到大，我一心一意总想着要离开现有的生活，离开到底是图什么？"

我这才有些理解董蒙的话，她之所以把被美国男友抛弃看成致命的打击，倒未必是她对对方有多少真感情。她不过是在内地小城市那种热衷攀比的风气中长大，一直以来习惯了赢，习惯了受人关注和追捧，现在却意识到未来很可能满盘皆输，很可能遭人耻笑和轻蔑，于是才急于用一场体面的跨国婚姻来拯救自己。她把扭转个人命运、维持在家乡人眼中形象的希望，全押在那门婚事上。

"但一个月前你并没有离开这里，又是为什么？"

我也不知道为什么那么执拗，宁可刺痛她也不想绕过这个问题。我注意到似乎有一片白茫茫云翳状的东西从她瞳仁中飘过。

"怎么说呢？小时候我做过一个梦，在梦里我拼命跳起来，想用指尖够到天。这怎么可能呢？就算在梦里也没实现。现在我明白了，人的指尖永远够不到天，只能触到地。"

我思忖着她的话，就在这时，过道另一头响起电话铃声。毕菡起身跑过去接，但听起来不过是一次串线。

从过道回来时她突然想起什么：

"我说，咱们怎么光顾着说话，你也还没吃晚饭吧？"

她提议去楼下不远的一家东北饭馆。她还记得我上回说过，我把外曾祖母出生的东北看作第二故乡。我赶紧承认，我对东北风味的确有种特殊的偏爱。

进到电梯里她又说：

"不过你确实挺有语言天赋，不说的话，谁也想不到你是日本人。"

我一阵心惊胆战。这实际上是为我的粗疏大意敲响了警钟，看来还得随时强化自己的角色意识。

"天赋嘛，比起你这种学霸级的人物肯定差远了。"我只好岔开话题。

"什么学霸啊？那只是在老家同学眼里，到了北京，根本排不上号。"话虽这么说，她还是掩饰不住内心的欢愉，"记得刚到北京上学那会儿，老家的一个男生给我发来一条短信，问了两个问题：第一，北京天安门的城楼白天是不是也是亮闪闪的？第二，你曾经喜欢过我吗？我是喜欢你的，但我是不是表白晚了？当年你频频回头的时候我是不是没有把握住机会？"

"那你怎么说？"

"我是这样回复他的：第一，天安门城楼白天不是亮闪闪的；第二，我并没喜欢过你。"

我哈哈大笑起来，她也跟着笑。这还是我头一次看到毕菡发自内心的笑。只有在这一刻，她身上那种被生活碾压的青春气息才陡然充盈起来，近乎恢复原貌。

我们走出大厦来到街面上。正是整座城市竟日喧嚣之后复归平静的时刻。积云的天边泛起淡淡红光，空气中弥漫着令人沉醉的暖意。我们尽可能贴着人行道里侧往前走，一段时间谁都没有说话。我侧脸瞟了一眼毕菡，不禁为她那皎洁浑圆的耳轮，还有那呈一段优美的弧线微微翘起的鼻梁怦然心动。突然间，我注意到我们两人在地上、墙上以及橱窗里的投影。过往的一盏盏路灯，或者另有来历的其他光源，不断地使它们变幻出千姿百态。它们无比自如地屈展伸缩，一会儿像绢纱一样轻薄，一会儿又如墨汁一般浓密。毕菡一会儿完全融入我的怀抱，一会儿又轻巧地、几乎不可思议地从中抽脱出来。有时，她还会凑到我耳边喁喁低语，而我则被那隐秘的内容弄得情迷意乱。

走着走着，我的喉头一阵哽塞。从那儿发出的似乎不是我的声音，而是我真实声音的一种类似于影子的回响。

"你看。"

"什么？"

循着我的目光，毕菡也看到了展现在我们身畔这幕奇幻的景象。翩翩影舞中扑朔迷离、不可言喻的意味，同样使她深受感染。我们静默安详地走着，相互间保持着大体恒定的距离，影子们却远比我们相处得亲密融洽。它们是那样近似于一对真正的情侣，以至于反倒像是我们在扮演着偷窥者的角色。甚至可以说，它们似乎与我们之间不再有任何关联，而是全然依循自身的意志行事，几乎到了任性而冥顽的程度。

霎时间，我肺腑间涌过一阵酸楚的滋味。那是一个年轻人面对近在咫尺却又无法拥有的幻景，必然会产生的深深失落。

六

转眼已到万木凋零的深秋时节，公寓楼门外的路面上，落叶先是一天比一天繁密，继而又一天比一天稀疏。空气中的凉意渐渐加重，白昼阳光生晕，夜里常常起风。一天中午，我刚从外面回到三浦房间，突然接到毕菡打来的电话。她问我方便的话可不可以马上去趟她公司，帮她翻译一份早晨从东京发来的传真。她解释说，公司里本来有位日语专业毕业的职员，不巧的是这星期去上海出差了。以往出现这种情况都是临时聘人，而这次她正好想到了我。除了来回的出租车费，公司还将付我一定的劳务报酬，当然数额相当微薄，不可能跟国外的薪酬标准相提并论，她希望我不会介意。

我的第一反应是，毕菡对我的身份起了疑心，所以才想出这一计对我进行测试。我在满脑子的猜疑中哼哼哈哈，含糊其辞，盘算着怎样才能跳开陷阱，可毕菡执着的语气叫我无法回绝。

放下电话，我更加慌乱起来。我想象不出如何带着伪装走到众目睽睽之下，对于能否胜任毕菡托付的工作更是心里没底。就在早上一觉醒来，我还为自己一次次瞒天过海从未失手暗自庆幸，没想到这么快就开罪了冥冥中的上苍，使它决意给我一场教训。我在内心深处做了一番情辞恳切的忏悔，并一时冲动地以后半生的幸福作为抵押恳求宽恕。当然，我马上就后悔了。

走进毕菡公司，一幅与上回来时截然不同的繁忙景象映入眼帘。每间格子里都露出一或半个脑袋，说话声、走动声、敲键声、翻页声、电话铃声混成一片。前台一位穿西装套裙的女孩笑容可掬地向我点头。就在这时，正在墙角复印机旁忙活的毕菡看到了我，远远地冲我打个手势。

我局促不安地走近毕菡，她叫我稍等一会儿，说是立马就完。我注意到周围好些好奇的眼睛在打量我。当毕菡把我领到她所在的办公区，向另外三位同事介绍过我，他们脸上全都浮现出一种似笑非笑、另有所悟的表情。大家对我有些异样的态度，毕菡自然不会没有察觉，但她看我的目光是亲切的、柔和的，甚至暗含着赞许和鼓励的成分。她递给我那份传真，我匆匆浏览一遍，是东京一家商业机构征询合作项目的意向书，不算很长，一共三页。看过之后我总算松了口气。那上面有十来个单词我不认识，待会儿完全可以借口上卫生间，求助于手机上的日汉词典。

毕菡搬来一把椅子，让我坐在她身边。她把我磕磕巴巴、支离破碎的翻译连贯成句输入电脑。这项工作还只进行到一半，我已经上了两趟卫生间，当然其中一次是趁毕菡接听电话。就在我为又一行句子卡壳的时候，忽然从过道进来一个高高瘦瘦、挎一只黑色亮漆皮包的女孩，一见毕菡就咋咋呼呼地嚷道：

"哟，这不毕菡吗？都说你早出国了，想不到还能见面！"

毕菡的脸一下涨得通红。她飞快地瞥我一眼，看我有什么反应。

"林鸽，你怎么来啦？"

"怎么，见着老同学不高兴？"林鸽一看就是那种大大咧咧的类型，"咱俩可是打一毕业就再没见过啦！"

"你不是进了一家律师所吗？"

"什么呀？干了多半年就出来了，没劲，到现在都换过好几家公司了，一会儿给你我的名片。"林鸽边说边笑盈盈地看我，"你可真是，光顾着奔自己的幸福，把老同学一概抛在脑后。你知道吗，有时候想起你我就来气，你说人世间的感情怎么这么淡薄，想当初还是睡上下铺的姐妹呢！"

"这位是三浦英史，正在北京留学……"

毕菡的介绍刚起了个头，林鸽马上跟着嚷嚷起来，好像恨不得整个北半球都能听见她的话。

"我就说呢，一进来就看见你俩叽叽歪歪凑在一块，原来是你把人家弄来当你小工啦！"她又朝我挤挤眼，"我提醒你这位叫三浦什么来着的日本朋友，你可得当心，毕菡这丫头厉害着呢，现在就这么受她压迫剥削，指不定将来会怎样！"

我一味傻傻地干笑。让我吃惊的是，毕菡并没表现出要加以反驳的意思。她只是冲着林鸽轻轻呵斥一声："你就不能少说两句？"然后话题立刻转到询问其他大学同学的近况上去了。

送走林鸽，毕菡和我再度肩并肩坐在一起。跟一开始相比，我们的举止都变得有些拘谨，心思也渐渐游离于工作之外。毫无疑问，林鸽的出现将我们两人的关系推到了一个决定性的关口。我们对身边出出进进的人视而不见，对四周此消彼长的声音充耳不闻。我们都在内心的某个角落玩味着各自微妙而隐晦的感受。

时钟指向五点半，翻译工作终告完毕。毕菡收拾好桌子，在所有同事的目送中第一个离开公司。她脸上红扑扑的，眉宇间对我显出从未有过的亲昵。霎时间我暗想，或许这正是毕菡渴望拿来展示给其他人的场面，或许她正是想依靠我的出现来抵挡身后那些关于她的飞短流长。如果真是这样，那她无疑是在冒险，因为这样一来势必激起更大的舆论波澜。就我个人而言，我倒非常乐于被她利用，我乐于被她利用去做任何她想做的事情，只要能为她带去些微的快慰。我不清楚这样的念头，究竟是出于对她脆弱感情的怜悯，还是为了弥补自己这段日子的愧疚。不管怎样，只要能让毕菡不弃我而去，花多大的代价我也在所不惜。

接下来我陪毕菡逛了附近一家商场，又在大街上漫无目的地闲逛。在路边一家服装专卖店，毕菡对一条新款的墨绿色牛仔裤动了心。女店员显然也以为我俩是一对，在鼓动毕菡试穿时把我当成了重点劝说对象。站在试衣间外，我紧紧盯着门板下方光洁的水磨石地板，想从影影绰绰的倒影中看清毕菡变动中的体态。这一所获甚微的努力，让我的心情变得既甜蜜又忧伤。随后，毕菡走出试衣间，让我从各个角度鉴定一下穿到她身上的裤子，等我来拿主意。这似乎代表她已将个人生活的一部分决定权交给我，一时让我受宠若惊。

虽然我持肯定意见，最终她还是因为犹豫没买那条裤子。"你知道吗？"走出专卖店后她说，"一样东西，要是我一时决定不了要不要买，我就先回家，睡一晚上再说。有时到第二天就觉得不需要买了，有时觉得还是要买，再去买。但那时又常常发现东西已经卖没了，所以以前好多次都懊悔得捶胸顿足。后来我慢慢学会劝自己，也许这就是缘分吧，什么结果都是有道理的。买不到就意味着对我并不重要，或者根本不需要，以后还能找到更好、更合适的。学会这么想，不固执非买什么不可之后，我觉得舒坦多了。可能我生活上也需要这样一种智慧吧！"

一路上毕菡情绪很高，大半时间都是她在说话。在一条荟萃四方风味的美食街上，我们零打碎敲地吃了五六种小吃。不知不觉间来到学校门口，毕菡跟在我后面进了公寓楼。

像上次光顾时一样，毕菡随着我在草席上坐下。跟刚才路上相比，她说的话更加紧凑、绵密，并且给我这样一种感觉，尽管每句话都含意明确，话与话聚合起来却没有任何内在的关联。它们就像一连串的泡沫从她嘴里接连不断地涌出，又在她头顶晃晃悠悠飘荡，直到在相互挤撞中归于破碎。有那么一阵，我恍惚觉得自己已经迷失在这堆生生灭灭的话语泡沫里。或许是我的神色让毕菡有些紧张，她一双手不时神经质般地比比画画，叫我不禁联想到一名在战前匆忙构筑工事，却不知敌人的炮弹会从哪个方向飞来的士兵。我借口开窗通风起身，随后停在她跟前。我鼓足勇气凝视着她，终于逼使她的话流戛然而止。在突如其来的静默中我笨拙地俯下身去，把手搭上她的肩膀，开始吻她。

我想我们都明白，这是今晚迟早都会降临的一刻，但毕菡还是显得措手不及。她整个身子处在缓缓增长的犹豫当中，似乎正在为回击我的来犯一点点积攒决心一样。她的漠然和被动促使我变得格外谨慎，这意味着任何一个动作都必须分解成一系列含意隐晦、铺垫缓慢的过程。我的嘴唇沐浴在发自她耳轮和颈侧的一道朦胧的辉光里，先是掠过她光洁的面颊和冰凉的

269

鼻尖，直到濡染到她嘴唇散发出来的一股温润的气息。

"为什么这样？"她喉咙轻轻一抖。

"你知道为什么。"我给了一个含混的回答。

对我来说，这一时刻期盼已久，然而在我心里，与激情相伴而生的是一份深深的悲楚。我知道这一时刻并不真属于我，它只是我盗窃而来的一件赃物。恍惚之中，我想象自己仍然坐在草席上刚刚起身的位置，看着一个似曾相识的陌生人对毕菡做出这般举动。这家伙头发凌乱，呼吸浑浊，身上披着铠甲一样的皮囊，嘴唇起了一层厚厚的老茧。这家伙在近乎癫狂的状态中加大了动作的幅度，在两人身体双双倒向毛毯的同时，一只手顺着毕菡衣服的下摆探了进去。一开始它好像仅仅满足于无所事事地待在那里，别无其他奢求，但慢慢它就抛去伪装，变得躁动不安起来。结果毕菡采取了断然的举动，奋力从拥抱中挣脱，坐到一边。

"我们这算什么？"毕菡喘着气问。

"你真的不知道吗？"我硬着头皮说，"我想……我想我是爱上你了。"

毕菡怔怔地摇摇头。"可你根本就不了解我。"

"爱和了解……是两回事。"

"你真要了解我，就会觉得我并不值得你爱。"她抿抿嘴角，做了个深呼吸，"有时候我会变成一个很可怕的人，这点只有我自己清楚。"

她问我还记不记得，她说过一个多月前差点辞职。

"因为在那之前，我有一个美国未婚夫。"她语调平缓，几乎毫无起伏。

"可后来他变心了，对吗？"

我掉转脸，迎住她讶异的目光。

"原来董蒙早就告诉你了。"她轻轻叹口气，"怪不得你一点都不吃惊。"

"我吃惊的是……你会自己说出来。"

"一开始我也不想把这事告诉别人，甚至自己欺骗自己。但我很快明白过来，这样做带来的痛苦只会更大。是的，我是想摆脱现在的处境，可我又不知道还能依靠什么。我错就错在不知道这个世界上除了自己之外，没有一样东西是真正可以依靠的。"

她眼眶湿润起来。我想安慰她两句，却又不知如何启齿。

"头一次来你这里以前，我犹豫了很久。"她说，"我有一种很强的预感，我和你的关系可能是个错误。"

我的心咯噔一下。

"你是担心……又一次受到伤害？"

"我不知道。我想所谓的伤害可能是你对自己的感情看得太重，所以才会有受伤害的感觉。可能伤害不是别人带给你的，而是你自己带给自己的。可是，如果你一开始就换个看问题的角度，就像我说的，买不到的东西意味着那东西其实对你不重要，或者你根本不需要，你就不会那样想了。"说到这里，她长长舒了口气，"是的，一个多月前我流了太多太多眼泪，从今以后我再也不想那样了。"

我又一次把她揽在怀里，这回她的身体稍稍松弛了些。我们紧相依偎，就好比两个陷在旋涡中心行将没顶的人。我们的四片嘴唇长久粘吸在一起，直到毕菡向我交出她那像火苗一样颤抖不止的舌尖。与此同时，我的手开始解开她身上的衣扣。我知道自己在通往邪恶的道路上越走越远，想要收住脚步，意志却早已陷入瘫痪。我想也许该把事情的经过原原本本告诉毕菡，可又担心那样一来只会更深地亵渎她的自尊。我的心神意识摇摆于现实与虚幻之间的分界线上，仍然像是滞留在稍远的某个地方，仍然像是面对一个似曾相识的陌生人，注视着我对毕菡所做的一切，唯恐什么意外将这个处于破碎边缘的梦惊醒。我依稀看见毕菡的思绪纷纷坠落到眼底最幽暗的深处，并在那里悉数陨灭。随后，我像一个虔诚的朝拜者那样，匍匐着进入她为我开启的迷幻殿堂。在那里我立身未稳，便有一道耀眼的白光自上倾泻而下，须臾间令我目眩神迷、灵魂出窍。

七

我暗自寻思，我这一代年轻人有着何其混乱和畸形的思想，它们就像某种掺杂着毒素的养料一样，在使我们得到滋养的同时又深受其害。爱情是什么？难道只是使我们对活着感到不那么乏味的添加剂？难道它并不比小小的闪念持续的时间更长，也并不比片刻的肉体欢愉更强烈？在一个各种八卦新闻和庸俗节目泛滥成灾并且垄断了大众趣味的年代，谁还会相信爱情的至高无上？在洁身自好比放纵沉沦更容易遭到嘲弄的风气中，谁还会珍惜身上爱的能力？

我不无惋惜地发现，就连毕菡的脑瓜里也感染上了这种流行性病毒。过往的感情挫折在她心中投下的巨大阴影，如今正沿着她忧郁的视线向着未来缓缓飘移。有时，这片阴影就悬在我的头顶，泛着砭人肌肤的寒意。虽然与我的交往正占据她生活中越来越大的比重，但她似乎又在努力告诫自己，不要对结局抱太高期望。换句话说，她对我的需要只是为了克服内心的荏弱。和我一样，她也害怕正视现实。

再次见面，情欲依然把我们带到比各自的忧虑更为遥远的地方。我们都渴望在狂热的做爱中忘却内心的纠结。一俟毕菡开始呻吟，我便把半边耳朵紧紧贴到她嘴边，听任犹如来自洪荒年代的声音破空而降，令我的身心在激荡之下瑟瑟发抖。我知道，可以供我恣意妄为的日子已经屈指可数。那位被我窃位的三浦英史恐怕随时都会踏上归途，甚至随时可能出现在门口。这使我即便在高潮时刻也不得不下意识地留神屋外的动静。我脑子里一遍遍浮现出三浦和我们这对在他床上翻云覆雨的陌生男女蓦然遭遇的场面，那简直令我毛骨悚然。怀着自感很快就要失去毕菡的痛苦，我的行为几乎失去顾忌。毕菡对我的异常显然有所察觉，可她并不明白其中的缘故。是啊，她很容易把感到不适的一切，都归到一个叫作三浦英史的名字下。

董蒙看出我已陷在对毕菡的感情中不能自拔，向我发出警告：

"赶紧收手吧，要不然，她在美国人身上栽过的跟头，会因为你再栽一次。到时候她再寻死觅活，可就谁也救不了了。"

"这都怪你，我早说过会有这样的结果。"

"妈的，你别得了便宜还卖乖行吗？我几次要给她介绍新物色的对象，都被她拒绝了。"董蒙眼珠一转，"实在不行，那就只能让你突然消失，切断跟她的一切联系，然后我再编借口……"

我也明白，董蒙提出的是唯一可行的办法。我只能要求在自己人间蒸发之前，见毕菡最后一次。

接下来的周六傍晚，我接到毕菡打来的电话。她说刚刚陪老家来的两位女同学游完西山，正要从我学校门口路过，问我愿不愿意跟她们一起吃晚饭。从她并不坚定的语气和身边传来的咯咯笑声判断，她应该是迫于两位同学的要求才打的这个电话。我本想推脱，可话到嘴边又收了回去。

我刚换好衣服，毕菡已经出现在门口。令我吃惊的是，她脸色有些异样，目光中充满疑问，似乎急于从跟我的对视中求得解答。我看她身后无人，问她同学在哪儿。她说她们在楼下等着，不过刚才她碰见一个熟人，是她以前美国男友的同学。

"你说可不可笑？他说他见过我和你在一起，还非说你不是日本人是中国人。"毕菡盯着我的表情，"我告诉他肯定是他认错人了。"

"哦，是吗？那家伙真会开玩笑。"我装作若无其事地一笑，可连我自己都感觉得到，那种笑更像是面部肌肉的一阵痉挛。

"他那样子才不像开玩笑呢。他还说可以跟我打赌，只要我能拿到你的护照和学生证，他就认输。"

一瞬间，我闪过就此向她坦白的念头。但我害怕她没有足够的勇气面对真相，更不敢侈望能用自己的悔恨洗刷她必定产生的痛苦。与此同时，赌徒身上惯有的那种脆弱而冥顽的侥幸心理，使我无法自控地走上了孤注一掷的道路。

"可我的护照刚刚拿去延签了。"

"是吗？你的护照需要延签？"

"我没告诉过你吗？"我故意皱皱眉头，"我的签证半个月后到期，我刚把护照交到学校办公室去办延签手续，要下星期才能拿回来。"

"那学生证呢？"

"学生证也一起交上去了啊！"

"想想也是挺奇怪的，我连你家人的一张照片都没看过，我对你的过去也完全不了解。"

"你想了解什么？"

当我靠近她并用手轻轻拂弄她的头发，她的身体就像一片被触碰的含羞草叶一样，立刻表现出一种自发的向内的卷曲。从这一刻起，我意识到要让毕菡相信我的谎言，已经不再像以往那般轻而易举。我的形象已经出现了这样那样的疑点，并且正在不断增多，一旦它们连接成片，必然产生颠覆性的后果。我必须努力遏制住这一势头，至少保证今夜毕菡仍然留在我身边，哪怕这是最后一夜。

随毕菡下楼，我最担心的是遇上她刚才说的那个识破我身份的家伙。不过还算幸运，这一幕并没有发生。她介绍我和等在门口的两位女同学认识，这两人的谈吐就跟她们的着装品位一样俗不可耐。显然她们早就听说过毕菡恋爱故事的另一版本，因此对于主角突然换人抱有强烈的一探究竟的兴趣。我领着三人走向餐饮大楼一层的一家日料馆，一路不断应对两位女人抛出的各种问题。问到最后，其中一位女人——据说丈夫是当地一家地产公司的老总——非常做作地叹一口气，扭过头去对毕菡说：

"学霸就是学霸，干什么都比我们有脑子。我老公最近在给我办移民，吭哧吭哧手续办得不知多费劲。你这多好，直接嫁出去，中间省了多少麻烦啊！"

毕菡一时脸涨得通红，低下头去。

在日料馆的包厢里刚刚落座，还没来得及点菜，忽然吱呀一响，一个小伙子从虚掩的房门外探进头来，冲我一欠身：

"您好，请问一下，三浦先生快回来了吗？"

小伙子说的汉语怪腔怪调，一听就是留学生。

"请问三浦先生回来了吗？"

小伙子说汉语的腔调相当蹩脚，而且鼻音奇重。

我感到大事不妙。"呃，你有什么事？"

"您一定是三浦先生的朋友吧？我看您最近一直住在他的房间，我有事想请教他，您应该知道他什么时候回来吧？"

周身的血液嗖地涌向我的脑门，小伙子的话在耳边化成一串沉闷模糊的音节。

毕菡震惊地看看我，又转向小伙子：

"你认识三浦？"

小伙子点点头，"他是我大学的学长，在北京对我也非常关照。"

毕菡看看我，一副不敢相信的语气：

"你是说……三浦最近不住在学校？"

"对啊。"小伙子被这话弄糊涂了，"他妈妈生病住院，他只好回国……"

一旁的两位女同学面面相觑，不明所以。毕菡牙齿咬合，嘴却微微咧开，和以往每逢意念紊乱时一样，她瞳仁里又一次涌过一片白茫茫云翳状的东西。她似乎在费劲地将一个多月来留存于脑际那些零零散散、相互脱节的画面归拢到一起，以捕捉其中的来龙去脉。正如我担心过的那样，当所有的疑点突然融合成一个整体——就像一小扇露出海面的背鳍在迅速上升中出露成一条硕大无比的鲸鱼——竟与她一直信以为真的印象如此悬殊，一时间令她实在无法接受。小伙子抽身离去，我面对毕菡，嗓子眼儿里冒出一种火辣辣的糊味。我知道，这一刻意味着我，一个疲累不堪却在勉力支撑的演员，褪尽脸上的粉末铅华，被他渴望取悦的观众彻底抛弃。尽管以前我不下一百次设想过在这样山穷水尽的局面到来时可以采取的补救办法，可此刻脑中只剩一片空白。我感觉我的脸像面墙那样坍塌下去，与此同时，我的身体却像要脱离地面向上浮起。

毕菡瞪着我，眼眶忽地湿润起来：

"原来……原来你是个骗子！"

她起身快步跑向门外，我赶紧跟着追了出去。

在日料馆门外，我一把拉住毕菡，想告诉她整件事情的原委，刚说两句就被她厉声打断：

"你和董蒙，你们这哪是帮我？你们这是直接要我的命！"

"我好几次想向你坦白，可是……"

"可是什么？"

"我怕你无论如何不会原谅我。"

"你以为等我自己发现就会原谅你吗？"

借着路灯光，能看到泪水从毕菡眼里滚落下来，先是一滴、两滴，随后迅速连成一串，就好像这种咸涩的液体大受面颊和这个夜晚的欢迎似的。

"你怎么能够这样干呢？你这浑蛋！"

"我知道，已经发生的一切都没法改变，可你能听我解释一下吗？"

毕菡已经泣不成声。

在报出我的真名实姓后，我从最早那次偶然接到她的电话说起。在她情绪不断起伏的短暂间隙中，我告诉她我是怎样从董蒙那里一点点得知她的情况，第一次看到她的照片是怎样的心情，后来又是怎样在和她的交往中越陷越深。如果说一开始我还相信，我的意图是帮她抚平心灵创痛，那眼下无论从哪个角度看，这一说法都更接近于为良心逃避责罚而找一个荒谬可笑的借口。难道我应该把自己描画成一个高尚的行骗者？难道我应该说，我是出于悲天悯人的情怀，迫不得已才走上行骗之路？那对于我跟董蒙联手，从其他女人身上骗取的钱财又该怎么说？为什么在那套关于身份的谎言被戳破之后，我又急于编织一套关于道德的谎言呢？我结结巴巴、语无伦次的辩解，似乎勾起了毕菡心里更深的委屈。她"哇"的一声，哭得愈发汹涌澎湃，那副涕泗滂沱、肩身耸动的模样令我心酸不已。我伸出一只不知该如何去安慰她的手，但她身子一扭闪到一边。

"有一点你应该相信，我对你是认真的……"

"别说了，我不想再听你的鬼话！"

她绕过我，脚步凌乱地往前走，一边不断低头抽泣，身体像是找不准自己的重心。我跟在几米开外，既不敢挨近她，更不敢弃她于不顾。一轮明月当空孤悬，洒下的清辉被秋后寒气袭人的夜风吹得亦真亦幻。我们就这样一直往前走啊走，给我的感觉就像是在为某种已经故去的东西举行一场祭典仪式。

沿着纵贯校园的主干道出校门，毕菡径直上了一辆等在路边的出租车。在车门合上前的一刹那，我很想冲她背影说点什么，可末了还是哑口无言。顶灯变色的出租车随即向着远方加速驶去。

八

　　接下去我彻夜未眠。我的身边仿佛飘满了毕菡泪水的气味。
我很想把自己全身心交付出去，去接受冥冥之中应有的惩罚。
是啊，和仅仅两个月前那个腼腆拘谨、自命清高的青年相比，
我现在真的是判若两人。我真该好好想想，为什么我会沦落到
这个地步。要知道，一开始我甚至还满怀得意，为自己迈出了
关键的一步沾沾自喜。我还一个劲地劝说自己，一个人要想真
正赢得生活的主动权，关键在于能否释放自己的天性。然而现
在想想，我不过是把自己降格为一种纯感官的生物。我利用了
包括毕菡在内所有那些女人的弱点，利用了她们的轻率、怯懦、
被降到最低限度的自尊以及对青春流逝的惶恐。我甚至在内心
深处暗暗嘲笑过她们，我必须承认这点。我嘲笑过她们身上的
世故和虚荣，殊不知，我比自己嘲笑的这些东西更加可恶。正
是在我黑暗心灵的天幕上，她们那一颗颗向下滑翔的灵魂才被
衬托得如流星一般苍白。

　　第二天上午，我打电话到毕菡公司，前台说她请了病假。
拨她手机，始终处于关机状态。她留的住址还是刚来公司时租
的房子，找过去才发现她早已搬走。一连多天再也联系不上她，
焦虑像蚁群一样把我的心噬咬得千疮百孔。入夜我不是睡不着
觉，就是刚刚入睡便被各式各样的噩梦惊醒。梦和毕菡之间并
没有直接关联，在梦里我往往是一个畏罪潜逃的通缉犯。只要
我在公开场合一露面，立刻就会被受命缉拿我的一帮人紧盯不
放。紧接着，双方势必在街头展开一场彼此动作都有些拖沓的

奔逃与追逐。每回，必定是在那些人的一只或数只手搭上我肩头的一刹那，我醒了过来。记得只有一次，我曾在走投无路时向突然邂逅的毕菡求救，遗憾的是她并没有认出我是谁，只是无动于衷地掉头离去。

再过一周，总算从电话里得到毕菡的消息。公司前台小姐说毕菡来过公司，交给老板一份辞职信，收拾完自己的东西后又匆匆离去。我追问知不知道去了哪里，得到的回答却只是让我徒添失望。

几天后，董蒙得知三浦的母亲病愈出院，他马上要回中国，叫我赶紧把房间恢复原样。我交出了房门钥匙，这也标志着我跟毕菡的关系，连同一段错乱的生活就此画上句号。

在这之后，好些天里我一直心神恍惚，眼前总晃动着毕菡时隐时现的面孔。我很想给她写封长信，却又不知该从何处下笔。我万分痛苦地发现，我已经无法通过语言来恢复丧失殆尽的真诚，我的倾诉还是会被看成过去谎言的改头换面。我想从我的成长经历说起，告诉她我是怎样变成了一个孤寂、敏感、脆弱的人，又是怎样在某一天对自己产生了厌倦。但是，我分明听到毕菡在说，把自己设想成一个受害者去向生活索求赔偿，这固然出于渺小的自怜，而为了达此目的，竟然不惜以牺牲他人为代价，那就接近于没有底线了。是的，我很想恳求毕菡回到我身边，但又明白这无异于痴人说梦。相对于她通过嫁个老外远走高飞，消失在众人视线之外，从而维持人生赢家形象的期许来说，我，一个毕业后一直赖在校园、害怕走向社会的窝囊废和失败者，又能提供些什么？两者之间，岂非有着一条无法跨越的鸿沟？也许，我该在信末附上一句不可对人生失去信心之类的赠言，但那样一来，又很可能只会起到往她伤口撒盐的作用。好吧，就让我去掉一切赘语，仅仅告诉她我并不指望求得她的原宥，仅仅告诉她，她同时带给了我一份丰厚的快乐和一份难泯的悔恨，这两者就像一片树叶的两面一样结合成浑然一体。

我不知道这样一封信就算写完，可以往哪儿投递。没准信最终交到毕菡手里的时候，很多年、很多年都过去了吧？

九

我想尽办法打听毕菡的下落，颇费一番周折，终于找到了她那位大学女同学林鸽。不过在电话中，我并没提跟她见过面，只称自己是毕菡的一位老友。林鸽答应我去询问其他大学同学，然后在发给我的短信中提供了好几种互相矛盾的说法。一说毕菡几度经历感情挫折后，不想再给身边惯于幸灾乐祸的人们看她笑话的机会，于是匆匆辞职，从此销声匿迹。一说毕菡从前的美国男友失踪数月后突然重回中国，并迅速与她重修旧好，随后两人飞赴美国。还有一说是有人在晚报上看过一则新闻，有位女白领因被外国男友抛弃、移民梦破灭而在出租房里服安眠药自杀，从文中描述的情形来看很像毕菡，但没有曝光人物姓名，无法确定就是事实。

学校快放寒假前的一天，董蒙被几位便衣警察带走。我只能另寻住处，最终在校门外的一个小区租了一间不到十平方米的隔断房。我再也没有见过董蒙，只是有一次去一家公司面试穿过校园，看到他的大名出现在公告栏的显赫位置上——校方宣布他因"从事非法经营活动"而被开除公职。

两个月前投递出的那批简历，最终也没能如愿换来一份工作合同。我终于心灰意冷，决定离开北京。去中介公司办完退租手续，我忽然心生无限怅惘，漫无目的地在街面上游走起来。经过一处从没到过的街角，我的目光无意间投进旁边一家咖啡馆的窗口，突然注意到里边有张熟悉的面容一晃而过。我难以置信地停下脚步，看到一位女孩穿一身碎花套装，腰间系着黑色围裙，一束马尾随性地束在脑后，正背对我稍稍俯身，将两杯咖啡端给坐在桌边的一对年轻情侣。

我走进咖啡馆，看到女孩已经回到服务台后，正低头收拾台面。我走过去，压抑住激动的心情说道：

"一杯摩卡。"

毕菡抬起头来，与我目光对接。一刹那，她身子微微颤抖了一下。我看到她眼睛深处又一次涌过一片白茫茫云翳状的东西。

"大杯还是小杯？"她问。